또 다른 나에게로 가는

Diary 일기

또 다른 나에게로 가는

Diary 일기

지은이_ 데이빗 소로, 프란츠 카프카 외
옮긴이_ 최석민
펴낸이_ 조현석
펴낸곳_ 북인
디자인_ 김왕기

1판 1쇄_ 2006년 10월 26일
출판등록번호_ 313-2004-00111
주소_ 121-842 서울 마포구 서교동 467-4, 301호
전화_ 02-323-7767
팩스_ 02-323-7845
홈페이지_ www.bookin.co.kr
ISBN 89-91240-24-0 03810

책값은 뒤표지에 있습니다.
저자와 협의 아래 인지를 생략합니다.

또 다른 나에게로 가는

Diary 일기

데이비드 소로 · 프란츠 카프카 외 지음
최석민 옮김

bookin

차례

제1장 끝없는 사랑

제2장 역경을 뚫고

제3장 자연과 함께

제4장 끔찍한 재앙과 전쟁

제1장

끝없는 사랑

나는 무서울 만큼 그를 사랑한다

톨스토이 백작 부인

Countess Sophie Tolstoi

1844~1919년. 러시아의 문호 톨스토이(Lev Nikolaevich Tolstoi, 1828~1910년)의 아내이며 러시아 궁정의사의 딸이다. 18세에 야스나야 폴랴나 귀족 가문 출신인 톨스토이와 결혼했다. 결혼 초기부터 방탕한 생활을 하는 남편과 갈등하였고 1885년 사유재산을 전면 부인하는 남편과 충돌하였다. 톨스토이의 저작권 일체를 관리했다. 톨스토이와의 사이에 13명의 자녀를 두었다.

1862년 10월8일

다시 일기를 시작한다. 내가 결혼하면서 그만두었던 일기를. 나는 마음이 괴로울 때마다 글을 썼다. 아마 지금 다시 일기를 쓰게 된 동기도 바로 그 때문이리라.

어제 그가 '내 사랑을 믿고 있지 않다'고 말하였을 때부터 나는 놀란 가슴을 어찌할 수 없었다. 어린 소녀 때부터 한결같이 나는 내가 모든 것을 바쳐 사랑할 수 있는 남자를 생각하고 있었다. 새롭고 순결한 남자를. 그것이 물론 어린 시절의 꿈이라는 것을 안다. 그러나 나는 지금도 그 생각을 떨쳐버릴 수가 없다. 내가 사랑하는 남자는 언제나 나와 같이 있고, 그의 조그마한 생각과 감정까지도 내가 알고, 오로지 나만 사랑하고 남과는 달리 올바르고 의지가 강한 인간이며 방탕하지 않은 그런 남자에 대한 생각을. 남편의 과거는 하나하나가 모두 불쾌하기 때문에 내가 그것을 받아들일 수 있을지 의문이다. 물론 나는 인생에서 다른 것에 대해 관심을 갖고 있기는 하다. 그것은 내가 무척 바라고 있는 아이와 같은 것이다. 왜냐하면 그것만이 남편의 과거와 추행, 비단 과거에 그치는 것이 아니라 지금까지 그 흔적이 남아 있어 나를 이처럼 불행하게 만들지만, 그 과거를 모두 잊게 하고 나에게 건전한 장래를 주며 순결한 빛 속에서 나를 살게 할 것이기 때문이다.

그가 나를 괴롭히면 나는 그 괴로움을 이기지 못하여 울고 만다. 왜냐하면 그가 나에게 신뢰를 주지 않고 있기 때문이다. 그는 나도 자신처럼 죄악의 구렁텅이에 빠지기를 원하고 있다. 그리하여 내가 착한 것이란 어떤 것임을 충분히 깨닫게 하기 위하여, 반성과 후회의 고통 없이 내가 이처럼 쉽게 행복해질 수 있다는 사실이 그를 괴롭히는 것 같다. 마음을 단단히 먹고 다시는 울지 않도록 해야겠다. 내가 괴로워하는 모습을 보이고 싶지 않다. 그리하여 그에게는 내가 언제나 행복하다는 것을 보여주며 믿게 할 작정이다.

10월9일

우리는 어제 마음을 터놓고 이야기했다. 조그마한 안정감과 행복감을 느낀다. 오늘 기분 좋게 마차를 탔다. 그러나 마음 한 구석은 아직 석연치 않다. 지난 밤에 나는 우울한 꿈을 꾸었다. 확실히 기억나지는 않지만 마음이 무겁다. 무엇인가가 나를 옭아매고 있다. 얼마 안 가 죽게 될 징조인지도 모르겠다.

남편이 있다는 게 어색하게까지 느껴진다. 잠자는 그의 숨소리에 귀를 기울인다. 혼자 깨어 있는 게 무서워진다. 그는 내가 다가가는 것을 원하지 않는다. 그것이 슬프다. 육체적인 관계에 그는 염증을 느끼고 있는지도 모르겠다.

10월11일

그를 사랑하면 할수록 그는 냉정해져만 간다. 그는 솔직하기 때문에 나를 속이지 못한다. 내가 슬퍼한다는 것을 그가 알게 될까 봐 걱정된다. 이런 종적 없는 우울은 남편을 괴롭히는 법이다. 때로 모든 것이 잘 될 것이라는 생각을 하며 위안을 삼으려고 노력하기도 했으나 생각처럼 되지 않는다. 오히려 점점 더 나빠질 것만 같다. 아버지가 편지를 보냈다.

"네 남편은 너를 사랑하고 있다."

물론, 그는 나를 열렬히 사랑했다. 그러나 열정은 이미 사라지고 없다. 아마 그가 나를 사랑하지도 않으면서 반해 버렸었다는 사실을 아는 사람은 아무도 없으리라. 한때 내가 가졌던 모든 것은 사라졌다. 일할 정력이며, 삶의 기쁨이며, 가사를 돌보는 재능이며, 요즘은 그저 하루 종일 이렇게 앉아서 아무 일도 하지 않고 갖가지 슬픈 생각으로 하루를 보낸다. 일을 하고 싶지만 도무지 손에 잡히지 않는다. 이처럼 두통만 주는 모자를 쓰고 앉았으니 대체 무슨 꼴이란 말인가? 피아노를 치려고도 해본다. 그러나 피아노는 불편하게 2층에 있다. 2층에서 피아노를 치면 집안 전체에 울릴 것이다. 그렇다고 피아노를 아래층으로 옮기는 것도 좋지 않다.

나는 도대체 어디에 쓸모가 있는 여자일까?

11월13일

사람이 사랑만으로 살 수는 없다. 내가 딴 일은 하지 않고 오로지 그만을 생각해온 것은 어리석은 일이다. 그는 앓고 있다. 그가 죽을 것 같은 생각도 든다. 그 생각에 나는 비참한 심경에 처해 있었다. 그가 즐거워하면 나는 기쁘다. 그리고 그의 행복한 기분이 사라질까 봐 겁이 난다. 그가 일할 때나 외출했을 때, 나는 그의 발자국 소리에 귀를 기울이며 항시 그에 대한 생각만 한다. 집에 들어오면 나는 줄곧 그의 얼굴을 쳐다본다.

일을 발견하는 것은 어렵지 않다. 그러나 일을 시작하기 전에, 닭에게 모이를 주거나 피아노를 두드리거나 몇 권의 좋은 책과 많은 시시한 책을 섞어 읽거나 오이를 절이거나, 얼마 간의 열의를 갖고 있어야 한다. 때가 되면 그렇게 될 것이다. 게으른 생활을 청산하고 이 시골에 익숙해질 것이다. 나는 통속적인 굴레에 얽매여 권태를 느끼게 되고 싶지 않다. 그렇게 되지도 않을 것이라 믿지만. 나는 남편이 나에게 끼치는 영향력이 더욱 강했으면 좋겠다. 내가 그처럼 그를 사랑하면서도 그가 나에게 끼치는 영향력이 너무도 작음을 느끼는 것은 이상하다. 내가 모든 것을 새로 깨닫고, 이 세상에 얼마나 살기 좋은 곳이라는 걸 알 때 내게 지워진 의무라는 것이 얼마나 즐거운 것인가를 느끼게 되는 건전한 시간도 있지만, 그런 기분은 금세 사라져버리고 모든 것을 잊게 된다.

나는 오랫동안 기도를 하지 않았다. 옛날에는 종교의 외면적인 것까지가 나에게 기쁨을 주었다. 때때로 성모상 앞에 켜진 촛불의 조용한 빛 속에서 성모상을 꽃으로 꾸미고 그 앞에 한 시간 혹은 그 이상을 꿇어 엎드려 있곤 했었다. 지금에는 그 모든 것이 어리석고 우습게 되어 버렸다. 그러나 그런 것을 생각하는 데서 나는 기쁨을 얻는다.

11월23일

내가 만일 그에게 아무런 가치가 없고, 다만 아내라는 이름을 가진 인형에 불과하여 인간적인 대접을 받지 못한다면 모든 것이 부질없을 뿐더러 구태여 살고 싶지도 않다. 물론 나는 게으르다. 그러나 천성적으로 게으른 것은 아니다. 단지 내가 여기서 무엇을 해야 할 것인가를 아직 발견하지 못했을 뿐이다. 그는 화를 내고 그것을 참아내지 못한다. 그러나 그렇게 염려하지는 마라! 나는 오늘 참 자유롭고 행복을 만끽하고 있다. 그는 매우 우울해 보였지만, 나를 건드리지는 않았다.

나는 안다. 그가 훌륭하고, 시적이며, 이지적이고, 또 힘에 가득 차 있음을. 그러나 그가 언제나 모든 사물의 어두운 면만 보는 것이 나를 괴롭힌다. 때때로 나는 그의 어두운 세력권에서 벗어나려고 해보지만 그렇게 되지 않는다. 이제부터는 권태를 느끼게 될 때마다 마차를 타고 밖으로 나가 어디든 갔다 올 작정이다. 때로 내가 밖으로 나가기만 하면 갑자기 자유를 느끼곤 한다. 그러나 어떤 때는 그가 걱정하며 나를 찾아다니는 상념에 사로잡혀 어쩔 수 없이 집으로 돌아오고 만다.

그가 그처럼 우울했기 때문에 나는 거의 울음을 터뜨릴 지경이었다. 그는 나에게 말조차 건네려고 하지 않는다. 그와 같이 산다는 것은 무서운 일이다. 다시 피아노를 치러 가야겠다. 그는 지금 목욕탕에 들어가 있다. 오늘 그는 마치 낯선 사람과 같다.

12월6일

언제고 나는 질투에 미쳐 자살해버릴 것만 같다. 그의 단도와 총을 볼 때마다 희열을 느낀다. 내가 단 한 번만 손을 까딱하면 모든 것이 편안해질 것이다. 아직 아이가 없는 한 그는 내게서 몇 발자국 떨어지지 않는 곳에 있다. 미칠 것만 같다. 마차를 타러 나가야겠다. 그러나 곧 그를 보게 될 것이다. 나는 얼마나 그를 사랑했는가? 내가 그의 일기와 그의 과거를 태워버릴 수만 있다면 얼마나 좋을까!

그의 일기를 들추기만 하면 그는 언제나 사랑과 여자에 관해서 쓰고 있다. 구역질이 날 만큼. 그것을 모두 태워버려 그의 과거가 생각나지 않기를 바란다. 내가 그를 죽이고 그와 똑같이 생긴 사람을 만들 수만 있다면 기꺼이 그렇게 할 것이다.

1863년 1월9일

그의 얼굴과 상냥한 표정을 보는 것이 내게는 고통이다. 어젯밤부터 그를 보지 않으려고 애썼다. 나는 어찌 그를 그처럼 성가시게 구는가? 어떻게 해야 나의 죄를 덮어버릴 수 있을지 모르겠다. 어떻게 해야 나의 어리석은 말들을 돌이킬 수 있을까. 말하자면 어떻게 해야 그에게 더 좋은 아내가 될 수 있을까 하는 것이다. 지금 내가 그를 사랑하는 것보다 더 그를 사랑할 수는 없다. 나는 지금 최대한의 사랑을 그에게 퍼붓고 있으니까. 그에게 보내는 사랑 이외에 어느 생각도 욕망도 그 어느 것도 내 마음 속에는 없다. 어제는 특히 기분이 좋지 않았다. 너무 지나쳤던 것 같다. 대체 나는 어떻게 할 셈이었던가? 그가 점점 더 냉담해진다면 어쩌겠는가?

오, 주여! 저는 이처럼 천하고 쓸모없는 여자입니다. 이처럼 마음이 약하다는 생각이 더욱 저를 괴롭힙니다.

1월11일

그를 거의 병적으로 사랑하게 될 때가 있다. 요즈음이 바로 그런 때다. 그렇게 되는 경우는 내가 죄를 지었다고 생각될 때다. 그를 쳐다보는 것이나 그에게 귀를 기울이는 것 모두가 내 마음에 상처를 준다. 내 자신이 마치 성자 앞에 서 있는 악마와 같이 느껴지는 것이다. 내가 그를 즐겁게 해서 전처럼 그로 하여금 나를 사랑하게 만들면 우리의 관계는 간단하고 솔직해질 것이다. 나는 그를 과감한 자신감을 갖고 사랑하곤 했다. 나는 그에게 감사한다. 그리고 신에게도. 왜냐하면 오늘 그는 친절하게 말을 건네고 애무를 해주고 관대하고 친절한 눈짓을 보내주었다.

지금의 나는 마치 그의 친절을 기다리기 위해 사는 사람이나 마찬가지다. 그리고 그것만이 내가 바라는 것의 전부다. 내 몸 속에 있는 아이는 나에게 자부심을 갖게 해준다. 그리고 그것은 어쩔 수 없는 운명이요, 자연법칙에 지나지 않을는지 모르겠다. 거기서 어떤 위안을 받을 수는 없다. 나는 무서울 만큼 그를 사랑하고 있다. 그가 없다면 모든 것이 무의미해진다.

1월17일

싸우지 않고 같이 산다는 것은 힘든 일이다. 그러나 나는 싸우지 않겠다. "부부간의 지나친 싸움은 서로에게 지울 수 없는 상처를 주고 만다"는 그의 말은 옳은 것 같다. 가장 큰 불행은 언제나 질투에서 온다. 우리는 모두 조심해야 할 것이다. 그는 언제나 나와 함께 있고 싶지는 않아 보인다. 모자와 치마, 이런 것들이 그의 마음을 움츠러들게 할 때가 있다. 그러면서도 그가 내 곁에 없을 때는 말할 수 없는 외로움을 느끼게 된다. 그에게 매달렸으면 좋겠지만 그것은 나에게 두려움을 준다. 그를 보고 싶어 하는 감정이 날로 커져만 가는 지금, 그로 하여금 나와 같이 있었으면 하는 욕망을 항상 느끼게 할 수 있다면 얼마나 좋을까. 내내 그를 기다렸다. 그러다가 지금은 앉아서 일기를 쓴다.

벌써 새벽 2시가 지났다. 그러나 그는 아직 돌아오지 않았다.

4월8일

그에게 정말 무슨 일이 생겼나 보다. 불성실해졌을 뿐더러 부자연스러워진 것 같기도 하다. 단지 두통 때문일까? 그에게 무슨 일이 일어났는가? 그는 대체 무엇을 원하는가? 그가 원하는 것이면 무엇이든 할 작정이다. 내가 할 수 있는 일이라면. 그는 지금 밖에 나가 있다. 그러나 그가 기분이 상해서 돌아오거나 무엇이 그를 괴롭히게 될까 봐 벌써부터 마음이 불안하다. 나는 무서울 만큼 그를 사랑한다. 나는 그것을 깨닫고 있다. 내가 참아야 한다면, 그를 위하여 무엇이든 참으리라.

4월28일

그는 이미 늙어버렸거나 불행하거나 둘 중의 하나다. 그가 돈과 영지, 그리고 양조장에만 관심을 갖고 있는 게 아닐까 걱정이 된다. 먹고 자고 그리고 아무 말 없이 앉아 있는 일 외에 그는 언제나 혼자서 영지를 방황한다. 나는 그와 떨어져 혼자 있는 것이 외로워 못 견딜 지경이다. 그는 기계적으로 내 손에 키스함으로써 그의 사랑을 나타내려고 한다.

4월29일

그가 나를 떠나는 일이 더욱 잦아지고 있다. 그는 육체적인 사랑을 더욱 중요시하는 것 같다. 그것은 무서운 일이다. 왜냐하면 그것은 나의 생각과는 전혀 다른 것이기 때문이다.

5월8일

그가 관계되는 곳에 나는 있지 않다. 내가 그에게 불쾌감만 주고 있다는 것을 느낀다. 그리하여 나의 유일한 목표는 될 수 있는 한 그를 혼자 있게 하고 내 생활에서 그와 관련된 부분을 잘라내는 일이다. 내가 임신하고 있는 동안에는 그에게 아무런 기쁨을 줄 수가 없다. 아내가 임신함으로써 남편이 자기를 진심으로 사랑하는가, 사랑하지 않는가를 발견할 수 있다는 것은 얼마나 슬픈 일인가? 머리가 아프다. 모든 일에 짜증이 난다. 울고만 싶다.

5월22일

그의 사랑을 더욱 귀중히 여겨야겠다. 그러나 그의 사랑은 망설이고 있다. 아주 연약하게, 혹은 이미 끝났는지도 모를 만큼. 그것은 두려운 일이다. 그러면서도 나는 언제나 그것을 생각한다. 어제부터 나는 앓고 있다. 혹시 유산하지 않을까 걱정되지만 뱃속에서 느껴지는 아픔은 일종의 쾌감을 준다. 그것은 내 어린시절의 감정과 비슷하다. 비록 어머니가 용서하신 잘못이라도 내가 나를 용서하지 않았다. 그 벌로 나는 나의 손을 꼬집고 바늘로 찔렀다. 아픔은 견딜 수 없이 큰 것이었지만 나는 그것을 커다란 기쁨으로 참았다.

사랑을 시험해 보기에 가장 알맞은 때다. 날씨가 좋아지고 몸이 좀 나으면, 생활은 곧 정돈될 것이다. 나는 나의 가정과 아기에 자부심을 갖고 있다. 그리고 나 혼자만의 생활은 이제 끝났다. 앞으로의 내 생활은 내가 그를 사랑한 날의 기억과 아직 그가 나를 사랑할지도 모른다는 막연한 생각으로 가득 찰 것이다. 나 자신을 그처럼 괴롭힌 것은 바보짓이었다. 모든 것이 매우 비참하다. 시계는 슬프게 시간을 알린다. 개는 서럽게 앉아 있다. 두슈카는 불행한 것 같다. 저 두 노파는 비참하다. 모든 것이 죽음의 빛을 띠고 있다.

6월7일

그를 미칠 듯이 사랑한다. 이 감정은 강하게 나를 사로잡고 있다. 그도 나를 사랑하고 있다. 나는 그것을 느낄 수 있다. 혹시 그것이 내가 일찍 죽게 될 징조가 아니었으면. 그와 떨어져 있다는 것은 정말이지 슬픈 일이 될 것이다. 매일매일 내 사랑은 더해만 가고 있음을 깨닫는다. 그와 그의 사업 외에 나에게는 아무것도 없다.

7월23일

지금까지 열 달 동안 결혼생활을 한 셈이다. 그 동안 용기를 많이 잃었다. 아기가 젖을 찾을 때면 어딘가 의지하려는 마음이 생길 것이다. 그것과 아픔이 뒤섞여 있다. 그는 아무런 도움도 되지 못한다. 그는 결코 영지를 잘 운영하지 못할 것이다. 그것은 그의 갈 길이 아니니까. 요즈음은 그도 안절부절못하고 있다. 그는 자신이 갖고 있는 것에 만족하지 못하고 있다. 나는 그가 무엇을 원하는지 알고 있다. 그러나 그것은 결국 희망에 그칠 것이다. 모든 것에 기쁨을 잃었다. 나는 마치 개와 같이 그의 애무에 익숙해져 버렸다. 그러나 그도 이미 늙었다. 이런 생각은 이따금 일어나는 것임을 나도 안다. 그러나 너무 자주 일어난다. 그래도 참아야지.

7월31일

그러나 참아라! 다소나마 나는 지난 날을 축복한다. 그를 깊이 사랑했고, 또 무엇이든 그에게 감사의 뜻을 표해야겠다. 결혼을 하고 아홉 달 동안은 내 생애에 있어 가장 나쁜 기간이었다. 그리고 열 번째 달은 말할 필요조차 없다.

8월3일

내가 건강해질 때까지 참을 수 없다는 것은 그가 약해졌다는 증거인가. 나는 그보다 열 배는 더 참는다. 화난 김에 모든 것을 다 써 버리고 싶다. 비가 오기 시작했다. 그가 혹시 감기나 들지 않을까 겁난다. 나는 벌써 화가 풀렸다. 그를 사랑한다. 주의 축복이 그에게 있기를.

9월10일

내 젊음이 가버린 것이 슬프다. 약간의 질투심이 생긴데다 약간은 지쳐 있다. 내 고통과 고민은 이 네 벽에 둘러싸여 있다. 밖에 있을 때야 축복받은 듯 행복하고 마음이 개운해지고 내 가정생활에 만족하곤 한다. 다시 달빛이 빛나고 밤은 따스하고 부드럽다. 그러나 그 모든 것이 나에게 속해 있지 않은 것 같다. 내가 어디를 가든 그의 시선이 나를 따라다닌다. 더구나 어제 피아노 앞에서 본 그의 눈, 그 눈은 나를 떨게 만들었다. 그때 그는 무엇을 생각하고 있었을까? 나는 여태껏 그처럼 이상한 빛을 그의 눈에서 본 적이 없다. 그는 과거의 어떤 일을 생각하고 있었을까? 아니면 나의 질투에서였을까? 하여간 그를 사랑한다.

순결하고 깊은 이 사랑을 어찌하랴!

레스터 프랭크 워드
Lester Frank Ward

1841~1913년. 사회학자, 고생물학자. 일리노이에서 마차바퀴 수선으로 생계를 유지하는 아버지 밑에서 가난한 어린 시절을 보냈다. 독학으로 익힌 라틴어와 그리스어, 프랑스어를 폭넓게 활용하여 다양한 인문사회학 서적을 독파하여 사회학의 거장으로 성장할 수 있는 토대를 마련했다. 인간사회를 '최고의 발전 단계 결과'로 규정하는 사회학의 기초이론을 세웠다.

1860년 7월8일

내 신변에 관한 일기를 쓰자면 먼저 이번 달 4일부터 일어난 사건 중에서 가장 흥미 있는 몇 가지를 추려봐야겠다. 지나간 두 달은 나의 일생 중에서 어느 때보다도 못 견디게 괴롭고 심란했다. 그 이유는 귀여운 사람이면서도 진정으로 나를 대해 주지 않는 한 소녀와의 사랑에서 받은 큰 실망 때문이다. 나는 참다못해 꼭 한 번만 더 만나고 싶다는 사연과 꼭 한 번만 더 회답을 달라는 내용의 편지를 써서 그녀에게 보냈다. 그리고 내가 즐겨 켜는 바이올린의 끊어진 줄 두 개를 사다 갈았다.

7월9일

오늘 아침에는 옥수수밭을 갈았다. 말이 말을 잘 듣지 않아 애를 먹었다. 그렇지만 나는 해질 무렵까지 옥수수밭을 갈았고 옥수수 대를 모아 모두 단으로 묶어 놓았다. 사랑하는 소녀 리치 보트를 생각하니 마음이 한결 가벼워졌다. 모두 잠이 들어 있었다. 잠자리에 들기 전 나는 발을 씻어야 했다.

7월11일

우체국으로 가서 혹시 리치에게서 온 편지가 있을까 하고 찾아보았다. 그러나 헛수고였다. 나는 리치를 다시는 생각하지 않기로 다짐했다. 그러자 마음이 훨씬 편해졌다. 아침 한나절은 옥수수를 수확하면서 거의 앓다시피 했다. 사랑하는 리치, 영원히 너를 잊으련다. 내가 그토록 사랑하던 리치를 단념한다는 것은 나를 죽음으로 이끄는 것이다. 그래도 좋으니 죽게 해달란 말이다.

8월19일

저녁 6시 교회에서 예배가 있다는 말을 듣고 거기에 갔다. 리치도 저만큼 앉아 있었다. 예배가 끝난 후 나는 리치와 함께 돌아왔다. 리치를 데리고 방안으로 들어섰다. 리치가 등불을 켰다. 우리는 서로 붙어 앉아 이야기를 주고받았다. 나는 자리에 가만히 앉아 있을 수가 없었다. 몸을 앞으로 수그려 리치의 날씬하고 부드러운 허리를 감싸안고 그녀의 얼굴로 다가가 내 입술로 그녀의 입술을 덮고 말았다. 그리고 닭이 세 번이나 울도록 우리는 사랑에 젖어 있었다.

8월26일

미시시피강을 발견한 데 소토스페인의 탐험가. 1541년 미시시피강 발견의 전기를 읽고 있다. 참으로 재미있고 감명 깊은 책이다. 리치를 만나 서로 사랑을 나누던 그날 밤이 좀처럼 잊혀지지 않는다.

9월22일

지난 월요일 시내로 갔다. 그날 저녁 나는 기름을 좀 빌려달라는 구실로 리치의 집에 들렀다. 리치와 같이 앉아 있으면 언제나 마음이 설레었다. 우리는 등잔불 때문에 애를 먹었다. 밖에는 어느덧 비가 내리기 시작했다. 리치의 손을 잡고 현관문까지 나왔을 때다. 문득 어둠 속에 놓여 있는 의자 한 개를 발견했다. 나는 리치를 쓸어안고 의자에 주저앉아 거의 한 시간 동안이나 포옹과 키스를 나누었다. 오! 이 즐거움을 어찌하랴! 순결하고 깊은 이 사랑을 어찌하랴!

10월7일

리치가 그리워 미칠 것만 같다. 이렇게 애를 태우다가는 심장이 터져 피가 솟구칠는지도 모르겠다. 나는 참다못해 리치 대신 책을 껴안아 보았다. 이토록 사람이 그리울 수가 있을까?

10월11일

오늘 저녁에도 리치에게서 편지가 왔을까 해서 우체국으로 가보았으나 역시 허사였다. 리치는 왜 편지를 보내지 않을까? 정말 알다가도 모를 일이다. 전에 내가 보낸 편지 때문에 혹시 오해를 하고 있는 것은 아닐까?

10월21일

지난 일요일 저녁 예배를 마치고 리치의 집으로 갔다. 이번만은 두 시간 이상 그 집에 머물지 않기로 했다. 그렇지만 사랑이 주는 미련은 어쩔 도리가 없었다.

"사랑해요."

이렇게 말하면서 리치는 가만히 입술을 가져왔다.

"저는 당신이 좋아요. 사랑스러운 두 눈, 그리고 당신의 품이 참을 수 없을 만큼 좋아요."

새벽 3시가 돼서야 약간 졸렸다. 의자 세 개와 이 집 구둣방 벤치를 마주 붙여놓고 리치는 그 중간쯤 앉았고, 나는 그녀의 무릎을 베고 누워 있었다. 이렇게도 행복할 수가 있을까! 우리는 서로 얼굴을 마주 대고 있었다. 나는 내 가슴 위로 리치의 손을 가만히 가져왔다. 마치 천사들의 속삭임과 같은 우리의 심장 뛰는 소리가 들렸다.

리치는 내가 하자는 대로 몸을 맡기고 있다가 "가만히 계세요. 당신의 벗은 가슴에 이렇게 손을 얹고 있는 것만도 무슨 죄를 짓는 것 같아 겁나요"라고 말했다.

리치는 갑자기 수줍어했다. 나는 그런 리치가 더욱 좋았다. 오, 나의 귀여운 비둘기여! 그러는 사이 어느덧 닭이 홰를 치고 사람들이 일어나는 기척이 들렸다. 나는 슬그머니 그녀의 집을 빠져 나왔다.

"야옹! 야옹!"

고양이가 내 앞을 가로질렀다.

11월6일

어제와 오늘, 이틀 동안 옥수수를 수확했다. 알곡이 48부셸곡물 등의 무게를 나타낼 때 쓰는 단위. 1부셸은 27,216kg이나 났다. 오늘은 굉장한 날이다. 선거일이다. 링컨이 당선되기를 희망한다.

그 동안 나는 한 번도 안식기도를 간 적이 없었다. 그 대신 나는 리치의 집으로 가곤 했다. 둘이 앉아 이야기를 나누고, 키스를 하고, 서로 껴안고 몸부림을 쳤다. 그리고 며칠 전 밤에 하듯이 구둣방 의자에서 사랑의 시간을 보냈다. 새벽 4시가 되자 리치의 아버지가 침대에서 일어나는 기척이 들렸다. 나는 벌떡 일어나 작별의 키스를 하고는 허겁지겁 그 집을 빠져 나왔다. 나는 나의 외박을 식구들에게 알리지 않으려고 조심조심 집으로 들어가다가 그만 들키고 말았다.

12월3일

학교 일을 맡아 보게 된 첫날이 지나갔다. 한 달에 16달러를 받기로 했다. 드디어 내 손으로 돈을 벌기 시작했다.

2월3일

어제 아침 8시 반에 썰매를 가지고 집을 나섰다. 그 길로 리치의 집으로 가 그녀를 불러내 캠프타운으로 갔다. 그녀의 집으로 돌아왔을 때는 벌써 6시가 되어 있었다.

비가 오고, 또 언덕길인 탓도 있겠지만 그보다는 우리가 키스를 하고 싶어졌기 때문에 늦어졌던 것이다.

2월9일

어제 아침은 몹시 추웠다. 영하 14도였다.

금요일 저녁은 그녀와 같이 즐거운 시간을 보냈다. 나는 그녀의 부드러운 젖가슴에 키스를 했다. 그러나 우리는 그 이상의 행동을 하지는 않기로 했다. 우리의 애무는 매우 행복했고 즐겁고 매혹적이었지만 그와 반면에 피치 못할 난점도 없지 않았다. 너무 열중한 나머지 도덕의 한계를 넘어설 우려도 있는 것이다.

2월14일

어제는 그리스어의 어근을 공부하는데 너무 열중하여 일기를 쓰는 것조차 잊어버리고 말았다. 밖으로 나가 보니 개울에는 물이 많이 불어 있었다.

2월24일

금요일 저녁, 그녀의 집으로 갔다. 이제 우리는 서로 잊을 수 없는 사이라고 느끼기 시작했다. 그리고 우리가 저지른 일에 너무도 당황한 나머지 리치도 울고 나도 울었다. 울면서 용서를 빌었고 용서를 빌면서도 우리는 서로 껴안았다. 우리의 뺨은 눈물에 젖어 있었다. 서로 눈물이 흐르는 뺨 위로 입을 가져갔다. 그녀의 아버지는 무엇인가 화를 내며 투덜거렸다. 앞으로 2주일 안으로는 다시 그녀의 집을 찾지 않기로 결심을 했다.

3월3일

오늘은 생리학 공부로 하루를 보냈다. 이 생리학 책을 리치에게 가지고 가서 같이 읽고 싶었으나 가지 않았다.

3월14일

사랑, 오 나의 사랑하는 여인이여! 오늘 아침은 생리학 책을 읽으며 지냈다.

3월18일

일기를 쓰기 시작한 이래 말로 표현할 수 없이 행복한 날이다. 저녁을 먹고 난 후에 생긴 일이었다. 마음이 타는 듯하고 넘칠 듯했다. 우리는 서로 끌어안은 채 밤이 새도록 키스를 했다. 새벽 5시가 되기 전에는 자지 않기로 맹세하고. 전에는 알지도 못했고 하지도 않던 짓을 했다. 우리가 무슨 일을 벌였는지는 굳이 여기에 옮겨 적지 않기로 하겠다. 그러나 그것은 무척 즐겁고도 아름다운 일이었을 뿐 결코 수치스러운 일은 아니었다.

우리는 자리에서 일어나 산책을 나섰다. 학교를 지나 신작로를 따라 깊은 숲속으로 반 마일약 800m이나 갔다. 바위가 하나 있었다. 우리는 그 바위 위에 앉아서 가슴속 깊이 간직했던 이야기를 주고받았다. 지난 번 리치에게 생리학 책을 보여주겠다며 편지로 알린 일이 있었고, 그녀도 꼭 한 번 보여달라는 간청이 있었다. 그녀는 내게 책이 있음을 알자 짓궂게도 읽어달라고 보챘다. 나도 읽어주려 했으나, 구체적인 내용은 알려주기가 곤란했다. 그렇다고 해서 책만 내맡기는 것도 쑥스러웠다. 허나 어떻게 해서라도 알려주고 싶었다. 우리가 먹을 사탕수수도 꺾을 겸 나는 슬며시 책을 놓고 숲속으로 들어갔다. 그 동안 그녀는 책을 어디까지 읽었는지는 모르겠으나 재미있어 한 것만은 사실이다. 이후 우리는 더욱 가까워졌다.

5월7일

리치의 남편이 되어 그녀의 품에 안겨 한평생 살다 죽기를 갈망하게 되었다. 일요일 아침, 사랑의 즐거움을 느끼면서 리치와 헤어졌다. 순수하고 단순한 그녀는 선뜻 받기를 꺼려했으나 나는 생리학 책을 굳이 맡기고 나왔다.

6월10일

그녀의 어머니는 저녁상을 치운 다음 어디론지 나가고 없었다. 우리는 이 틈을 타서 서로 힘껏 껴안았다. 정말 흡족했다. 그녀는 라틴어를 꽤 잘 읽었다. 체스도 두었다. 그녀는 나보다 실력이 월등했다.

6월17일

내일은 내 생일이다. 나도 이제는 스무 살이 되었다.

7월8일

토요일에는 리치의 오빠를 도와 옥수수밭에 거름을 주었다. 일요일은 하루 종일 그녀와 같이 지냈다. 우리는 순결하고 진실한 마음으로 서로 사랑하고 있다. 그리고 열렬히 결혼을 바라고 있다. 아침에는 무밭에 호미질을 했다. 그런데 난데없는 비가 마구 쏟아지기 시작했다.

7월9일

리치에게 피리를 선물로 받았다. 잠시 그 피리를 불어 보았다. 그리고 대수숫자 대신 문자를 기호로 사용하여 수의 성질이나 관계를 연구하는 수학의 한 분야를 시작했는데 미적분 부분이 어려웠다. 피곤하다. 결혼을 하고 싶은 욕망이 솟는다.

9월10일

무서운 일을 저질렀다. 60센트나 하는 온도계를 깨뜨린 것이다. 온도계를 사고 나면 내게 한 푼도 남지 않는다. 어디서 돈을 꾸어야 할지 모르겠다. 만사가 제대로 되지 않는다. 그래도 나는 희망을 잃지 말아야 한다.

9월18일

내 마음은 귀여운 애인에 대한 즐거움으로 가득 차 있다. 그녀를 안아주고 싶은 생각에 가슴이 타고 있다.

신다 보니 장화 한 짝이 찢어졌다. 며칠 못 가서 다 해지겠다. 그러나 생각해 보니 정말이지 오래 신었다. 여태까지 신던 신 가운데 가장 오래 신은 셈이다. 일간 장화 하나를 더 장만해야겠다.

10월19일

어려운 대수를 세 문제나 풀고 그리스어를 공부했다. 또 역사책을 두 장이나 읽었다. 그러고 나서 사랑하는 애인에게 글을 썼다.

10월22일

지금 막 셰익스피어의 「비너스와 아도니스」라는 시를 읽었다. 처음에는 정열과 흥분에 휩싸였고, 후반으로 갈수록 감상적이 된 나머지 울면서 읽었다. 토요일에는 존을 찾아가 옥수수밭에 앉아 잠시 이야기를 나누었다. 장화를 고쳐달라는 부탁을 하고 왔다.

10월25일

우리는 서로 입술을 포갰다. 그리하여 우리는 낙원으로 들어갔다. 그날 밤은 결혼생활에서나 맛볼 수 있는 환희와 행복을 느꼈다.

11월10일

금요일 저녁에는 그녀의 집에서 새벽 1시까지 놀았다. 그녀는 감기로 고생하고 있었다.

11월19일

개울을 건너 그녀의 집으로 갔다. 누구도 간섭하지 않는 단둘이 보낼 수 있는 행복한 시간이었다.

일요일에는 7시쯤 교회로 가 설교를 들었다. 들을 만한 설교라고 생각했다. 얼마나 깊고 참된 진리인가!

월요일 아침에 장화를 고쳤다.

12월1일

장화를 기름으로 닦았다.

나는 그녀를 얼싸안고 수없이 키스를 해댔다. 어쩌면 사람이 그렇게도 예쁜가!

12월16일

약간 시끄러운 일이 생겼다. 필립 던의 따귀를 갈기다가 손이 빗나가는 바람에 그만 놈의 코피를 터뜨리고 말았던 것이다. 얼마 후 존비시가 오더니 "그 애 아버지가 화를 내더라"고 했다. 나는 많은 말을 하지는 않았으나 "내가 옳다고 생각한 일은 해야겠다"면서 알아들을 만큼 타일러 보냈다.

1862년 1월6일

윌리엄 던이 학교에서 공부는 하지 않고 어디론가 사라진 일이 있어 호된 벌을 주었다. 리치를 찾아갈 생각으로 학교를 나섰다.

5월4일

리치와 함께 강변을 걸었다. 정말 즐거웠다. 자연 속을 거닐다 보니, 인간의 간섭을 받지 않고 사는 노루나 사슴 같은 들짐승이 부러웠다. 그녀와의 포옹과 애무에 젖은 심정은 글로는 다 표현할 길이 없다. 이때 뉴올리언스미국 남북전쟁 때 북군이 점령를 점령당했다는 비보가 들려

왔다.

5월16일

어제 오후에는 학생들을 인솔하고 유리공예품 전시회로 갔다. 정말 볼 만한 것이 많았다. 제작자의 이름은 오언이라고 했다. 나는 리치를 만나고 싶은 생각에 불타고 있었다.

그 동안 잊고 일기에 쓰지 못한 몇 가지 일에 대해 써야겠다. 지난 금요일에 12센트를 주고 종이 열두 장 사 온 것과 그날 저녁 「트리뷴」 1847년부터 발행된 일간지의 배달 요금 26센트를 준 것, 리치에게 1달러를 꾸어준 일이 있었다.

7월14일

토요일 저녁, 리치의 집으로 갔다. 3시가 지날 무렵까지 우리는 다정히 이야기를 주고받았다.

일요일에는 라틴어를 공부하고 나서 리치와 함께 산책을 하며 딸기도 따먹었다. 오후 3시쯤 그녀의 집으로 돌아왔다. 밖이 어두워지자 나는 바이올린을 들고 그녀의 집을 나섰다.

8월13일

월요일 저녁, 존의 마차를 빌려 왔다. 화요일 리치와 함께 딸기를 따러가기 위해서였다. 우리는 단둘이 떠났다. 엘리어트 댁 앞까지 왔을 때 마차 바퀴 한 쪽이 부서졌다. 할 수 없이 다시 시내로 들어가 대장장이를 불러냈다. 한 시간이 넘어서야 수선이 끝났다. 이렇게 하여 우리는 정오에야 가까스로 산마루에 이르렀다. 이날 우리는 산짐승처럼 산에서 하룻밤을 보내야만 했다.

이튿날은 수요일이었다. 우리는 아침을 먹기 전에 딸기를 따기로 했다. 이때였다. 매두었던 말이 어느 틈에 고삐에서 풀려 사라진 것이다. 이 일을 어찌하랴! 우리는 딸기를 따다 말고 온종일 말을 찾아 헤매었다. 그러나 말은 보이지 않았다. 결국 우리는 지나가는 마차를 잡아타고서야 산 아래까지 내려올 수 있었다. 금요일에는 산으로 올라가 말을 찾고야 말았다.

토요일에는 전쟁에 관한 이야기로 하루를 보냈다. 나도 빨리 병적 등록을 해야겠다.

8월14일

교회에 갔다. 브러시의 강연을 들었다. 별로 신통하지는 않았다. 월요일에는 타원터로 가서 등유를 사 왔다. 군대에 가야 한다는 생각이 떠나지 않았다.

돌아오는 길에 "병적 등록을 마쳤다"는 에드 오운을 만났다. 그와 마차를 같이 타고 돌아오는 길에 나는 펜실베이니아 용사들의 이름 가운데 내 이름을 적어 넣고 부대에 입대하기로 했다. 화요일에는 장교를 선출하는 타원터로 모두 모였다. 청년들은 누구를 막론하고 전장으로 나가고 있었다. 실로 감격적인 모습이 아닐 수 없었다.

그러나 한 가지 일이 남아 있다. 1862년 8월13일 수요일 혼인 등록을 했다. 뭐라고? 내가 결혼을 했다고? 그렇다. 내가 미칠 듯이 사랑하던 리치가 이미 내 아내가 되었다는 말이다. 우리는 그 동안 이 사실을 비밀에 붙이고 있었으나 짐작을 한 사람도 있을 것이고 아직 모르는 사람도 있을 것이다. 그녀와 함께 산다는 것은 얼마나 감미로운 일인가? 혼인 등록에 수수료가 3달러나 들었다.

난생 처음 여인의 향기를 맡았다

앙리 프레드릭 아미엘

Henri Fredric Amiel

1821~1881년. 문학가, 철학가. 제네바 아카데미에서 미학과 도덕철학을 강의했다. 이상적인 결혼관과 현실적인 여성과의 불일치에서 갈등하며 평생 독신으로 지냈다. 고요와 고독을 즐겼으며 인생의 낙에 대한 유일한 수단으로 일기를 썼다. 그의 일기는 1923년 험프리 워드 부인에 의해 정리되어 『아미엘의 일기』로 출판되었다. 원문에 등장하는 X는 레옹 보프에 의해 피핀이라는 여성으로 밝혀졌다.

1859년 4월2일

이것이 하느님의 답일까? 나로 하여금 구제와 필요한 힘, 그리고 모종의 해결책을 찾도록 노력하게 하는 것이 사랑일까? 3월13일과 16일(3월25일 편지에서는 이것을 확증할 수 없었다) 편지를 보낸 사람이 다시 나에게 편지를 보냈다.

4월8일

관계가 계속되다. 그 여인은 여성다운 분별력과 용기가 있으며 동시에 끈기와 신중함이 있다. 나는 월요일까지 미루었다. 그날 우리는 다시 만날 것이다.

4월11일

약속이 이행되어 만났다. 신비에 싸인 미지가 그 여인의 베일을 통하여 나를 매료시켰다. 그 여인에게는 내가 갖추지 못한 고요와 집념이 있다.

나는 결코 실재를 파악하지 못했고 심각하지 않았을 뿐더러 흥분하지도 않았고 자신을 지배하지도 못하였다. 도덕적인 불구 때문이다. 나의 손은 잘려서 없어졌고, 입술은 움직이지 않았고, 이름은 산산이 흩어졌다. 사자는 으르렁거리기만 하였을 뿐이다. 욕구와 의지가 남성을 특성 있게 한다는데, 나는 성을 상실했는가 보다.

4월14일

마음속에 도사리고 있는 악마가 다시 나를 지배하다. 오, 고통, 가장 비천한 고통, 육욕의 유혹, 열정 없는 육욕, 추악한 꿈, 무거운 밤이다.

4월26일

X에게서 편지가 오다. 그 여인은 겁을 집어먹고 있다. 우리는 결코 다시 만나서는 안 된다.

6월3일

어제 저녁 X와 함께 8시부터 10시까지 산책하다. 소쩍새와 개구리들과 벗하면서. 밤은 몹시 어두웠다. 우리는 도중에 아무도 만나지 않았다. 그 여인은 풍경에 대해서 이야기했는데 독일어와 영어로 말했다. 책도 많이 읽었고 쓰기도 잘하였으며 또한 마음속 깊이 품고 있는 생각을 얘기하는 데 부족함이 없었다. 그러나 선견지명이 나를 조심성 있게 했다. 나는 관용을 믿고 있었다. 나는 단순한 그의 친구였을 뿐이다.

X와 황혼 속을 거닐다. 오랫동안 만나지 않았기 때문에 애틋함이 더 했다. 나는 바보가 아닌가 하고 스스로 의아하게 느꼈다. 그러나 나는 청교도로서의 신앙에 충실했었다.

7월9일

모든 것이 오늘 끝났다. 직업, 노동, 희망, 온종일 심한 흥분 상태에 있었다. 나는 남자가 되려고 했고 더욱이 담 드 와랑루소의 『참회록』에 등장하는 인물을 발견했었다. 아무 일도 일어나지 않았다. 조용하며 약간은 이기적인 신중함이 나의 애정을 억제했다. 매사를 조심성 있게 고요한 태도로 계산을 하고 잎을 따되 꽃은 꺾지 않는다. 만족할 수 없는 호기심을 지니고 있으며 남성으로서 미완성한 상태에 있는 나는 그것에 연유하는 모든 불합리성을 지니고 있다. 문제없어. 해결은 항상 위로가 되는 것, 오늘 저녁 맥주집에서 고독한 맥주잔을 비우고 등불 없는 이 밤, 간신히 위험한 고비를 넘긴 사람처럼 오랫동안 떠들며 즐거워 하였다.

7월11일

신비의 유혹을 없애고, 미지의 매력을 타파하며, 지나친 상상력, 불안한 호기심, 그리고 꿈의 자극으로 여성의 실체를 대하는 나로부터의 해방이 내가 지난 주에 이루려고 한 일이었다는 생각이 든다.

신념 없이 절대적인 금욕생활을 하는 여인이나 아내에게 내가 매우 감사하게 생각한다는 것은 당치도 않은 것으로 느껴진다. 그들의 색정이 폭발할 때는 내가 단속자가 아니라 배우는 자가 되는 우스꽝스런 입장에 처하면서 이에 대하여 마음을 쓴다는 것은 불합리하게 느껴진다. 나는 혼자 생각해 본다. 이런 문제에 대해 무지하다는 것은 유해한 일일 뿐더러 작가이며 교수인 내가 그것을 모르고 있다는 것이 우둔한 일이 아닌가 하고.

요컨대 나는 육체적인 안정이나 도덕적인 힘이 되지 않는 나의 동정을 부끄러워한다. 그러나 장벽은 아직까지 존재하고 있다. 나의 광적인 충동은 발산되기 이전에 곧 잠잠해진다.

1860년 9월25일

잠자는 개를 깨우거나 동면중인 상상을 다시 환기한 자의 애처로움이여! 색정은 내가 마치 젊은이인 양 괴로움을 자아내게 하고 성 안토니가 그러하였듯이 성적 쾌락에 대한 부단한 호기심은 나의 상상력을 덧없는 만족감으로 이끌어가고 있다. 실제의 문제에 대해서 더욱 명확한 분별과 금욕, 그리고 신중을 기하면 기할수록 색정에 관한 독서에 더욱 열중하게 된다. 친구들 사이에서 색정에 관한 화제가 나올 때도 얼굴을 붉히지 않을 뿐 아니라, 나는 젊음과 정열이 있는데다 연애의 여신과 사랑을 하고 모든 감각을 자유자재로 움직일 수 있다고 생각한다.

나는 지나친 금욕을 함으로써 번민하는 여인들처럼 나의 순진함을 부끄러워하는 한편 이 사실을 넋 속에 간직하고 있음을 자랑하기도 한다. 나는 복수를 정신적으로 실천한다. 홀로 독서하는 비밀 가운데서 금지된 기쁨을 맛보며 자신을 양육한다. 나는 아내와 정부, 정열 그리고 사업도 갖고 있지 않다. 나는 특히 성적 쾌락을 피한다. 황금시대여, 가려면 가거라! 나는 바보가 아닐까! 이와 같은 생각이 서른아홉의 독신자 방에 있는, 잠들 수 없는 베개 위에 어리어 있다.

9월28일

육체적인 이야기를 듣거나 읽으면 당황하여 얼굴이 붉어지는 곤경에 처하곤 한다. 그렇지만 나의 귀와 눈은 중용을 지키면서 어떤 것에도 현혹되지 않는다. 여성의 애무와 키스가 나로 하여금 대담하다거나 바보 같은 짓을 하지 않게 하였다.

그러나 나는 아직 남성이 아니다. 아직까지 몽상가요, 공상가 그리고 수도사에 불과할 따름이다. 나이에 대해서 불평을 한다는 것은 쑥스러운 일이다. 노처녀가 사람들로 하여금 넌덜머리나게 하는 존재라고 한다면 노총각은 조소거리밖에 되지 않기 때문이다. 따라서 나는 어떠하든 단숨에 황소의 뿔을 빼버릴 작정이다. 오랫동안의 요람기가 나를 이처럼 미숙하고 쓸모없는 바보로 머물러 있게 하였다. 정사가 묘사되어 있는 소설이나 색정적인 시의 유혹을 받는다면 그것은 사람들이 자연의 교시를 제대로 준수하지 않기 때문이다. 만일 좀 더 심각한 남성이 되기를 원한다면 우리는 결혼해야 한다. 당신의 나이를 고려한다면 이런 말은 부끄러운 참고거리밖에 되지 않을 것이기는 하지만.

9월30일

어제 국어와 희곡, 그리고 신비에 관하여 생각하였다. 이 세 가지 문제는 겨울 내내 나의 머릿속을 떠나지 않고 있다. 그 뒤 X를 방문하였다. 금빛이 도는 브랜디 한 잔을 마셨다. 술은 나를 아늑하게 하였고, 홀로 달빛 아래를 산보하는 동안 금지된 생각을 하게 되었다.

10월6일

오늘 저녁의 경험을 뭐라고 표현해야 좋을지? 실망이었던가? 그렇지 않으면 황홀한 것이었던가? 이 둘 가운데 그 어느 것도 아니다. 난생 처음 나는 여인의 향기를 맡았다. 솔직히 말하면, 상상과 기대에 비해 그것은 아무것도 아니었다. 마치 냉수 한 그릇과도 같았다고나 할까. 사람들이 그처럼 홍겨워하는 이 즐거움이 나에게는 무의미하다는 사실에 아연하였다. 나는 생일을 맞듯 성인으로서의 생활을 시작하게 되었다.

10월7일

X는 아름답고 결함이 없다. 그러나 나는 "그것이 전부일까?"하고 다짐하여 본다.

사랑을 위하여 남자는 피곤함을 감수하지만 여자는 그것을 즐긴다.

생의 고민! 이루지 못한 비참한 사랑!

조르주 상드
George Sand

1804~1876년. 프랑스의 문학가. 열여섯 살 때 뒤드방 남작과 결혼하였으나 두 아이를 출산한 뒤 이혼했다. 파리로 진출한 뒤 남장차림으로 사교계를 누비며 문필 활동을 했다. 뮈세와 쇼팽 등 상류 사교계의 남성들과 숱한 스캔들을 뿌렸다. 현재 여성해방운동의 선구자로 재평가되고 있으며 저서로 『사랑의 요정』 등이 있다.

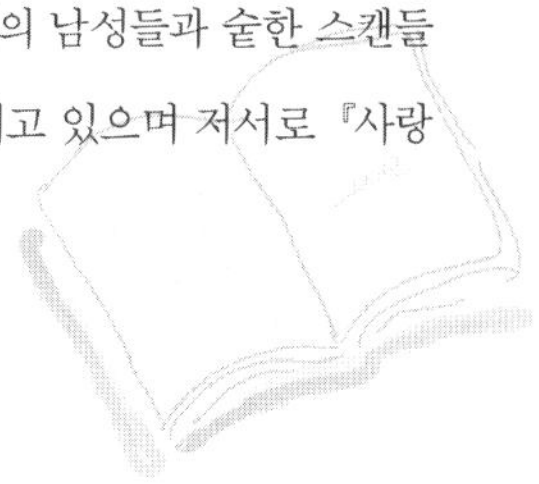

1834년 11월 파리에서

당신상드의 연인 알프레드 뮈세은 나를 사랑하지 않아요. 당신은 나를 다시는 사랑하지 않아요. 사랑에 맹목적일 수는 없어요. 어제 저녁 함께 있을 때 나는 무척이나 괴로웠어요. 그것을 눈치챈 당신은 가버렸지요. 피로가 엄습했으니 가신 것은 잘한 일이에요. 그러나 오늘은 왜 단 한 마디의 말도 없을까요? 사람조차 보내지 않았어요. 당신이 오기만을 바라면서 일분일초를 보냈어요. 아침 11시부터 한밤중까지. 문의 종이 울릴 때마다 달려 나갔어요. 감사하게도 내게는 심장병이 있어요. 이대로 죽어 버린다면 오죽이나 좋겠어요. 당신은 전에 비해 더욱 열렬하게 나를 사랑해요. 그것은 나도 마찬가지에요. 나는 그 누구를 사랑한 일이 없을 뿐더러 지금처럼 당신을 사랑한 적도 결코 없었어요. 내 모든 것을 바쳐 당신을 사랑해요. 비록 당신이 우정조차 느끼지 않아도 좋아요. 오늘 저녁에 당신에게 편지를 보냈어요. 그렇지만 당신은 아무 대답도 보내주지 않았어요. 댁의 사람들이 당신이 "외출중"이라고 했다더군요. 그러나 당신은 단 5분 동안만이라도 나를 만나러 여기를 찾아오시지 않았어요.

11월25일 화요일 저녁

나의 실망은 사라질까? 나날이 실망은 커져만 갈 뿐. 늘 열려 있던 나의 마음도 지금은 완전히 문을 닫는다. 오, 고독이여! 때로 그의 집에 달려가 줄이 끊어지도록 종을 울려 보고 싶은 충동을 느낀다. 그리고 그가 나타나기를 바라면서 문 밖에 드러누워 있는 나 자신을 상상한다. 그의 발밑에 엎드리고 싶다. 아니다. 그의 발밑이 아니다! 미친 짓이다. 그러나 나는 그의 팔에 안기면서 "왜 당신은 제게 그토록 무정해요? 당신은 나를 사랑해요?"라고 소리치고 싶다.

알프레드! 당신은 내가 당신을 사랑한다는 것을 알고 있고, 더구나 당신 이외에 그 누구도 사랑할 수 없는 나를 잘 알고 있어요. 키스해주세요. 따지지는 마세요. 달콤한 이야기를 들려주세요! 애무해주세요. 짧은 머리카락상드는 머리카락을 잘라서 뮈세에게 보냈다과 이 며칠 사이 볼에 잡힌 주름살이 보기에 흉하지만 그래도 분명히 당신은 내게 매력이 있음을 알고 있어요. 정서가 메마르고 화가 날 때면 나를 잘 대해주지 않고 돌려보내도 좋아요. 그러나 '마지막'이라는 무서운 말만은 하지 마세요. 당신이 원한다면 나는 괴로워하겠어요. 그러나 일주일에 단 한 번만이라도 당신에게 갈 수 있도록 해주세요. 나에게 생명이 되는 눈물과 키스를 주는 당신이 저에게 필요하기 때문이에요.

시인이며 사랑스러운 꽃인 당신은 그 향기로 나를 도취시켰고 마비시켰어요. 내가 당신 곁에 가까이 가려고 하면 입술이 닿기 전에 당신은 허공 속으로 사라져요. 당신은 마치 인도나 중국에 있는 관목과 같아서 산들바람에도 흔느적거려요. 우리는 이 연약한 관목으로는 집을 지을 수 없어요. 우리는 다만 꿀의 맛과 향취에 젖어 잠들고 죽을 수 있을 뿐이에요.

금요일

사랑하는 친구여! 사랑해요. 나는 부질없이 화만 내고 있어요! 하느님이 나를 구제하기 위하여 어떤 기적을 나타내지 않는 한 나는 사랑해요! 나는 사랑으로 인해 죽을 거예요.

한밤중. 일이 손에 안 잡힌다. 오, 고독, 고독! 글을 쓸 수도 없고 기도조차 드릴 수도 없다. 사람들은 나에게 기분 전환이 필요하다고 말한다. 누구와 함께? 도대체 세상 사람들이 나에게 무슨 소용이 있을까? 그들은 내가 관심도 없는 말만 하고 사라진다. 그들은 왔다가 가는 그림자일 뿐이다. 나는 영원히 혼자 있을 것이다. 죽어 버리고 싶다. 그렇지만 이런 심정을 대체 누가 막을 수 있을 것인가?

토요일 한밤중

이상한 사람이기도 해라!

나를 사랑할 수 없는 이유가 무엇일까? 논리나 인간의 정의에 비추어 본다면 옳은 일이기도 할 것이다. 그러나 인생의 가장 아름다운 상태에서 내가 가장 진실하고 정열적인 사랑을 느끼고 고민에 싸여 있는 이때, 그는 나의 곁을 떠나고 있다.

당신은 여인의 자존심을 짓밟았어요. 당신은 그 여인을 당신의 발밑에 꿇어앉게 했어요. 이것이 당신과 무관한 일일까요? 만일 내가 파리를 떠난다면 사람들은 나에게 "머리가 이상해졌다"고 말하겠지요. 그리고 어떤 사람들은 내가 남자로 변장해 한밤중에 당신의 방으로 기어 들어갔다고 말하기도 하겠지요.

어젯밤 그가 포옹해주는 꿈을 꾸었다. 나는 기쁨에 도취한 가운데 꿈에서 깨었다. 이런 고통을 나는 견딜 수 없다. 모든 것이 아무것도 아니다. 나는 서른 살이고 아직 아름답다. 내가 울음만 그친다면 아름다운 용모를 되찾을 수 있을 것이다. 나는 죽기를 원하지 않는다. 사랑하고 싶다. 다시 젊어지기를 원한다. 그러나 이와 같은 모든 열망은 재로 변하고 말았다. 그 동안 매일 죽음을 보았다. 그런데 나는 지금 시시각각으로 죽어 가고 있다.

잔인한 사람이여, 나를 미워한 후에야 사랑할 것이 무엇이냐? 불쾌, 구토, 혐오, 분노, 냉정 그리고 경멸적인 조소가 점차 강해진다. 갑자기 눈물이 흐르며 마음 한 구석이 아늑해지는 이유는 무엇일까? 생의 고민! 이루지 못한 비참한 사랑! 나는 당신과 이룰 수 없었던 하루 동안의 사랑을 통해 지금까지 생활해온 모든 경험을 말할 수 있어요! 그러나 이제는 더 이상….

목요일 아침

고독, 금욕, 고행은 감각을 흥분시킨다. 왜 나는 위험한 고독을 지킴으로써 나의 감각을 자극할까? 남자들 가운데서 생활하면서도 감각을 의식하지 않던 내가 아닌가?

오, 내 사랑! 당신에게 악수를 청하겠어요. 당신을 질투나 책망으로 괴롭히지는 않겠어요. 사람이 사랑을 하지 않을 땐 상대방도 사랑하지 않는다는 사실을 깨달았어요. 그러나 내게는 당신의 우정이 있어야만 해요. 내가 자살을 하지 않기 위해 당신의 우정이 절실해요. 당신의 파란 눈동자가 다시는 나를 뚫어지게 쳐다보지는 않을 거예요. 달콤한 우울이 서려 있는 당신의 머리가 내게 기대는 것을 다시는 볼 수 없을 거예요. 온기 있는 당신의 몸이 다시는 나를 덮을 수 없을 거예요.

오, 내 가슴의 눈물이 이 글을 적시고 있다. 언젠가는 이 눈물로 하여금 내 가슴에 있는 그대의 자취를 찾게 하소서.

애인 옆에서는 다른 생각은 전혀 못한다

스탕달
Stendhal

1783~1842년. 소설가. 프랑스 그르노블에서 출생했다. 변호사의 아들로 태어나 어릴 때부터 반항정신에 몰입하였다. 종교사상을 전면 부인하여 배척받았다. 1800년 나폴레옹 원정군에 입대해 1814년 나폴레옹의 몰락과 함께 자유분방한 생활을 즐겼으며 『적과 흑』 『이탈리아 연대기』 등이 있다.

1801년 4월18일

나의 생활 하루하루를 기록해 놓기로 했다. 이 계획을 계속 수행해 나갈 수 있을지는 모르겠다. 왜냐하면 나는 형식에 구애받지 않는 것에 익숙해 있기 때문이다.

5월27일

소화가 안 되어 쓰디쓴 나무뿌리 다섯 개와 안티몬 주석 하나를 먹었다. 토하고 나니 기운이 빠져 맥을 추지 못하겠다.

지금 시저B.C. 100~44년. 로마 공화정 말기 정치가의 『갈리아 전기』를 읽고 있다.

5월30일

나에게는 나를 돌보아줄 만한 친척도 벗도 없다. 오랫동안의 열병으로 몸이 쇠약해졌다. 나는 결단력이 강한 사람이다. 인내심을 갖는다면 머지않아 미소드 장군의 부관이 될 수 있을 것으로 확신한다. 그렇게만 된다면 공훈은 모두 나의 것이 아닌가.

7월12일

시간을 잘 이용하자. 너무나도 빨리 가니까 말이다. 고민으로 시간을 보내는 것은 나를 죽음으로 인도하는 것이나 마찬가지다. 일을 하자. 일은 즐거움의 근본이 된다. 고민하지는 말자. 갈 길을 결정하기 전에 한 번 더 생각해 보기로 하자. 결심이 이루어진 뒤에는 그것을 되돌릴 수 없다. 융통성 없이는 아무것도 얻을 수 없다. 나에게 재능을 달라. 시간을 낭비했음을 후회할 때가 꼭 오고야 말 것이다. 생각에 바쁜 나의 마음은 나로 하여금 나의 희망을 정당화시켜줄 교리를 찾으러 헤매게 한다. 나를 진보시킬 기회가 오고 좋은 시기가 오면 기쁨을 찾을 수 있는 만큼 많은 경험을 쌓아야 하겠다. 그때가 되면 여자와의 귀찮은 문제 때문에 실패를 한다 해도 그리 놀라지는 않을 것이다.

12월10일

어떤 여자에게 자기의 의사를 전달할 수 있다면 그것만으로도 이미 목적을 달성한 것이나 마찬가지다. 영웅도 때로는 공포를 느낄 때가 있고, 비겁한 자도 때로는 용감한 순간이 있다. 조신한 여자도 탈선할 때가 있다. 이런 순간적 현상을 잘 포착할 수 있는 능력이야말로 위대한 예술이 될 것이다.

1802년 2월7일

어떤 이는 "여자는 아무런 가치도 없다. 그런데도 남자는 왜 여자를 얻어야만 하는지 대체 이해할 수 없다"고 했다. 하지만 이 말을 한 사람은 감수성이 둔한 것이지 절대로 이해력이 부족해서 하는 말은 아니다.

8월27일

저녁 7시에 러비헬 부인을 찾아갔다. 그녀의 남편 러비헬도 무척 반갑게 맞아주었다. 조금 있으려니 러비헬은 "어디 좀 다녀올 데가 있다"며 집을 나갔다. 우리는 그 틈을 타서 침대로 들어갔다.

1804년 4월14일

사르몽를 만나 그의 여성관에 대해 이야기를 나누었다. 내가 "빨리 학설을 발표하라"고 권하자 그는 "발표하지 않겠다"고 했지만 내심으로는 발표하고 싶은 욕심을 갖고 있음이 분명했다. 그는 이탈리아 여자들을 과소평가했다. 그러나 잘만 가르친다면 프랑스 여자나 독일 여자 못지않게 세련될 것이라고 말했다.

그는 또 "여자는 본시 허영심이 강하기 때문에 지나치게 위해주면 거만해진다"고 말했다. 그는 "남자의 아첨에 속아 신세를 망친 여자를 얼마든지 볼 수 있다"고 했다. 한 여자가 어느 추남에게 말하기를 "어쩌면 꼭 괴물 같아. 꿈에 나타날까 봐 겁나네"라고 했다. 그러나 이 추남은 그와 반대로 자기에게 욕을 한 여자를 극구 칭찬했다. 결국 이 여자는 아첨에 못 이겨 추남의 품에 안겨 울고 말았다고 했다.

사르몽은 "남자보다 여자가 감정이 더 예민하다"면서 남자나 여자나 첫사랑에 감정을 쏟아버리고 만다고 했다.

8월3일

연애에서 호기심은 매우 중요한 역할을 하고 있다. 나는 미술이란 것이 '옷 속에 감추어진 나체를 마음 깊이 간직해두기 위한 수단'에 지나지 않는다고 본다. 이런 나는 다른 사람들보다 연애에 대한 감수성이 둔하다고 하겠다.

11월17일

그르노블의 한 소녀가 말하기를 "한 번 우리 손에 넣기만 하면 그것 없이는 살 수가 없다"고 했는데, 이것은 장 자크의 격언 "네가 무능하게 되지 않기를 원한다면 모든 사물을 잘 판단하라"는 말을 확증해 주는 것이다.

1805년 1월21일

너의 모든 생각은 너로 하여금 열정에 대한 과민증에 걸리게 하고 너의 몸을 팽창하게 한다. 연애를 주제로 생각할 때, 만약 너의 생각이 너로 하여금 과민하게 하거나 팽창했을 경우 이런 생각은 네 애인의 미모와 태도, 언어에 의해 너에게 주어진 행복의 가능성에 조금도 여유를 주지 않을 것이다. 다른 여자와 자는 습관이 있으면 너는 지금과 같은 경우에 처하게 될 것이다. 한편으로는 좀 더 매력 있는 여자를 생각하면서 어느 매춘부를 네 품에 안고 있다면 네 생각은 더욱 혼란해질 것이다.

11월8일

우리는 아침 8시 반에 일어나 병에 술을 채웠다. 그리고 식료품 가게로 가서 구운 메추리와 종달새를 샀고 잼과 크림이 든 파이를 두 개 샀다. 우리는 초원으로 가 나무 그늘에 앉아 점심을 먹었다. 그 동안 동경해 마지않던 전원 풍경을 오늘에야 마음껏 즐길 수가 있었다. 점심을 다 먹고 나서는 앉아 있던 자리에 새들이 주워 먹으라고 먹다 남은 빵 부스러기와 파이 한 개를 남겨 놓고 떠났다. 돌아오는 길에는 경치 좋은 곳에 앉아 쉬어 가기로 했다. 우리는 미루나무 그늘에 앉아 햇볕을 쪼이고 있었다. 그녀는 내가 "그 동안 교외를 무척 그리워했을 것"이라고 말했다. 과연 그녀의 말 그대로였다. 그러나 나는 그녀의 즐거움을 위하여 교외로 나선 것뿐이다.

1806년 3월2일

오늘 저녁 파티에는 손님들이 60여 명 정도 모였다. 나는 폴랭과 펠리시테의 등에 몸을 기대고 서서 그들의 어머니와 잠시 이야기를 주고받았다. 음식을 먹을 때 마담의 셋째 딸 콜렐이 내 옆에 앉아 있었다. 그때 나는 그녀의 다리에 내 다리를 한 번 대보았더라면 좋았을 걸 하고 후회했다. 티볼리에 부인은 자꾸만 내게 말을 걸어왔다. 그녀를 내 품에 넣자면 적어도 1년은 걸릴 것이라고 생각했는데 막상 그녀를 대하고 보니 그리 정복하기 어려운 여자가 아니라고 생각됐다.

3월30일

파티에서 포도주를 마시고 만취가 된 필립 부인이 내 옆에 앉아 반갑지도 않은 말을 지껄이고 있었다. 나는 필립 부인을 부축해 파티에서 나왔다. 돌아오면서도 필립 부인은 더크레 부인에게 귀찮게 굴었다. 더크레 부인은 내가 등을 툭 치며 농담을 건넬 때도 점잖게 대해주던 여자다.

파티가 열리는 동안 필립 부인의 다리를 만져 보았다. 그녀는 쾌감을 느끼는 듯했다. 필립 부인은 문자 그대로 매춘부에 가까웠다. 그녀는 자기를 매춘부의 길로 이끌고 있는 그 몹쓸 술을 아직 끊지 못하고 있다. 얼굴에는 술에 전 개기름이 번지르르 했다. 보기만 해도 구역질이 난다. 그래서 어제도 그녀를 찾아가지 않았다. 나는 여자를 생각할 때면 폭풍이 몰아치듯 그리고 안개가 내려앉듯 은근한 희열을 느끼곤 했으나, 지금은 번개와 같다고나 할까, 순간적인 희열을 느낄 뿐이다.

우리가 필립 부인의 집에 도착했을 때는 모두 땀에 흠뻑 젖어 있었다. 필립 부인의 딸이 열쇠로 문을 열고 음산한 객실로 우리를 안내했다. 그녀는 들어서자마자 뻗다시피 쓰러지고 말았다. 얼마나 있었을까 그녀는 술을 토했다. 이것을 본 나는 그녀에 대한 혐오감이 더욱 커졌다. 누워 있는 그녀의 입에서는 술 냄새와 함께 거친 숨소리가 새어 나왔다. 그녀가 담배 연기를 내뿜을 때와 같은 그런 숨소리였다.

1807년 7월6일

헤르트는 점잖은 분이다. 그는 스트롬벡보다는 말을 유창하게 하는 편이었다. 그는 미스 미네트와 노골적으로 연애를 하고 있었는데 그녀가 가는 곳이면 그림자처럼 따라다니는 사내였다. 남이 옆에 있을 때도 그는 미네트와 거리낌 없이 이야기를 주고받았는데 주로 프랑스어로 얘기했다. 신중한 말을 하는 듯 보였지만 사실은 추잡하기 짝이 없는 말들이었다. 헤르트가 미네트에게 구혼을 하는 노골적인 태도는 누구든 비웃지 않을 수 없을 만큼 비굴한 것이었다.

우리가 돌아올 무렵 스트롬벡은 자기 집에 "여자가 많이 있지만 음탕한 여자는 하나도 없다"고 했다. 그는 그의 형수 크니스텔 부인과 결혼을 했다. 형수에게는 다행히도 상속받을 아들이 없으니까.

스트롬벡은 어느 날 부인과 함께 배를 타고 어디로 간 일이 있었다. 부인은 남편의 어깨에 이마를 기대고 잠이 들어 있었다. 갑자기 난데없는 바람이 몰아치며 배를 흔드는 바람에 그만 남편의 가슴에 몸을 처박고 쓰러졌다. 남편은 그녀를 와락 껴안았다. 그러나 그녀는 남편 팔을 뿌리치고 저만치 가서 앉았다. 그러자 그는 그녀에게 애정이 없는 탓이라고 생각했다. 그리고 그녀는 자신의 과오로 헤어져야 할 것으로 생각했다. 그가 사소한 일로 그녀를 그렇게까지 오해하게 된 것은 자존심 때문일 것이다. 하지만 그는 부인을 무척 사랑하는 사람이었다.

이와는 반대로 간음을 한 어떤 남자가 있었다. 그는 법정에서 10년 징역을 언도받았다. 법 조문이 비록 휴지조각처럼 되어 있었지만 역시 간음죄만은 가볍게 취급하지 않은 모양이다. 과거에는 여자들이 남편에게 욕을 보여 가면서까지 자기의 죄를 은폐하려고 했다. 그러나 지금은 그런 태도를 찾아볼 수 없다.

그린 제거로 돌아온 뒤 처음으로 집주인의 딸과 함께 침대로 들어갔다. 4시가 지나서야 잠에서 깨어 이 글을 쓰기 시작했다. 내가 본 독일 여자 중에서는 그 어느 누구보다도 남자를 그리워하는 여자가 이 집주인의 딸인 것 같다. 나는 그녀의 성욕을 만족시켜 주었다. 그녀는 몸을 와들와들 떨었다.

1809년 2월4일

낮에 있었던 일이다. 엘리자가 침대에 누워 있는 것을 보고 그녀의 옆에 가 누웠다. 그녀의 하얀 다리가 아름답게 보였다. 그러나 그녀의 얼굴은 결코 예쁜 편은 못되었다. 그저 그녀의 신분에 어울리는 것이라고나 할까.

1811년 9월2일

저녁식사 때 나와 맞은쪽 방에 앉아 있는 어느 여자를 노려보았다. 그녀를 손에 넣는 것쯤은 그리 어려울 것 같지가 않았다. 때마침 그녀의 방문이 살짝 열려 있었다. 나는 이 문 틈으로 해서 그녀의 유방을 볼 수 있지나 않을까 하는 호기심을 일으키게 되었다. 막상 침대에 같이 누워 있을 때는 별로 흥미를 느끼지 못한 여자에게서도 무심코 보는 순간 야릇한 감정을 느끼는 경우가 더러 있다. 내가 연애를 할 때마다 연애의 타당성에 대한 나의 관심 때문에, 다시 말하자면 나의 임무에 너무 몰두하기 때문에 나의 연애는 큰 진전을 보지 못하게 된다. 그대도 이런 경우에는 별 수 없을 것이다. 비록 염증이 나도 애인 앞에서는 아닌 체해야 한다. 그녀에게 권태를 보여서는 안 되니까 말이다. 만약 그것을 여자가 알게 되면 그녀를 놓치게 될 것이다. 그러나 나에게는 사랑처럼 즐거운 일은 없다. 애인이 옆에 있을 때는 나는 다른 생각은 전혀 하지 못한다.

연애는 나에게 둘도 없는 직업이다. 나는 이제 스물여덟이다. 내가 나이를 먹음으로 해서 장차 이 직업을 버리게 되기를 바라마지 않는다.

그녀의 키스가 그 어떤 포도주보다도 좋았다

사무엘 슈얼
Samuel Sewall

1652~1730년. 영국 출신 미국 법률가. 하버드대학에서 신학을 전공했지만 목사직을 포기하고 개인사업을 하면서 법률 공부를 했다. 매사추세스 최고재판소 판사로 임용되었다. 1692년 '살렘' 사교집단 재판을 주관해 19명에게 사형을 언도한 뒤 양심의 가책으로 사임했다. 미국 역사상 처음으로 노예제도 폐지를 주장했고, 그의 손자 사무엘 에드워드에 의해 계승되어 미국 노예해방의 토대가 되었다.

1720년 5월26일

10시가 지나 잠자리에 들었다. 11시 전후해 사랑하는 아내슈얼의 두 번째 부인 애비 게일는 '천식' 발작이 일어나 숨이 막혀 고생했다. 자리에서 일어나 촛불을 켜든 나는 시피어(불가에서 자고 있었다)에게 물을 가져오도록 하고 필라델피아와 쿠퍼, 메이휴를 불렀다. 밤중에 사랑하는 아내가 숨을 거둬 모두 특히 나를 크게 놀라게 했다.

5월31일

사랑하는 아내의 장례식. 날씨는 온화했지만 비가 올 것만 같았다.

9월5일

아들의 집으로 갔는데 거기서 윈슬로프 부인과 만났다. 아주 오래간만에 그녀를 만나게 되어 즐거웠다. 홈스의 설교를 그녀에게 들려주었다.

9월30일

약속이 되어 있는 오후 3시 전, 윈슬로프 부인이 집에 있는지 알아보려고 딸이 부인에게 연락을 했다. "집에 있겠다"는 회답이 왔다.

10월1일

토요일. 3시 정각에 윈슬로프 부인 댁으로 갔다. 나는 그녀에게 이렇게 말했다. 즉 나의 사랑하던 아내가 죽은 지 얼마 안 되어 "재혼을 생각하기에는 적당하지 못하다"고. "그러나 윈슬로프 부인과 먼저 이 문제를 상의하기 전에는 어떤 사람과도 의논하지 않겠다"고 말했다. 우리는 재미있는 이야기를 나누었다.

10월3일

다시 윈슬로프 부인을 기다리고 있다. 그녀가 오기 조금 전이다. 이윽고 내 편에서 토론을 시작했다. 나는 속으로 바랐다. 그녀는 나의 의견에 따를 것이라고. 그러자 그녀는 "결혼이 필요하기 전에는 할 수 없다"며 딴청을 부렸다. 그러면서 그녀는 마음이 돌아서지 않는 한 어쩔 수 없다고 했다. 그녀는 자기의 아이들을 떠나서는 안 되며 또 떠날 수가 없다고 믿고 있었다. 나는 그녀에게 "속단을 하는 것은 유감"이라고 말하고 깊이 생각해 보기를 바랐다. 그리고 다시 언제쯤 만날 수 있느냐고 물었다. 그녀가 시간을 정하지 않기에 나는 오늘밤에 만나자고 했다.

10월6일

6시가 조금 지나 윈슬로프 부인 댁으로 갔다. 부인은 여전히 하프의 한 줄만을 긋고 있는 것 같았다. 그녀는 어린 것들을 돌보아야 하는데다 그녀가 오랫동안 살아오던 집과 이웃을 떠날 수 없는 처지였다. 나는 깨끗한 종이에 싼 벨처 상점의 과자와 진저 빵 꾸러미를 부인에게 주었다.

10월10일

윈슬로프 부인을 방문하여 포도주와 마멀레이드귤껍질과 과육에 설탕을 넣고 졸인 음식 등 극진한 대접을 받았다. 나는 감사하다는 뜻으로 「주간시보」현재 일간신문를 그녀에게 건넸다. 그녀는 인클리스 매터 박사가 오늘 그녀의 집을 다녀갔다고 했다.

10월12일

윈슬로프 부인은 방에 있었다. 거기서 그녀는 열심히 일하고 있었다. 코튼 부인이 함께 있었다. 윈슬로프 부인은 나에게 의자를 내주라고 코튼 부인에게 말했다. 윈슬로프 부인의 안색은 지난 월요일부터 많이 변했다. 거무스름해지고 우울해 보였다. 마침내 일감이 치워졌다.

의자에 앉아 이야기를 꺼냈으나 부인은 전보다 무척 쌀쌀했다. 내가 그녀의 장갑을 벗긴 무례한 행동을 용서해 달라고 말했다. 그 이유를 묻기에 "죽은 염소를 다루는 것과 살아 있는 여자를 다루는 것은 커다란 차이가 있기 때문"이라고 했다. 간신히 모면을 했다. 나는 그녀가 10월3일에 말한 결혼 불가능설을 취소해 달라고 간청했다. 그녀는 "이미 뱉은 말은 돌이킬 수 없다"며 더욱 강경하게 나왔다. 그녀는 집과 아이들과 이웃과 사업을 떠날 수 없다고 했다. 나는 결혼을 승낙해 달라면서 그 동안 친절과 호의를 베풀어주어 감사하다고 말했다. 내가 하룻밤씩 건너뛰어 오는 이유는 너무 지나치게 깊이 빠져들지 않기 위해서라고 말했다. 그녀는 포도주에 관한 이야기를 했다. 나로서는 그녀의 키스가 그 어떤 포도주보다도 좋았다.

10월17일

윈슬로프 부인을 찾아갔다. 그녀는 친절히 맞아 주었으나 늘 입고 있던 깨끗한 융으로 된 옷은 걸치고 있지 않았다.

10월19일

윈슬로프 부인을 방문했다. 친절했다. 그녀는 나더러 승용 마차를 한 대 장만하라고 권했다. 내가 "한 대에 100파운드는 할 것"이라고 하자 그녀는 "불과 40파운드"라고 대꾸했다. 그녀는 존 윈슬로프가 성실하지 못한 사람이라고 한참을 뇌까렸다.

10월20일

윈슬로프 부인이 예배에 나오지 않았기에 그녀의 집으로 가 보았다. 그녀는 매우 엄숙히 앉아 있었다. 그녀는 촛대 하나를 들고 가장 좋은 방으로 가서 차광막을 내리고는 긴 의자에 앉았다. 그녀는 "어셔부인이 다녀갔는데 마차의 바퀴를 갈아야겠다"고 했다는 말을 했다. 그녀는 내게 가발이 필요하다고 했다. "마차를 시험해 보려는데 어셔부인이 내일 오느냐"고 그녀에게 물으니 "잘 모르겠다"고 말했다.

그녀의 집을 나왔다. 지사의 집에서 술을 마시고 있을 때 지사가 이렇게 말했다. "영국에서는 부인들이 재산을 갖고 싶어 하지, 마차를 타고 돌아다니는 따위의 일은 생각하지 않고 있다"고 했다. 나는 "뉴잉글랜드미국에서는 그것을 명예로 알고 있다"고 말했다.

10월21일

6시쯤 되면 윈슬로프 부인 댁으로 가곤 한다. 사라는 윈슬로프 부인이 "외출을 했다"면서 어디로 갔다고는 말하지 않았다. 한참 있으려니 대문을 가볍게 두드리는 소리에 이어 그녀가 들어왔다. 내가 "제시간보다 늦게 왔다"고 말하자, 그녀는 나를 "게으름뱅이"라고 놀렸다. 그녀는 친절하게 대해주었다. 내가 "우리의 관계를 언제 알려야좋냐"고 묻자, 그녀는 "이미 알려질 만큼 알려졌으니 굳이 그럴 필요가 없을 것"이라고 했다.

11시에 자리에서 일어서며 내 스스로 코트를 입겠다고 했더니 그녀는 내가 하는 대로 내버려 두었다. 주노로 하여금 내 집까지 불을 켜들고 같이 가게 해달라고 청하자 그녀는 문을 열어젖히고 "밖이 밝다"고 했다. 주노는 시무룩한 얼굴로 침실로 들어갔다. 그래서 나는 눈을 크게 뜨고 별빛에 의지하면서 집에 돌아왔다.

10월24일

하크니 댁의 마차를 타고 가다가 윈슬로프 부인 댁 앞에서 멈추었다. 나는 그녀에게 "당신이 보스턴 사우스 엔드에 있는 내 집으로 이사를 올 의향이 있는지 타진하러 왔다"고 말했다. 그러자 그녀는 부드러운 말투로 "아직 안 돼요" 했던 것이 기억에 남아 있다. 나는 "우리 집은 마차를 둘 만한 터가 마련되어 있지 않다"고 말했다. 만일 내가 승용 마차라도 둔다면, 나는 그녀의 이웃인 브루커(얼마 전 빚 때문에 형무소에 들어가 있다)와 같은 신세가 될 위험이 있다. 그녀는 초크체리북아메리카 원산의 신맛 나는 열매에 브랜디를 타더니 거기에다 사탕 한 덩어리를 넣어주면서 "무사히 여행을 하고 돌아오라"는 인사를 건넸다. 나는 그녀도 무사하도록 축원을 하고 길을 떠났다. 살렘까지는 매우 유쾌한 여행이었다.

11월1일

오랫동안 마차에 시달렸기 때문에 가고 싶어도 갈 수가 없다.

11월2일

다시 찾아갔다. 윈슬로프 부인에게 설탕에 재운 아몬드를 반 파운드 주었다. 그녀는 좋아하며 값이 얼마 나가는 것이냐고 물었다. 나는 뚱딴지같은 소리를 했다. 내가 그녀보다 먼저 죽으면 "1년에 100

파운드씩 주겠다"고 했다. 이어 나는 "만일 당신이 먼저 죽으면 내게 얼마를 주겠느냐"고 물으면서 생각할 시간을 주겠노라고 말했다. 지루한 겨울이 찾아오고 있다. 나는 포도주 한두 잔을 받아 마셨다.

11월4일

7시에 찾아갔다. 부인에게 "요즘 유행하고 있는 목걸이를 선물하고 싶다"고 말했다. 그러자 그녀는 "그럴 필요가 없다"고 했다. 지난번 선물은 내가 "언제 어디서 주었는가"고 물었다. 그녀는 자기의 "지금의 상태를 바꾸고 싶지 않다"고 했다. 그녀는 이전처럼 자기는 물건에 대해서는 흥미가 없다고 했다.

11월17일

윈슬로프 부인을 찾아갔다. 부인은 딸아이를 요람에 태우고 흔들어주고 있었다. "늦어서 미안하다"(8시가 가까웠다)고 사과했다. 그녀는 의자와 쿠션을 가져다주었다. 요람은 그녀의 의자와 내 의자 사이에 있었다. 그녀에게 아몬드를 주었으나 이전처럼 먹지 않았다. 나는 그녀의 장갑을 끌어당겨 얼마에 팔겠느냐고 묻지 않았다. 이전에는 가끔 그렇게 했지만, 그녀의 옷은 여느 때처럼 그리 깨끗하지 않았다.

11월9일

스토다드에 있는 동생의 집에서 식사를 했다. 동생은 "윈슬로프 부인을 초청하면 어떠느냐"고 물었다. "그만두라"고 했다. 밤에는 벨 나프 미망인 댁에서 연회가 열렸다. 그녀는 호롱불을 든 하인을 시켜 나를 바래다주었다. 지나면서 보니 윈슬로프 부인 집의 커튼은 걷혀 있었다.

11월11일

윈슬로프 부인 댁에 가지 않았다. 이것으로 약속을 두 번째 지키지 않는 것이 된다.

그녀 때문에 몹시 괴롭고 또 몹시 행복하구나

W.N.P. 바벨리온
Wilhelm nero Pilate, Barbellion

1889~1919년. 과학자. 부유한 가정에서 태어났지만 병마에 시달린 탓에 정규 교육을 받지 못했다. 투병생활 동안 독학으로 생물학 학위 취득했으며 여러 과학 잡지에 논문을 기고한 것이 계기가 되어 폴리마르 해양생물학회의 정식 회원이 되었다.

1918년 3월25일

언제 죽으려나? 이미 산송장이기는 하지만.

다시는 일기를 쓰지 않으려고 했다. 그러나 일기를 쓰고 있으면 어쩐지 마음이 가벼워지는 느낌이 놀랍다. 몹시 피곤하다.

3월26일

생각을 접고 모든 것을 무조건 받아들이지 않으면 안 되겠다. 내 마음은 고민 투성이다. 이 세상에 대해서만이 아니라, 저 세상에 대해서까지도.

6월15일

어제는 의자에 앉아서 차를 마셨다. 사방이 다 조용하였다. 생쥐 두 마리가 나타나 내 접시에서 떨어지는 빵 부스러기를 주워먹고 있었다. 우리가 사는 집은 매우 낡은 시골집이다. 벽을 뒤덮고 있는 담쟁이 넝쿨 속에서는 찌르레기가 울고 있다. 사흘 만에 의사가 다녀가면서 "앞으로 30년은 더 살 수 있을 것"이라고 말하였다. 그것이 새빨간 거짓말임은 의심할 여지가 없다.

8월7일

집안에는 아내와 간호사 낸니가 있을 뿐이다. 절제 속에서도 행복했던 지난 4주일이었다. 나는 아내를 사랑한다. 아, 그녀 때문에 나는 몹시 괴롭고 또 몹시 행복하구나. 모진 세파를 겪어 나가야만 할 그녀를 생각하면, 그리고 몸이 튼튼하지 못한 그녀를 생각하면 가슴이 에이는 것만 같다. 그녀에게는 굳센 보호자가 있어야 한다. 그녀를 안아줄 수 있는 굳센 팔이 있어야 한다. 그러나 이 몇 주일 동안 우리는 행복하였다. 내가 이것을 특별히 기록하는 이유는 그것은 참으로 의외의 행복이었기 때문이다. 나는 그녀를 깊이 사랑한다.

9월1일

굳이 혼자 있고 싶다. 이 괴상한 병과 나와 단 둘이. 그런 동안에도 나는 서서히 악화되어 가는 병을 세심하게 살펴야만 한다. 하루하루가 실망 속에 묻혀 있는 내 앞을 지나가고 있다. 아직도 나는 이 진흙덩어리를 꼭 붙들고 있어야만 한다. 이런 나의 생각들이, 고목에 붙어 있는 작은 달팽이처럼 우둔한 두뇌 속을 꾸물꾸물 기어 다닌다. 그 사이에도 병은 계속하여 악화되고 있는 것이다. 아주 느릿느릿.

9월2일

상쾌하다. 나는 의자에서 벌떡 일어나 의자를 넘어뜨리고 놀란 간호사를 남겨둔 채 담을 넘어 숲속으로 사라져 버렸다. 나는 땅에 엎드려 마치 여인의 젖가슴을 짓누르듯 부드러운 흙을 쥐어짰다. 땅에 깔린 잎사귀들을 쓸어 제치고 술에 취한 사람처럼 벌거벗은 대지의 살 냄새를 들이마셨다. 참으로 희한한 꿈이었다.

10월5일

"런던의 어느 신경과 전문의가 어느 여인의 척수에 혈청제를 놓아 성과를 보았다"는 말이 들렸다. 그녀의 병도 내 병과 같았기 때문에 나에게 그 치료를 받아보라고 한다. 다시 걷게 되고, 글도 쓸 수 있고, 또 무엇도 어쩌구저쩌구…. 무엇보다도 내 생명이 연장될 수 있을 게 아니냐는 것이다.

그러나 모두들 그게 무리한 욕망임을 알지 못한다. 이 18개월 동안 나는 사실상 시체나 다름없었다. 죽음이 차라리 낫다. 그 동안의 내 생활은 한 줌의 재요, 티끌이었다.

12월1일

언제나 두려워하고 있던 일이 기어이 일어나고 있다. 그것은 내 어린 딸에 대한 그리움이다. 끊지 않으면 안 될 또 하나의 교통선, 그 '조그마한 발로 마루를 아장장장 걸어오는 소리'가 듣고 싶다. 딸 생각에 나의 가슴은 슬픔으로 터질 것만 같다.

12월23일

마비된 사지로 희미한 경련이 스쳐갔다. 그것은 욕망의 경련이었다. 생에 대한 욕망이었다. 벌떡 일어나 군중 속에 섞여 보고 싶은, 사람들에게 빨려 들어가고 싶은, 인류의 온갖 감정으로 하여금 가슴속에서 고동치게 하여 보았으면 하는, 젊은이의 세찬 힘을 나의 허리로 과시해 보았으면 하는, 그러한 욕망이었다.

191년 1월4일

일광, 잡담. 모두 짜증만 난다. 그러나 이런 기분은 연속하는 고통의 어느 한 고비에서만 잠깐 느끼는 것에 불과하다. 사람은 육체적 고통이 있을 때에는 무의식중에 그것으로부터 도피하려는 욕망을 갖게 된다. 밤을, 어둠을, 휴식을, 잠을, 나는 갖고 싶다. 나는 언제나 12시에서 6시까지 잠을 잘 잔다. 그리고는 여명을 지킨다. 짙은 어둠이 (부엉이 소리가 난다) 엷어지고 (닭 우는 소리가 난다) 마침내 날이 밝아 온다(지빠귀란 새가 운다). 참나무 가지의 연약한 그림자가 천장에서 어른거리고 벽지의 일본화가 보이기 시작한다. 그때가 되면 나는 짜증이 나기 시작한다. 나는 진정으로 낮이 싫다. 새벽이 올 때마다 절망이 찾아온다.

1월8일

꼿꼿이 누운 채 간호사가 나타나는 8시 반까지 꾸물꾸물하고 있다. 간호사는 내 옷깃을 바로잡아 주고는 상반신을 일으켜 세운다. 9시에야 아침을 먹는다. 귀를 쫑긋 세우고 우체부가 걸어오는 소리를 들으면서 담배를 피운다. 내게는 좀체 편지가 오지 않는다. 이 불우한 병상에서 얻은 가장 큰 발견은, 사람들이 나와 같은 경우에 대하여 무감각하다는 것이다. 결코 무정하다는 말은 아니다(실제로 그들은 모두 친절한 사람들이다). 다만 동감할 만한 심정을 느끼지 못한다는 말이다. 이런 병고의 두려움을 모르기 때문에 나의 이 같은 심정을 느낄 수가 없는 것이다. 본시 그것은 상상할 수 없는 것인지도 모른다.

1월13일

반듯하게 드러누워 잠시 쉰다. 그리고는 몸을 왼편으로 쏠리게 한 다음 오른팔을 침대 왼편으로 돌려 침대가에 있는 나무 기둥을 잡아당긴다(오른팔은 사지의 어느 것보다도 힘이 세다). 오늘밤에는 간호사가 나를 침대 한가운데 뉘였다(내가 너무 지나치게 오른쪽으로 기울어졌던 모양이다). 그래서 내 오른팔이 왼편의 기둥까지 닿지 않는다. 나는 욕을 퍼붓고 난 다음 죽을 고생을 해서 가까스로 왼쪽으로 돌아누웠다. 다음에 할 일은 두 다리를 오그리는 것이었다. 다리가 뻣뻣한 채 몸을 돌려 누우니까 뒤뚱뒤뚱 불안하기 짝이 없다. 전에도 경험해 보았지만 왼쪽으로 돌아눕고 있을 때 오른쪽 무릎을 먼저 구부리는 것은 헛수고였다. 왜냐하면 왼쪽 무릎마저 구부리려고 손을 다리로 가져가면 오른쪽 무릎이 쭉 빠져나가 다시 뻣뻣해지기 때문이었다. 그래서 나는 오른팔을 내밀어 왼쪽 다리를 잡아당겼다. 이렇게 당기면 다리와 등골이 저려온다. 그러나 계속해서 잡아당기면 저리던 것이 가라앉고 다리가 조금씩 올라온다.

어젯밤 낸니는 두 다리의 발목을 포개놓지 않았다. 그러나 따로따로 떼어놓지도 않았다. 따라서 한 쪽 다리를 끌어당기려니까 무릎과 무릎이 닿고 발과 발이 닿아서 두 다리의 무게가 한 데 모아지기 때문에 여간 무겁지 않다. 그래서 두 다리를 떼어놓다가 손이 잘못 건드렸는지 두 다리가 쭉 뻗어버렸다. 그렇게 한 시간 애를 썼다. 낸니를 욕하려고 잠깐씩 쉬곤 하였지만. 그러면서 시간은 가고 날은 흘러 어언 18개월이 되어 버렸다.

1월28일

"이 뒤에는 침묵이 있을 따름이다."

나는 이 말을 이 소란스런 일기 끝에 적어 넣고 싶다. 내 자작 묘비의 초석에 그렇게 써넣고 싶다.

1월30일

날에 따라서는 모든 것을 체념하고 지상에 남은 욕망을 스스로 포기하곤 한다. 그럴 때면 나를 얽어맨 줄이 모조리 끊어지는 것을 느낀다. 자유롭고 싶다. 그래서 와락 화가 치밀어 인정의 줄들을 사정없이 베어버린다. 큰소리로 스스로를 저주도 하고 맹세도 한다. 그리고는 무서울 정도로 냉담한 태도로 돌아간다.

그러고 나면 나는 무엇에 대해서나 누구에 대해서나 무관심해진다. 씻고, 먹고, 앉고 하는 존재의 쳇바퀴가 나를 기계적으로 굴러가게 만들어버린다. 그리고 나는 이것도 아니고 저것도 아닌, 죽은 것도 아니고 산 것도 아닌 마치 '무인도' 에 나오는 이름 모를 생물과도 같은 것이 된다. 그것은 마치 중용의 도를 걸어가는 사람과도 같다고 할까.

생과 사의 아무 쪽도 나의 흥미를 끌 수가 없게 된다. 생활이 나에게 싫증을 느끼는 모양이다. 그러나 죽음도 또한 나를 환영하지는 않는 모양이다.

2월3일

11월11일 이래 방 밖에 나가본 일이라고는 없다. 먹기도 잘 하고 잠도 잘 자고, 나의 모든 고상한 기능들(느끼고 생각하게 하는 기능들)도 여전하다. 그러나 역시 밖에 나갈 수는 없다.

사람들이 나를 보러 오지 않는 것은 내가 이렇게 처참한 모습을 하고 있기 때문이라는 생각이 가끔 든다. 자신을 처참하다고 느끼는 것은 그리 좋은 기분이 아니다.

2월11일

내 앞쪽 벽지에는 담쟁이가 그려져 있다. 따분해지면 나는 그 잎사귀의 수를 세곤 한다. 가로 30줄인데 한 줄에 47개의 잎사귀가 달렸으니까 모두 1,410개나 된다. 벽을 쳐다보면서도 그렇게 많으리라고는 생각도 하지 않을 것이다. 나는 나의 왼편에 40장의 유리가 박혀 있는 것을 구역질이 날 정도로 잘 알고 있다. 아니, 사실은 39장이다. 한 장이 깨져서 두꺼운 종이로 땜질해 놓았으니까. 나무 의자의 등받이에는 살이 7개(가는 살 5개, 굵은 살 2개)가 있다. 오늘 아침의 온도는 17도다.

나는 자주 셈을 멈추고는 코를 닦고 손을 물병에 녹여야만 한다. 내 발치에도 물병이 있다. KLIM(밀크를 거꾸로 읽어 보라)이란 글자가 박힌 나무 궤짝 하나가 놓여 있다. YLIAD SWEN(이것은 Daily News를 거꾸로 읽은 것이다)가 내 머리맡에 거꾸로 걸려 있기 때문에 그 제호를 언제나 거꾸로 읽어야만 할 신세다. 그리고 또 무늬를 넣어 짠 커튼이나 화덕 불 속에는 갖가지 얼굴이 들어 있다. 손이 얼어 꿋꿋해졌기 때문에 그만 써야겠다

2월21일

이 꼴이 되어 가지고서도 아직은 생명이 나를 저버리지는 않았다고 느낄 때가 가끔 있다. 도배한 벽에 걸린 그림들이 나를 괴롭힌다. 아, 잠시라도 좋으니 그녀와 함께 행복한 순간을 가질 수 있었으면! 사랑하는 여인이 나의 두 팔을 꼭 잡고 그녀의 부드러운 젖가슴으로 나의 몸을 지그시 누르면서 "꼭 병이 낫도록 해요. 응?"하고 호소한다면. 그러나 어찌 그녀도 마음속으로 괴로워하지 않을 수 있을 것인가? 나도 내 병이 불치의 병인 줄을 알고 있다. 아내도 또한 잘 알고 있는 것이다. 그러면서도 아내는 때때로 그 짓을 한다. 아내는 자기 방에서 (홀로 앉아서) 두 지팡이를 짚고 거니는 나를 그리고 있다. 내 오른쪽 다리의 정강이는 이미 완성되었다.

2월27일

마음이 좀 가볍다. 오늘 오후에는 갑자기 한 가닥 슬픔이 나를 찾아왔다.

3월16일

병세가 갑자기 악화되어 간다. 어려운 고비를 넘으면 다른 어려운 고비가 기다리고 있다. 병과의 숨바꼭질은 언제나 끝날지 모르겠다.

4월1일

머리에 빗질하는 것을 나는 좋아한다. 빗질을 하고 있자면 연미복을 잃은 사람에게도 아직은 뽐낼 영역이 남아 있구나 하는 생각이 들기 때문이다. 머리를 감겨주는 친구들이 내 머리에 더운 물세례를 퍼붓는 것이 매우 좋다. 시계의 초침 소리가 들린다. 담배를 한 대, 아니 여러 대 피웠다. 편지를 쓴다. 이것들은 유일한 기쁨이다. 약, 고무 방석, 더운 물병, 오그린 다리를 펴는 것, 이것들은 나의 고통을 덜어주는 것들이다. 잠을 잔다. 나의 단 하나의 피난처다.

5월2일

어린 딸이 보고 싶다. 그러나 사실은 딸을 만나는 것이 두렵다. 그 아이의 눈초리는 나로 하여금 부끄러움을 느끼게 한다. 아마 내 모습이 무서운가 보다. 그 아이는 일생 동안 아버지에 대한 기억을 지니고 있지 않는 편이 차라리 나을 것이다.

5월16일

14일 오후 2시, 깨끗한 병원차에 실려 이스트본의 요양원으로 갔다. 거기에 도착한 것은 오후 7시였다. 지치기는 하였으나 유쾌하였다. 마치 죽음에서 살아난 듯했다. 우리는 H가를 돌아 켄싱턴 가를 건넌

후 워익가든 쪽으로 내려갔다. 그곳은 어느 컴컴한 11월의 밤에 E와 내가 가로등 밑을 거닐던 곳이다. 바로 그 가로등 기둥을 지나갔다!

4시30분에는 어느 여관 앞에 닿았다. 하녀 한 사람이 상에 차와 케이크를 차려 와서 내 옆에 놓았다. 잘 먹었다. 그리고 마부와 집주인이 전쟁에서의 무용담을 교환하고 있는 동안 담배를 한 대 피웠다. 몹시 더웠다. 그래서 마차에 드러누운 채 홑이불을 걷어 젖혔다. 그러나 거리의 아이놈들이 나의 잠옷 차림을 이상하게 여기는 눈치를 보여 포장을 내려버렸다. 그랬더니 그 녀석들이 포장 문 사이로 고개를 마구 들이밀고 야단을 피웠다. 간호사가 문을 닫아버리자 놈들은 다른 쪽 문가로 또 우르르 달려왔다. 간호사가 그 문의 포장마저 내려버리자 놈들은 비로소 사라졌다.

크라보로 숲을 지난 뒤부터 마차는 빠르게 언덕을 오르내렸다. 즐겁고 상쾌하였다. 그리고 달리는 창 밖으로 전원 풍경을 관찰하였다. 소풍 나온 무리들을 지나쳤다. 하늘에는 구름 한 점 없었다. 그때 나는 아내 생각에 갑자기 기분이 나빠졌다. 나에게 작별의 손을 흔들고 있던 그녀와 어린 딸의 모습이 눈앞에 얼씬거렸기 때문이다.

5월18일

아름다운 아침이다. 내 침대 발치에는 프랑스식 유리창 두 개가 뜰을 향하여 활짝 열려 있다. 뜰에서는 참새들이 재잘거리는 소리가 들려온다. 참새소리에 귀를 기울였다. 그때 내 말라빠진 몸뚱이로부터 탄식소리가 새어나와 새소리에 반주를 맞췄다.

5월20일

만일 내 마음대로 할 수 있다면 나는 내 관을 접어서 내 침상 밑에 넣어두도록 하겠다. 내가 죽으면 그들은 상 밑에 있는 관을 끌어내 나를 그 안에 집어넣기만 하면 된다. 윌리엄 모리스 생각이 난다. 그의 시체는 유언대로 농장의 짐마차에 실려 묘지로 갔던 것이다.

완전히 마비되어 축 늘어진 내 몸뚱이와 승강이를 벌이는 간호사의 꼴을 보고는 큰 소리로 웃기 일쑤다. 내 오른쪽 다리는 완전히 마비되어 설사 거기에 숯불을 피워 놓는다 할지라도 아무런 감각이 없을 것만 같다. 이 죽은 다리를 문 밖으로 내놓으면 파리들이 날아들어 구더기가 들끓을 것임에 틀림없다.

5월24일

다리를 밧줄에 매어 침상에 붙들어 매야만 하게 되었다. 이것이 마지막이다. 더 이상 일기를 쓰지 않기로 한다.

제2장

역경을 뚫고

최후까지 희망의 끈을 놓지 않았다

로버트 팔콘 스콧

Robert Falcon Scott

1868~1912년. 군인, 탐험가. 영국 디벤포트에서 출생했다. 1901년 디스커버리호의 남극 탐험을 지휘하여 킹에드워드 7세 섬을 발견했다. 1910년 테라노바호를 타고 제2차 남극 탐험에 도전해 1911년 12월14일 노르웨이의 아문센이 남극점에 먼저 도달했음을 알고 "지금까지 그리던 꿈은 사라졌다. 이제 지리한 귀향이 시작된다"고 탄식한 뒤에도 탐험을 강행했다. 마침내 1912년 1월18일 남극점 도착했으나 귀환 도중 악천후를 만나 사망했다. 저서는 『탐험 항해기』『스콧 최후의 원점』이 있다.

1912년 2월22일

1912년 1월18일 남극점 정복 후 돌아오는 길에는 우리가 몹시 위험한 시기에 놓여지리라고 의심하지 않는다. 계절이 늦어진 것이 정말 험악한 사태를 야기할 것이다. 오후에 보어스는 우리가 "서쪽으로 너무 많이 온 것"이라고 했지만 계속 행진을 했다. 그 결과 우리가 올 때 세워놓은 표식을 보지 못하고 지나쳤다. 밤이 되어 지도를 펴보았더니 이번에는 또 지나치게 동쪽으로 와 있는 것이 분명했다. 날씨가 맑아지면 길을 바로잡을 수 있을 것이다. 그렇지만 날씨가 과연 좋아질는지?

3월11일

티타스 오트스는 이제 최후가 임박한 것 같다. 그와 우리는 과연 어떻게 될는지. 그것은 하늘만이 아는 일이다. 아침식사 뒤에 우리는 대책을 강구했다. 오트스는 용감하고 사태를 잘 이해하는 훌륭한 친구이다. 그러나 그는 "당장 어떻게 하면 좋겠는가?"하고 조언을 구했다. 나는 그저 "걸을 수 있는 한 힘껏 걸어라"고 말해주었을 뿐이다. 의논 끝에 만족한 결말을 지었다. 윌슨으로 하여금 "고통에 종말을 내리게 해주는 약을 건네라"고 했던 것이다. 어떤 사람은 그것으로 우리가 어떻게 하리라는 것을 알지 모른다. 윌슨은 그렇게 하지 않을 수 없어 약을 넣어둔 상자를 찾아야 했다. 우리는 각자 아편 30알씩 나누어 가진 다음 윌슨은 모르핀 한 통을 가지고 길을 떠났다. 그만큼 우리의 이야기는 비극적인 곳으로 빠져 들어가고 있다.

오늘 아침 출발했을 때는 하늘이 아주 캄캄했다. 아무것도 볼 수 없다. 길을 잃고 말았다. 오전 중 31마일을 걸어가는데 몸이 비틀거린다. 다리가 무겁다. 이제 우리의 인내력도 6마일밖에 남지 않았을 것이라는 짐작이 들었다. 우리는 7일 분의 식량을 갖고 있는데 오늘 밤은 원톤 캠프에서 55마일 지점에 가 있게 되리라.

3월14일

분명 언덕길을 내려가고 있지만 모든 조건은 불리해져만 가고 있다. 영하 37도, 거센 북풍이 불었다. 바람을 안고 갈 수가 없어서 오후 2시까지 캠프에 머물러 있다가 5마일 남짓 걸었다. 더 걸을 생각은 있었으나 북풍이 멎지 않는데다 해가 져서 몹시 추웠다. 어둠 속에서 우리는 오랫동안 저녁밥을 먹었다.

오늘 아침에는 남풍과 함께 출발하였다. 좋은 속도로 또 하나의 표식을 지나갔다. 그러나 도중에 남서풍과 서남서풍으로 변하여 옷과 장갑으로 바람이 스며들었다. 가엾은 윌슨은 한참 동안 스키를 벗지 못했다. 보어스와 내가 캠프를 만들고 우리가 텐트 안으로 들어갔을 때는 모두 전신이 얼어 있었다. 길을 더 갔으면 좋았겠지만 새로 캠프를 치는 것은 곤란한 일일 뿐더러 위험한 노릇이었다. 최후가 가까워진 모양이다. 그러나 매우 자비로운 최후이다. 가엾은 오트스는 다시 발을 딛고 일어섰다. 어떤 일이 내일 일어날까 하는 생각에 나는 몸을 떨었다. 일행은 동상을 면하기 위해 온갖 노력을 다하고 있다. 이 계절에 이처럼 거센 바람과 기온에서는 도저히 어쩔 도리가 없다. 텐트 밖은 살인적인 공포가 휩쓸고 있다. 식량이 떨어질 때까지 싸워 나가야겠다. 그러나 식량을 줄여 먹을 수는 없다.

3월16일 아니면 17일

날짜를 잊어버렸다. 나중에 고치기로 하겠다. 비극은 잇달았다. 엊그제 점심때였다. 가엾은 오트스는 더 이상 가지 못하겠노라고 했다. 슬리핑백에 자기를 남겨두고 가라고 말했다. 그렇게 할 수가 없어 오후에 그를 따라 오도록 했다. 험악한 기후임에도 불구하고 그는 힘을 다하여 2~3마일을 걸었다. 밤이 되자 그의 기력은 더욱 약화되었고 드디어 최후가 온 것 같았다.

뒤에 이 같은 수난이 세상에 알려질 것이라 믿고 나는 지금의 사실들을 기록하려고 한다. 오트스는 마지막에 그의 어머니를 생각했다.

그러나 곧 세상 사람들이 자기의 용감한 죽음을 알고 기뻐하리라 생각하며 긍지를 가졌다. 우리는 그의 용기를 증언할 수 있다. 그는 몇 주일 동안 한 마디 불평도 없이 모진 고난과 싸웠으며, 최후의 순간까지 모든 문제에 대한 의논에 기꺼이 응했다. 최후 순간까지 희망을 잃지 않았으며 포기하지도 않았다. 그는 용감한 정신의 소유자였다. 더 이상 말할 것이 없다. 그는 다시는 잠에서 깨어나지 않기를 바라면서 최후의 전날 밤을 푹 잤다. 그리고 어제 아침 그는 눈을 떴다. 밖은 눈보라가 몰아치고 있었다. 그는 “잠시 밖에 나갔다 오겠다”하고 눈보라 속으로 걸어간 뒤로는 돌아오지 않았다.

우리는 오트스가 죽으러 나가는 것임을 알고 그를 만류하려 했다. 그러나 우리는 그것이 용감한 사나이의 행동이고 영국 신사의 행동이란 것을 알고 있다. 우리는 모두 그와 같은 정신으로 최후를 맞을 것이라고 마음먹었다. 정녕 우리의 최후도 멀지 않은 곳에 있다.

나는 점심식사 때만 글을 쓸 수 있고 그밖엔 어쩌다가 쓰게 된다. 추위는 혹독하다. 대낮에도 영하 40도다. 늘 조심은 하지만 모두가 심한 동상에 직면해 있다. 살아서 돌아갈 수 있을 것이라고 말들은 하고 있지만 진심으로 그것을 믿는 사람은 없다. 식사시간을 제외하고는 전진할 때면 늘 얼어 있다. 어제는 눈보라 때문에 엎드려 있어야 했고, 오늘은 아주 천천히 움직이고 있다. 지금 우리는 제14호 표식에 와 있다. 원톤 캠프에서 불과 두 개의 표식을 행진한 셈이다. 우리는 사진기와 오트스의 슬리핑백을 여기에 두고 간다. 윌슨의 특별 요청으로 가지고 온 일기 이외의 물건과 지리학적 자료는 우리의 시체와 함께, 또는 썰매 위에서 발견되리라.

3월18일

점심 시간에는 기지로부터 21마일 위에 있었다. 기분이 울적해지기는 했으나 곧 나아질 것이다. 우리는 어제 한층 강한 바람과 눈더미 때문에 행진을 멈출 수밖에 없었다. 북서풍이 강하게 부는데다 영하 35도다. 사람의 힘으로는 당해낼 재주가 없다. 우리는 '거의' 기진맥진해 있다.

나의 오른쪽 발이 잘려 나갔다. 이틀 전만 해도 멋지고 튼튼한 발을 가진 나라고 자랑했는데, 죽어간다는 징표이다. 나는 바보처럼 육포를 물에 풀어 거기에 카레가루를 한 술 넣어 먹었는데, 그것이 심한 소화불량을 일으켰다. 뜬눈으로 하룻밤을 고생했다. 일어나 행진을 할 참에 거꾸러지고 말았다. 다리가 상하고, 어떻게 되었는지 모르겠다. 극히 조그만 부주의로 해서 뜻하지 않은 불쾌감을 발에서 받게 되었다. 보어스가 가장 원기 있어 보이지만 결국은 그도 그리 오래 갈 희망은 없다. 다른 동료들은 아직 돌파할 자신감에 차 있다. 적어도 그렇게 보이는지도 모르겠다. 대체 모를 일이다! 우리는 아직 석유난로에 반쯤 찬 석유를 가지고 있고, 극히 작은 양의 정신력(우리의 몸과 정열을 전부 합해 보아도)이 남아 있다. 바람은 잠시 잠잠해졌다. 이것이 도움이 될 요소인지도 모르겠다. 나머지 거리를 계산해 보니, 갈 때의 거리에 비하면 우스울 정도로 아주 미미한 것일지도 모른다.

3월19일 점심 때

어제 저녁 캠프를 만드느라고 고생했다. 차디찬 육포와 비스킷, 코

코아 반 잔을 알코올 불에 데워 먹었다. 몹시 추웠다. 그러고 나서는 의외로 모두 따뜻한 잠을 잤다. 오늘도 다름없이 느릿느릿한 속도로 출발을 했다. 썰매는 몹시 무거웠다. 우리는 기지까지 15마일 반 지점에 와 있으며 사흘 후에는 거기에 닿아야 한다. 어쨌든 행진해야 한다! 이틀 분의 식량이 있지만 연료는 겨우 하루 분밖에 없다. 모두 다리가 악화되어 가고 있다. 윌슨이 가장 건강한 다리를 갖고 있고 나의 오른발은 나빠져 가지만 왼쪽 발은 온전하다. 더운 음식을 먹을 수 있을 때까지 우리의 발을 치료할 기회는 없다. 지금 같아서는 다리를 절단할 생각은 없으나 병세가 확대될는지? 심각한 문제다. 기후는 우리에게 기회를 주지 않고 있다. 바람은 북풍에서 서북풍으로 바뀌었고, 오늘의 기온은 영하 40도다.

3월21일

월요일 밤에는 기지로부터 11마일 이내의 지점에 들어서게 된다. 어제는 심한 눈보라로 해서 하루 종일 엎드려 있어야 했다. 오늘은 마음이 외롭고 희망이 없다. 윌슨과 보어스는 연료를 가져오기 위하여 기지로 가게 되어 있다.

3월 22일과 23일

눈보라는 여전하다. 윌슨과 보어스는 출발을 하지 못하고 있다. 내일이 마지막 기회다. 연료는 떨어지고 식량이 한두 가지밖에 안 남았다. 최후에 이른 것 같다. 우리는 보람이 있든 없든 기지를 향해 전진하다가 도중에 죽게 될 것이다.

3월29일

이 일기를 쓰기까지 엿새가 지났다.

21일 이후 계속적인 폭풍이 서남서와 남서쪽에서 불어오고 있다. 우리는 대원 한 사람에 차 두 잔씩 끓일 분량의 연료를 가지고 있다. 지난 20일에는 겨우 이틀 치의 식량을 갖고 있었다. 매일 우리는 11마일 밖에 있는 기지로 갈 준비를 해왔지만 텐트 밖은 여전히 눈보라가 몰아치는 장면이 계속되고 있다. 사태가 좋아지리라고는 생각하지 않는다. 우리는 끝까지 싸워보려고 하지만 걷잡을 수 없이 점점 몸이 쇠약해져 가고 있다. 최후가 멀지 않았다. 유감스러운 일이지만 더 이상 일기를 쓸 수 있으리라고 나는 생각하지 않는다.

(스콧의 유해와 3월29일로 표기된 마지막 일기는 1912년 11월12일 발견되었다. 이 일기를 통해 마지막까지 용기를 잃지 않고 최후를 마친 것이 알려져 그는 국민적 영웅으로 추앙을 받았다.)

그의 죽음 이외에 아무것에도 유감이 없다

캐슬린 스콧
Kathleen Scott

로버트 팔콘 스콧의 아내이다. 남극 탐험을 떠났으나 불귀의 객이 된 남편을 대신하여 레이디 칭호를 받았다. 남편을 그리며 조각에 몰두하였고 워털루 광장에 남편 팔콘 스콧의 동상을 세웠다.

1911년 9월3일

오늘밤은 당신과 내가 일찍이 거닐던 강변을 오랫동안 산책했습니다. 강물이 바다로 흘러 들어가는 강변을 걷다가 모래톱의 풀숲을 발견합니다. 당신은 당신의 파이프에 불을 붙이려 앉아 있던 기억이 나지 않겠죠. 그건 이제는 퍽 오래 전 일입니다. 오늘은 그때보다 날씨가 좋고 아름답습니다. 특히 아름다운 석양이 물들고 늪 위에는 달이 떠오르는데 모래를 밟는 나의 맨발소리밖에는 들리는 것이 없습니다. 내년에는 저와 함께 당신이 여기에 있게 될는지요. 제가 이렇게 원하듯 당신께서도 바라겠죠.

9월20일

오늘은 꽤 마음이 언짢았습니다. 당신에 관한 좋지 않은 꿈에서 깨어나자 두 살배기 페티가 제게 다가와서 마치 저의 부질없는 꿈 생각에 대한 대답처럼 "아빠는 돌아오지 못해"하고 열심히 지껄여댔습니다. 이 일기를 읽을 때가 오면 당신은 아마도 콜롬보 가까이 있는 PUO에서 갑판 의자에 편안히 쉬며 저더러 "어리석은 여편네"라고 만족해하는 말씀을 하게 되고, 당신은 건강이 회복되어 있을 겁니다. 다행히 저는 느닷없이 바보가 되는 것은 아닙니다.

1912년 2월18일

밤새도록 당신을 생각하고 몹시 괴로워했습니다. 당신께 무슨 특별한 일이 생겼는지 모르겠습니다. 밤 9시에서 10시 사이에 벽에 걸린 시계와 손목시계에 이상한 일이 생겼습니다.

(2월18일 스콧 선장 일행은 남극 극지의 얼음 둑을 넘는 난관에 부딪쳐 있었다.)

2월19일

아직도 당신에 대한 생각으로 가득 차 있습니다. 다소 실망을 느낍니다. 나도 모르게 마음이 싱숭생숭해집니다.

(1913년 2월4일 스콧 부인은 테라 노바호로 돌아오는 탐험대원을 만나러 뉴질랜드로 떠났다. 그녀가 탄 배가 샌프란시스코를 떠난 지 8일이 되었을 때 테라 노바호는 11개월 전 스콧 선장과 그의 일행이 죽었다는 뉴스를 가지고 2월12일 뉴질랜드에 도착했다. 바로 전 주일에 이 같은 사실을 스콧 부인에게 알리려고 무선전신을 쳤으나, 신호가 약하여 그리 멀리는 가지 못했던 것이다.)

1913년 2월19일

무선전신을 받았다. 아침식사를 하고 갑판에 나가 있었다. 기분이 그리 좋지 않았다. 선장이 와서 내게 할 말이 있으니 자기 선실로 오라고 했다. 어째서 그런 것인지 도무지 알 도리가 없었으나 하여튼 가보았다. 늙은 선장의 손이 떨리며 "부인께 알릴 소식이 있습니다. 그렇지만 어떻게 얘기를 꺼내야 할는지 모르겠소" 했다. 내가 "탐험대 얘기 말이죠?"하고 묻자, 그는 "그렇다"고 했다. "어서, 말씀하세요" 하자, 그는 전보문을 내게 주었다. 전문에는 "스콧 선장과 그밖의 여섯 명은 1월18일 남극을 정복한 후 눈보라를 만나 사망했다"고 쓰여 있었다.

나는 조금도 거짓이 없이 이렇게 말했다.

"할 수 없죠. 그럴 것이라고 생각하고 있었습니다. 감사합니다. 방으로 돌아가 다음 일을 생각해 보겠습니다."

이렇게 말을 뱉고는 선실로 내려갔다. 내가 가끔 받는 스페인어 수업시간이었다. 한 시간 반 동안 스페인어 수업을 하고 나니 속이 개운해지는 것 같았다. 점심을 먹으러 내려가 미국 정치에 관한 토론을 했다. "선객들에게는 전문의 내용을 알리지 말아 달라"고 선장에게 부탁했다. 그러나 고급 선원들은 이미 다 알고 있었다. 절망감에 책을 읽으며 나의 자제력이 확실해질 때까지 마음을 가다듬으려고 애썼다. 선실은 너무 더워 종일토록 갑판에 나와 있었다.

그대는 참으로 숭고한 사람이었다. 그런 것을 가지고 그를 생각할 필요는 없다. 나를 높은 곳으로 승화시켜 나로 하여금 슬픔에 물들지 않게 해달라. 그러면 나는 마음이 가시리라. 나의 존경하는 남편은 영광을 거두었으며 그 이하는 될 수 없다. 고독은 내가 일찍이 몰랐던 두려움이다. 남편의 숭고한 정신을 알기 전에, 그리고 그가 아버지가 되기 전에 죽었다면 나는 실망을 했을지도 모른다. 지금 나는 나 자신에 대해서는 아무것도 느끼는 것이 없다. 이 심정을 다른 사람들은 이해하지 못할까? 아무도 이해하지 못하리라. 나는 앞으로 살아나가야 하며, 분별 있는 지루한 일과 더불어 살아나가야 한다. 마음에 그리던 최대의 이상까지도 분별로 지워버려야 하는가?

2월20일

오전 라로통 가에 도착했다. 더 자세한 소식은 없었으나 전보가 와 있었다. 하나는 윌프레드탐색을 하러 간 캐슬린의 남동생가 웰링턴에서 만나자는 전보였고, 또 하나는 테라 노바호에서 날아온 위로의 전보였다. 배 안에서 편지를 썼다. 오후 늦게 남미의 어느 청년과 같이 뭍으로 갔다. 그는 말이 없었으나 나는 그가 조용히 자기 자신을 생각하고 있음을 알고 있다. 우리는 물안개가 비 오듯 하는 속에 산호 바위에 앉아 암초에 부딪쳐 소용돌이치는 흰 물결을 바라보고 있었다. 우리는 달빛을 의지하며 돌아왔는데 살까지 젖어 있었다. 그는 그런 것에 개의치 않았다.

2월21일

선실에 있기에는 너무 더웠다. 혼자 있을 만한 곳이 이 배 안에는 없었다. 어디로든 떠날 수 있다면, 서로 이야기가 통하는 사람이라도 있다면 좋으리라. 그 3등 선원은 정답고 깨끗한 사람이지만 스물세

살에 불과한데다 늘 자기가 맡은 일에 매달려 있다. 나는 갑판 골프를 다섯 번 하고 실컷 책을 읽었다. 내 머릿속에는 무엇인가 자주 떠오르는 것이 있다. 죽음은 생각하지 않는 것이 좋다. 그러기 위해서 나는 오늘 여러 번 배를 떠나 있었다.

그러나 남편은 자기를 알고 있는 모든 사람들에게 남겨준 일대 감격적인 정신적 영향을 제외하고는 모든 것을 송두리째 잃어버렸다는 두려운 생각이 들었다. 남편은 나를 강한 인간으로 만들어 주었다고 생각한다. 확실히 나는 그의 가르침을 받기 전에는 완전한 자제력을 가지고 스스로를 대할 수 없었다. 내가 남편을 알게 된 이후 나는 내 일에 있는 힘을 다하여 노력했지만, 물론 앞으로는 내가 받을 수 없는 박수갈채를 남편은 일찍이 생전에 보내준 일이 거의 없었다. 이것이 아마 습관처럼 되어 계속되었는지도 모른다. 항상 그가 크나큰 나의 신앙이 되었으며 양심이 되어 왔음을 나는 벌써부터 잘 알고 있었다. 하지만 지금은 그것이 한층 더 명확하게 가슴에 닿았다. 그는 내 삶의 원동력이 되어 왔다. 그 원동력이 아직까지도 사라진 것 같지 않은 느낌이다. 참 이상스러운 일이다. 남편은 나의 품격을 높여주었으며 인간이 나갈 바와 나에게 무엇을 기대하고 있는가를 몸소 보여주었다. 나는 남편의 갈채를 기대하지 않고 앞으로 나아갈 수 있는가?

새로운 소식이 없는 지루한 나날이 계속된다. 남편의 육체적 고통과 심적 고민만이 내 머리에서 떠나지 않는다. 며칠 밤은 유난히 달이 밝았고 그럴 때면 모든 광경이 하나하나 이상하게 내 눈에 들어왔다. 나는 남편의 고민이 속히 가시고 중책을 면하게 되도록 얼마나 바라마지 않았던가! 왜냐하면 남편처럼 책임감과 의무감이 강한 사람을 나는 본 적이 없기 때문이다. 자기의 일을 성취하지 못한 고민과 다른 생명을 잃게 하고 가족을 돌보지 못한 말할 수 없는 고민을 나는 알고 있었기 때문이다.

2월23일

이상한 며칠 밤을 보냈다. 밤 11시인가 12시에 전보가 오기 시작하더니 새벽 3시쯤까지 계속되었다. 나는 무선전신실에 앉아 수신원이 움직이는 연필을 보고 있었다. 그것은 점을 치는 판자와도 같았다. 무선전신은 몇 줄 나오다가는 중요한 순간에 가서는 멎곤 했다. 위문전보, 이 정다운 전보는 그칠 줄 모르고 쏟아져 나오고 있으나 그러다가는 줄이 끊어지며 읽지 못하게 막히고 만다.

기나긴 불안 속의 며칠 밤, 저 젊은 3등 선원만이 내가 의지해야 할 유일한 인간이다. 이 3등 선원은 이해력은 없지만 사람이 건강하고 정상적이며 내가 잠이 오지 않을 때는 나와 같이 있어줄 준비가 항상 되어 있다. 그에게 이해력은 없을망정 내가 이야기를 나눌 수 있는 유일한 사람이지만 내 옆에 송구스럽게 앉아 있는 커다란 개와도 같다.

2월24일

밤새도록 전보가 왔다. 나는 오랫동안 무선전신실에 앉아 있다가 갑판의 침실로 가는 것이 일과처럼 되어 있다. 밤 12시에서 새벽 3시 사이에 3등 선원은 내게 전보문을 가져오고 가져가고 했다. 내가 바라는 사람에게서는 전보가 오지 않고 아무런 소식도 오지 않았다. 전보문은 정부와 마르코니, 리버풀 경 등에게서 왔다. 윌슨 부인에게서 온 전보는 나의 마음을 우울하게 했다. 어제 마르코니한테서 온 전보는 "페티가 잘 있다"는 것이었다.

2월25일

어제 저녁 남편 일기의 마지막 구절이 전신으로 들어왔다. 그것은 "최후가 멀지 않았다"는 가냘픈 호소였다. 전신기사와 나만이 있었다. 무슨 다른 소식이 있지 않을까 해서 옷을 갈아입은 뒤 다시 전신실로 갔다. 나는 첫눈에 굶주림이 탐험대원들을 살해했음을 알았다. 그것은 버림받은 죽음이라고 생각되었다.

전신기사와는 말을 건네 본 적이 없다. 그는 기록을 마치자 전문을 내게 건넸다. 그것을 받아들고 침실로 갔다. 더 이상 전보를 받고 싶지 않다.

영광과 용기가 가득한 전문의 기록은 나에게 위대한 영감을 주었다. "극도로 허약해져 있으면서도 그대는 불굴의 정신으로 목적을 향해 나갈 수 있었다면 좋았으리라"는 부질없는 이야기는 감히 하지 않으리. 나는 그의 죽음 이외에는 아무것에도 유감이 없다.

오, 어리석음이여! 미칠 것 같다

바이런
Lord Byron

1788~1824년. 시인. 오른쪽 다리의 선천적 기형으로 냉대를 받으며 유년시절을 보냈다. 방탕한 부친 때문에 불행한 환경과 장애에서 비롯된 정신적 억압으로 고통을 받았다. 그러나 유모의 따뜻한 보살핌으로 악마적 낭만주의라는 문학적 경지를 개척했다. 1798년 제5대 바이런 남작 사망 이후 제6대를 상속해 뉴스테드 애비의 영주가 되었다. 저서 『차일드 해럴드의 편력』 『심판의 꿈』 등이 있다.

1813년 11월14일

기억하고 싶지 않은 사건이 너무 많다. 인생의 즐거움이라는 것을 나는 나대로 누려보았거니와 유럽과 아시아를 돌아보았다. 세상 사람들은 "미덕은 미덕의 대가를 받는다"고 하지만 그 때문에 받은 고통은 확실히 보상되어야 한다. 인생의 순진한 시절이 지나고 이제 스물다섯이 되었다. 이젠 사람이 좀 되어야겠다. 그런데 대체 나는 무엇이란 말인가? 나이를 스물다섯 살하고 몇 개월 더 먹은 것밖에 무엇이란 말인가? 나는 도대체 무엇을 보았단 말인가? 어디를 가나 똑같은 남자뿐 아닌가. 아, 그렇지. 그런 여성도 있을 게 아닌가!

11월16일

오늘 미들턴으로 조시 경의 초대를 받았다. 스타엘 부인을 만나기 위한 60마일의 여행! 언젠가 한 번 조용한 사람들을 찾아 3천 마일의 여행을 한 일도 있기는 하다. 부인은 시를 쓰고 책에 대해 설명하곤 한다. 나는 작품을 여러 권 읽은 적이 있는데 대체로 좋았다. 특히 그녀의 마지막 것이 좋았다. 그래서 나는 거기에 대한 이야기를 듣지 않아도 좋았다. 따라서 낭독을 해두지 않아도 좋다.

잘못된다면 대단한 일이다. 머리가 왜 이리도 아플까? 소화가 되지 않는 것 같다. 나폴레옹의 식사가 어떻게 그의 구미에 맞았는지 의심이 간다.

11월26일

요즘 메리에 대한 생각을 많이 한다. 정열도 느끼지 못하고 말의 의미도 모르던 그 나이에 내가 어쩌면 그렇게도 저 소녀를 열렬히 좋아했는지 도무지 알 수 없다. 그녀와 나는 정말 어린이였다. 이후 나는 50번이나 만났다. 그런데 나는 아직도 우리가 만날 때마다 이야기한 것이 모두 생각난다. 즉 우리가 나눈 키스라든가, 그녀의 용모라든가, 또 그때 나의 불안과 불면 등. 우리의 산책 그리고 애버딘에서 그리 멀지 않은 그녀의 집 아이들이 노는 방에서 그녀와 행복하게 앉아 있던 일. 그때 그녀의 어린 동생이 인형을 가지고 놀고 있는 데서 우리는 우리대로 열렬한 사랑을 하고 있었던 일도.

이런 일이 어떻게 그처럼 어린 시절에 생겼는지? 그 후 몇 년 동안 나는 성에 대한 생각은 조금도 없었다. 그런데 아직도 그 소녀에 대한 부질없는 나의 사랑이 그처럼 열렬한 탓인지, 나는 그 후 진정으로 사랑해본 일이 있었는지 가끔 의아해진다.

11월30일

일요일이다. 세인트 제임스 거리에서 홀랜드 경과 식사를 했다. 상어고기를 무척 많이 먹고 샴페인과 술이 과한 것 같았으나 머리가 혼란스러울 정도는 아니었다. 술을 마시고 나서 식사를 하는데 나는 마치 보아뱀처럼 물고기며 채소며 할 것 없이 삼켰다. 그러나 쇠고기는 사양했다. 그러나 차와 비스킷을 먹으면 그 어떤 양생법보다 늘 내 몸에는 좋다. 게다가 돈도 절약된다.

12월1일

1814년 1월22일로 나는 만 스물여섯이 된다. 스물다섯 때는 우리를 위로해줄 수 있는 것이 하나도 없었지만 앞으로는 무엇인가가 있겠지. 미국 검찰총장의 아들 댈러스의 조카가 이 나라에 왔다. 댈러스의 말에 의하면 내 시가 "미국에서 평판이 대단하다"는 것이다. 이것이 처음으로 내 귀에 "명성"이라는 의미로 들렸다. 오하이오의 강둑에서 화젯거리가 되었다고.

12월6일

이 일기는 하나의 구원이 된다. 언제나 마찬가지로 피곤할 때면 이 일기책을 꺼내어 일일이 모든 것을 적어본다. 그러나 이 일기를 읽을 수는 없다. 거기에 들어 있는 내용이 얼마나 모순투성이인지 하느님은 아시리라. 만일 내가 나 자신에게 좀 더 솔직하다면 (그러나 다른 사람에게보다도 자기 자신에게 향하여 더 거짓말을 하는 것을 나는 두려워한다) 이 일기의 한 장 한 장은 논평을 받고 반박을 받아야 하리라. 또 그만 집어치워야 하리라.

책을 많이 읽었다. 그러나 고독하다. 나의 머리는 도무지 쓸모없는 나무토막 같은 것들로 꽉 들어차 있다. 내가 독서를 할 때면 소설 이외에는 무엇이든 대충대충 넘겨버린다. 책을 읽은 지도 1년이 넘었다. 이제 시가를 두 대 피우고 자리로 들어가야지. 여기엔 좋은 담배가 없다. 여기 시가는 모두 아프리카에 있는 엽초처럼 오랜 것들뿐이다. 아바나쿠바의 수도 것이 제일 좋다. 그러나 그것도 파이프로 피우는 맛보다는 못하다. 터키의 담배는 향기롭고 맛도 좋다. 이 두 가지는 그들이 자랑할 만도 하다.

12월7일

자리에 들었다. 꿈 없는 잠을 잤다. 그러나 상쾌한 잠은 아니었다. 깨우기 한 시간 전에 일어났다. 신문을 읽고 차를 마시고 소다수를 마셨다.

12월 14~16일

사건은 많으나 기록할 것은 없다. 마음이 아주 진정된다. 나의 행동에는 거의 반성할 것이 없다.

12월 17~18일

오늘밤은 코멘트 가든에 있는 극장으로 연극 구경을 가 내 특별 좌석을 찾았다. 나는, 자기 어머니와 같이 맞은편 특별 좌석에 앉아 있는 'S' ○○○정부를 보자 어딘가 미묘한 마음이 들었다(그녀는 세상에 날 때부터 그런 직업을 위한 교육을 실제로 받은 것 같았다). 어쩐지 울화가 치민다. 극장 안을 한 바퀴 둘러보자 옆의 특별 좌석과 그 옆, 또 그 옆에는 늙은이나 젊은이나 악명으로 널리 알려진 사람들이 즐비하다. 이런 꼴을 본 나는 웃음을 터뜨리지 않을 수 없었다.

또 이상한 일도 있다. 즉 ○○부인, 이혼한 ○○부인과 그녀의 딸, 그리고 이혼 중에 있는 ○○부인과 ○○부인이 바로 옆에 있고 또 가까이에는 ○○○들이 수두룩하지 않는가! 무슨 회의 같은 것이 내 옆에서 벌어지고 있다. 나는 그들의 내력을 죄다 알고 있다. 이 극장은 마치 보통 관중과 저 유명한 고급 창부, 두 패로 나누어져 있는 것 같다. 이런 부정 상인의 수가 일반 상인의 수보다 훨씬 많은 것 같다. 반대편에는 폴리가 그녀의 어머니와 앉아 있고, 그녀의 옆자리에는 그녀보다는 유명하지 못한 여자 셋이 있을 뿐이다. 그런데 폴리하고 그녀의 어머니, ○○부인하고 그녀의 딸 사이에는 무슨 차이가 있을까? 그 차이가 있다면 그것은 후자들이 찰스론과 그 밖의 가정에 출입할 수 있는 데 대하여, 전자들은 오페라와 B집 이외에는 출입을 하지 못한다는 것이다. 현실 그대로의 인생을 관찰한다는 것은 얼마나 즐거운 것이냐! 결국 나 자신은 누구보다도 가장 악당이다.

1814년 1월16일

캐서린은 아름답다. 그러나 너무 어리고 온순하다고 생각된다. 그녀는 나를 사랑하지 않고, 또 내가 그녀를 사랑하지 않는다는 것이 확실하다. 그러나 내 생각으로나 또는 일반적인 견해로 볼 때 이런 것은 큰 문제가 아니다. 사무(이런 것도 사무라면)는 아버지와 나 사이에 적당히 정리될 것이다. 여자는 자기 멋대로 놀아난다. 나는 여성들에게는 친절하고 양순하다. 내가 만일 피해야 할 사랑을 하지 않는다면 나의 부부생활은 매우 단란하게 되리라. 나의 행동에 관해서는 그녀가 감시를 해줘야 한다. 그러나 만일 내가 사랑하게 된다면 나는 시기도 하게 되리라. 이런 까닭에 나는 사랑을 하지 않으리라. 그러나 때때로 아무라도 좋으니 같이 하품할 수 있는 그런 사람을 갖고 싶다.

2월18일

맬번 부인에게서 글이 왔다. 사연인 즉 내가 "정신이 나갔다"는 것이다. 정말 내가 정신이 나갔는지 아닌지는 나도 모르겠다. 그리고 그것은 무엇보다도 애정의 발작 때문이라고 보는 것이 좋을 게다. 그러나 항상 그 문제의 결말은 어찌되는 것인가. 나는 지금 스물여섯 살이다. 나의 정열은 나이값을 하기에 알맞다. 나의 애정은 나이값을 하기에 알맞다. 그런데….

"좋소. 당신은 물고기 장수니까 수녀원에나 가세요."

한밤중이다. 편지를 쓰다 말고 불 속에 던져버렸다. 책을 읽었다. 그러나 아무런 목적도 없다. 시가를 피웠다.

나폴레옹! 그의 운명은 이번 주에 결정되리라. 주변의 모든 형세가 그에게 불리하게 돌아가고 있다. 그러나 나는 그의 승리를 믿으며 또 희망한다. 하여튼 그의 승리를 믿으며 또 희망하는 것이다. 결국 그는 침략자들을 물리치게 되리라. 프랑스 정권에 대해 우리가 뭐라고 말할 권리가 있는가. 오! 프랑스 공화국이여! 도대체 누가 이런 세상을 만들었는지 모르겠다. 말하자면, 멋이나 부리는 사람들과 왕이나 대학생과 '어느 연령에 달한' 여자들과 연령 불문의 대중과 나 자신과 같은 모든 사람들은 무슨 목적을 위하여 사는가!

2월27일

H경 댁에서 식사를 하지 않고 집에 혼자 남아 있다. H경 댁에 초대를 받았지만 어디든 가고 싶지 않았다. 홉하우스는 나더러 고독한 '귀신'이 되어간다고 했다. 사실이다. '나는 홀로 있다.' 늘 글만 읽을 수 있다면 사교란 필요 없다는 생각이 든다. 아아! 나는 내 자신이란 섬 속에 들어 있었으면 좋겠다. 나는 가끔 '내 정신이 아닌 것' 같은 공포를 느낀다. 아직도 내 마음과 머리에는 무수한 상처가 있다. 무엇으로 고칠 수 있는지? 상처를 물어뜯는다. 나는 아프다. 아프다. 이 단추를 풀어다오. 어째서 고양이와 쥐와 개는 살아야 하는가. 너희들은 생명이 없는가? 사람들이 말하듯 나는 스물여섯이다.

3월17일

도대체 나는 무엇을 쓰고 있는가? 이런 질문은 이미 늦었다. 후회란 것은 소용이 없다. 그러나 다시 써야겠다. 다시 써야겠다고 생각한다. 이런 것이 사람의 본성이다. 아닌 게 아니라 나도 그렇다. 나는 나 자신에 좀 더 충실하려고 생각하지만 금세 잊어버리게 되리라. 내게 아내가 있다면 그녀에게 아이를 낳게 해서 법률가나 해적이나 그 밖의 무엇이든 만들고 싶다. 그러나 내 자식도 글을 쓴다면 그는 내 자식이 아닐 것이다. 은행 수표와 함께 인연을 끊어버리겠다. 편지나 한 통 써야겠다. 3시다.

4월8일

내가 좋아하는 나폴레옹이 실각했다. 파리에는 도둑이 득시글거린다. 실각은 나폴레옹 자신의 과오다. 미로처럼 그는 참나무를 찢으리라. 그러나 다시 감금되어 지금은 사자와 곰 그리고 가장 더러운 인간들이 그를 갈기갈기 찢어버릴지도 모른다.

4월9일

이 날을 특히 마음에 새겨둔다. 나폴레옹 보나파르트가 세계의 왕관을 포기했다. 나는 모르겠다. 그러나 나는 나를 생각한다. 나라고는 하지만 그에 비하면 벌레나 마찬가지다. 나는 그 인간의 백만 분의 일도 되지 못하는 생활을 했다. 그러나 결국 왕관은 죽음의 가치가 있는 것은 아니다.

4월10일

혼자 있을 때가 가장 행복한 것인지 모르겠다. 등잔불과 엉망진창이 된 나의 도서실이 그리워지지 않을 때라도 나는 사회와 내가 사랑하는 계집까지도 동경하지 않기로 결심했다(신께서 이것을 잘 아는 동시에 악마도 그럴 것이다). 오늘 1시간 동안 권투를 했다. 나폴레옹에게 주는 헌시 한 편을 쓰고 그것을 복사했다.

4월19일

북극과 남극은 모두 얼음에 잠겨 있다. 극단이란 그와 마찬가지다. 불행은 최고와 최하의 지위에 있는 사람들에게 속하는 것이다. 즉 왕이 왕관을 벗게 되고 사람이 돈이 떨어져 거지가 될 때 말이다. 세상에는 어둠과 빛이 교차하는 저주스럽고도 맹랑한 생활조건이 있다. 누구나 지식과 지혜 없이는 방향을 헤아리지 못한다.

"그리하여 어제란 어제는 어리석은 무리에게 죽음으로 가는 길을 밝히어 서라."

앞으로는 시로 된 일기는 더 쓰지 않으리라. 개처럼 기억을 토하지는 않으리라. 이 책의 나머지 지면은 찢어버려야겠다. "부르봉 왕조의 복귀"라고 썼다. "철학의 목을 베어라"고도 썼다. 나는 오랫동안 나 자신과 다른 사람을 멸시해 왔으나 인류의 얼굴에는 침을 뱉지 않으리라. 오, 어리석음이여! 미칠 것 같다.

문학 외 모든 것은 싫어한다

프란츠 카프카
Franz Kafka

1883~1924년. 유대계 독일 작가. 체코 프라하에서 부유한 상인의 아들로 태어나 프라하 대학에서 법률을 전공했다. 1922년 노동자재해보험국에서 근무했으며 1917년 폐결핵을 앓게 되었다. 이후 요양을 하다 빈 교외의 킬링 요양원에서 사망했다. 저서 『변신』『성』 등이 있다.

1910년 12월15일

이 같은 일은 처음이다. 지금까지 내게 이와 비슷한 경우가 여러 번 있었다. 그러나 지금과 똑같은 것은 정녕 아니었다. 마치 나는 돌로 된 것 같기도 하고, 내 몸이 비석 같기도 하다. 회의와 신앙, 사랑과 증오, 용기와 근심이 부분적으로나 전체적으로나 빠져나갈 구멍이라고는 전혀 없다. 한 줄기 희미한 희망이 살아 있을 뿐이나 그 희망은 비석에 새겨져 있는 비문에 불과하다. 내가 쓴 단어는 모두 다음에 쓴 단어와 거의 일치하지 않는다. 자음이 힘없이 서로 부딪치고 모음이 반주로 노래하는 것을 나는 듣는다. 나의 회의는 각 어휘의 둘레에 겹쳐 있고 나는 어휘를 보기 전에 먼저 회의를 본다. 그러나 그 다음엔 무엇이 있는가? 나는 어휘를 조금도 보지 않는다. 나는 어휘를 발명해댄다. 물론 이것은 최대의 불행은 아닐 게다. 나는 송장 냄새를 나 자신이나 독자의 얼굴 정면으로가 아니라 다른 방향으로 불어 보낼 수 있는 어휘가 발생되도록 해야 할 따름이다.

12월26일

혼자 있으면 쇠퇴하지 않는 힘이 나에게 온다. 나의 내부는 (다만 피상적인 시간에) 의혹이 풀리며 한층 깊이 해제되게 마련이다. 내부의 질서가 조금이나마 이루어지기 시작했다. 더 이상 필요한 것은 없다. 왜냐하면 무질서는 조그만 재능을 가진 자들에게는 가장 나쁜 것이니까.

12월27일

나의 기력은 더 이상 글을 쓰기에 충분하지 못하다. 그렇다. 글이 어휘의 문제라면, 또 어휘의 배치로 충분하다면 사람은 자기 자신과 함께 이 어휘로 가득 차 있는 조용한 마음으로 자기를 속일 수 있으리라.

1911년 9월26일

미술가 큐빈은 설사약을 추천했다. 그것은 가루로 된 해초로, 내장으로 들어가 부풀어 오르기 때문에 매우 효과적으로 작용한다. 내장을 통과할 뿐 배설물을 내장의 벽에 붙어 남아 있게 하는 다른 설사약과는 판이하다는 것이다.

9월30일

어제는 옆방에 소녀가 들어 있었다. 소파에 누워 잠이 들 순간에 나는 소녀의 음성을 들었다. 소녀가 입고 있는 옷과 방안에 걸려 있는 옷가지로 미루어 그녀는 너무나도 잘 입는 것처럼 생각되었다. 나는 이 소녀의 아무것도 거치지 않은 균형이 잡힌 원형의 억센 검은 어깨가 옷 위로 불쑥 나와 있는 걸 목욕탕에서 보았을 뿐이다. 그때 소녀가 쏘이는 증기가 방안에 가득 차 있는 것처럼 느꼈다. 소녀가 일어나자 그녀의 몸에 걸려 있던 회색 저고리가 그녀가 앉았던 자리에 떨어졌다. 그 자리는 사람이 앉도록 되어 있는 유행에 뒤떨어진 물건이었다.

9월2일

잠을 이루지 못하는 밤이다. 사흘째다. 깊은 잠이 들기는 하였으나 1시간이 지난 후에는 잘못된 구멍에 머리를 틀어박았던 것처럼 잠에서 깨어났다. 전혀 잠을 자지 않은 것처럼 또는 잠시 눈을 붙였다가 뜬 것처럼 느껴졌다. 다시 잠을 이루려고 애를 쓰기도 전에 잠에 배반을 당한 것처럼 느껴져 완전히 잠에서 깨어 있었다. 이 같은 상태로 5시까지 잠을 이루지 못하다가 잠이 들었는가 하면, 시시한 꿈으로 해서 자는 것 같지가 않다. 나는 한편으로 잠을 자면서 꿈과 싸워야겠다고 말을 하고 있다. 5시께엔 수면의 마지막 자취마저 기진해져 꿈으로 들어간다. 꿈은 자지 않는 것보다도 더욱 진을 뺀다.

요컨대 나는 밤새도록 이런 상태로 지낸다. 이런 상태는 건강한 사람이라면 깊은 잠을 들기 전에 잠깐 동안 있는 것이다. 잠에서 깨어나자 숱한 꿈이 나에게 모여들지만 그 꿈을 생각하지 않으려고 마음을 쓴다. 왜냐하면 밤 사이에 모든 희망이 사라졌기 때문이다. 나는 깊은 잠(자고 난 여러 날 밤의 마지막을 생각하면서 호두 속에 들어 있다가 뛰쳐나온 때처럼)에서 깨어 있었다.

10월3일

역시 잠이 오지 않는 밤이다. 그러나 잠이 들기는 했으나 심한 곤란을 겪으며 마비 상태에 빠졌다. 앞이마가 매섭게 조여드는 것 같고 두통이 콧날에까지 이르고 있다. 몸을 무겁게 하면 잠이 잘 오리라 생각하여 팔짱을 끼고 어깨에 손을 얹었다. 배낭을 멘 사병처럼 이렇듯 누워 있다. 다시 꿈의 힘이 와 닿는다. 꿈은 나를 잠들지 못하게 하는 마비 상태로 들어가기 전인 생시에까지도 찾아온다.

10월9일

40대가 되면 윗입술 밖으로 약간 드러나 보이는 덧니가 있는 노처녀와 결혼할지도 모른다. 파리와 런던에 살던 K양의 위쪽 앞니들은 무릎에서 쑥 구부러진 다리처럼 약간씩 서로 기울어져 있다. 그러나 나는 사십 번째 생일까지는 살지 못하리라. 그 예로는 나의 두개골 한 쪽이 자주 긴장하며, 그렇게까지 살지 못할 것이라고 말하고 있다. 나는 정신적 문둥병에 걸렸음을 느낀다. 그냥 그것을 보기만 하면서 불쾌감을 잊으려고 하지만 그것은 교과서에 있는 두개골 해부도 같은 인상을 주기도 하고, 날카로운 칼을 들어 냉정하고 조심성 있게 때로는 멈추거나 다시 떼거나 하면서 가만히 뇌의 기관 근처에 있는 종잇장과 같은 껍질을 더욱 가늘게 저미는 것과도 같은 해부처럼 느껴진다.

어젯밤 꿈이다. 창녀의 집, 창녀, 그 중의 한 여인. 나는 창녀의 다리를 손으로 매만지고 나서 한참 동안 규칙적인 율동으로 허벅다리 상부를 압박했다. 그 쾌감은 대단한 것이었기 때문에, 진실로 최고의 미를 즐기는데 그것이 무료라는 것이 이상했다. 그리고 나는 세상을 기만하였다는 생각이 들었다. 그러나 창녀는 다리를 움직이지 않고 상반신을 일으켜 잔등을 내 쪽으로 돌렸다. 잔등은 놀랍게도 붉은 봉납의 원으로 덮여 있고, 그 원 가운데는 붉은 반점이 산재해 있었다. 창녀의 몸이 이런 것으로 가득 차 있음이 눈에 들어왔다. 붉은 반점의 창녀의 허벅다리를 손가락으로 찔러봤다. 마치 잘못 묻어 있던 것처럼 나의 손에도 그 붉은 빛깔이 묻어 올랐다.

10월17일

아무것도 완성하지 못하고 있다. 시간이 없는데다가 또 시간이 그렇게도 나를 내부로부터 압박하기 때문이다. 하루 종일 시달리지 않고, 이 아침의 불안이 한낮까지 나의 내부에 나타났다가 저녁에 사라져주면 나는 잠을 잘 수 있을 게다. 그러나 대개는 이 불안이 황혼에 이르러 더해가는 것이다. 황혼은 나에게 해롭기만 한 밤을 마련해준다. 나는 이 불안을 오랫동안 이겨낼 수 있을까? 그리고 이겨내려는데 무슨 목적이라도 있을까? 그러면 시간이라도 나에게 주어지는가?

10월20일

나는 병에 걸렸는지도 모른다. 어제부터 종일 몸이 쑤신다.

10월24일

늘 병을 앓고 있는 나지만 확실한 병을 앓는 것은 아니라고 오랫동안 불평을 해왔다. 그 일례로 이러한 희망적 불평은 어머니가 불이 켜진 안방에서 황혼이 깃든 병실로 들어올 때나, 날이 밝은 이후 우울한 밤으로 접어드는 저녁에 내가 어머니를 안심시킬 수 있는 방법도 알고 있는지라 이런 불평도 있을 법하다. 나는 한 번 더 자신을 위하여 희망을 가져야겠다. 왜냐하면 그땐 나이가 들고 몸이 허약해져 있다고 할지라도 어린아이와 같은 기쁨을 즐길 수 있을 것이기 때문이다.

10월30일

위가 튼튼하다고 느껴질 때면 많은 음식을 먹고 싶은 생각이 날뛰는 그런 욕망을 갖게 된다. 나는 특히 푸줏간 앞에서 이런 욕망을 만족시킨다. 오래 된 딱딱한 소시지를 보면 이빨로 씹어서 기계적으로 마구 삼키는 상상을 한다. 상상이기는 하지만 이런 행동은 그 결과로 실망과 초조함을 더할 뿐이다. 나는 커다란 갈비덩어리를 씹지 않고 삼켜버린다. 갈비덩어리가 위장을 타고 내려간 것을 밑구멍으로 잡아당긴다. 더러운 식료품 가게가 완전히 거덜나도록 먹어댄다. 청어 통조림 그리고 오래 되어 쉬어 꼬부라진 음식으로 배를 채운다. 건강하거나 큰 고통이 별로 없는 병을 앓을 때도 이런 상상을 하면서 즐긴다.

11월2일

오늘 아침 오래간만에 칼이 심장을 도려내는 상상을 하고 다시 기뻐했다.

11월5일

이마에 끊임없는 경련을 느끼며 글을 써보고 싶다. 나는 온 집안의 소동이 들리는 한복판에 자리 잡은 내 방안에 앉아 있다. 문이 닫히는 소리를 죄다 듣는다. 발자국 소리만으로도 알 수 있는 일이다. 부엌에 있는 솥뚜껑이 닫히는 소리까지 들린다. 아버지가 내 방문 앞을 지나가는 소리와 옆방 난로의 재를 터는 소리도 들린다. 바리가 아버지의 모자에 솔질이 되었느냐고, 마치 파리의 큰 거리에서 고함을 지르듯 큰 소리로 묻자 나를 기쁘게 하려는 마음에서인지 이에 대답하는 조용한 목소리가 들려왔다. 대문 빗장이 열리며 유행성 감기에 걸린 듯한 소리가 났다. 문이 더 활짝 열리자 여인의 노랫소리가 들리고 잠시 후 거친 문소리가 들린다. 아버지가 나가자 묘하게 마음을 소란케 하는 어쩔 수 없는 두 마리 카나리아의 울음소리가 들린다. 미리 그러리라 하고 생각은 하고 있었으나 카나리아 소리를 들으며 나는 문을 살며시 열고 뱀처럼 옆방으로 기어들어가 여동생과 가정부에게 조용히 해달라고 빈다.

11월7일

어른들의 생각으로는 부모가 붙어 있는 한 어린아이들에게는 아무 일도 일어나지 않는다는 어리석은 확신을 하고 있다. 그렇게 생각한다면 진정한 의미의 불행은 어른들의 얼굴 한 가운데만 아니라 세상에 그리도 흔하지는 않을 것이다.

11월11일

고쳐야겠다고 진심으로 생각되는 좋지 않은 버릇(예를 들면 극히 만족스럽게 살고 있으나 내 눈에는 누이의 결혼생활이 음산하게 보이는 것)을 고쳤다고 생각되자 나는 내 팔의 모든 감각을 잃어버린다.

11월14일

오후 잠시 잠이 들었다. 마치 감각이 없는 뇌수를 둘러싼 굳은 두개골이 점점 안으로 조여드는 것 같았고, 두뇌의 일부는 밖으로 나와 태양광선과 근육의 희롱 앞에 노출되어 있다. 잠을 깨니 노란 태양광선이 가득 찬 추운 가을 아침이다. 반쯤 닫힌 창문을 빠져나가려고 유리창 앞에 아직 서 있었다. 아래로 떨어지기 전, 옛날 뱃머리에 서서 가던 사람들 모양으로 허공을 향하여 팔을 벌리고 배를 웅크리며 다리를 뒤로 꿇고 있다.

잠이 들기 전이다.

독신으로 지내는 늙은이가 친구들과 어울려 하룻밤을 보내고 싶은 생각이 간절하여 사람들을 부르고는 싶지만 체면 때문에 고민한다는 것은 몹시 비참한 일인 것 같다. 음식을 손수 장만해야 하고 온화한 분위기도 마련해야 할 터인데 그럴 기분도 없을 뿐더러 손님들에게 다만 난처한 모습과 화난 얼굴을 선물로 줄 뿐이니 말이다. 문간에서 작별 인사를 나누고 뛰어 들어와도 반겨줄 아내가 없다. 앉아서 창 밖의 경치를 바라보며 위로를 받을 수 있을 뿐이다.

다른 사람들의 방과 나란히 붙어 있는 그의 방에는 한쪽에만 문이 있다. 다른 집 가족과 격리되어 있는 느낌이다. 결혼을 통해서만 친밀해질 수 있는 그들과 격리되어 있는 것이다. 얼마 후에는 이런 것들이 다 필요 없게 되어 다른 사람들의 자식을 부러워하면서도 "내게는 자식이 하나도 없다"고 말하는 것조차 용납되지 않는다. 그의 주위에는 자라나고 있는 식구가 없기 때문에 자신이 늙어가는 줄 모른다.

12월16일

자정이다. 잠들기 전이다. 그러나 잠이 오지 않았다. 뚱뚱한 여인의 상반신이 내 몸 위에 놓여 있다. 여인의 얼굴은 뒤로 젖혀져 있고 왼손으로 내 가슴을 누르고 있다. 사흘 밤 동안 잠을 이루지 못했다.

12월21일

젊음을 회상하기 좋아하고 무엇을 해야 할지 알고 있는, 키가 크고 건강한 28세의 아름다운 신사인 나를 생각하고 있다. 그러나 지금 나는 세상에서 버림받은 채 소파에 앉아 있다. 피로에 지쳐 뼈마디가 쑤시고 메마른 온 몸은 분명하게 의식할 수 없는 혼돈 속에 파멸하여 떨고 있다. 머릿속에서는 걷잡을 수 없는 맥박이 계속 뛰고 있다. 세 여인이 내 방문 앞에 서 있다. 한 여인은 과거의 나를, 다른 두 여인은 현재의 나를 칭찬하고 있다. 요리사는 내가 곧장 (멀리 돌아가는 것이 아니라) 하늘로 올라가리라고 했다. 그렇게 될 거지.

나의 발전을 가로막는 중요한 장애물은 확실히 신체적 조건이다.

이런 몸을 가지고는 무슨 일이든 할 수 없을 게다. 이런 몸을 가지고는 무슨 일이든 받아들여야 할 게다. 요 며칠 동안 눈을 붙이기만 하면 사나운 꿈만 꾸며 지낸 탓으로 아침에는 몸을 제대로 가눌 수 없다. 지금보다 다소나마 나은 상태를 머릿속에 그려보는 것이 고작이다. 오로지 신원증명서를 손에 쥔 채 시멘트 복도 위에 뒹굴고 있는 공 속으로 말려들어가 죽어버렸으면 하는 생각이 나를 기쁘게 해줄 뿐이다. 내 몸은 허약하다 못해 지나치게도 길다. 아늑한 온기와 내부의 불이 되는 지방질이 전혀 없다. 몸 전체에 해가 되지 않을 뿐 아니라 정신을 윤택하게 해줄 정신적 지방질도 없다. 최근까지 이토록 심한 괴로움을 준 병든 심장이 무슨 수로 다리에까지 핏방울을 보낼 수 있겠는가. 무릎을 향하여 힘을 쓸 것이다. 무릎에서부터, 차가운 다리의 하부에 맥없는 힘으로 한 방울씩 피를 떨어뜨려 주리라. 그러나 지금은 다시 피가 위로 올라와야 하고 밑으로 내려가 소비되는 동안을 기다려야 한다.

모든 것이 내 몸 전체에서 끌려 나가고 있다. 이런 몸으로 무엇을 한단 말인가. 이 지경으로 내 몸이 짤막하고 다부지게 생겼다고 하더라도 내가 하고 싶은 일을 해치울 힘은 갖고 있지 못할지도 모른다.

12월24일

불길한 사념에 대한 성실. 어제 저녁은 특히 불행하다는 생각이 들었다. 위장이 다시 요동쳤다. 나는 곤란을 겪으며 글을 썼다. 오늘 저녁은 그런 불길한 사념에 대항할 방비를 갖지 못하고 다만 이렇게 나 자신에게 말할 뿐이다. "지금 불길한 생각이 찾아오고 있다. 불길한 생각을 하도록 네게 시간을 주었다. 너는 네가 유리하게 되기를 기다리고 있었다." 이렇게 말하자 더 많은 말을 기다리지 않고 불길한 사념이 자리를 물러서며 천천히 흩어져 갔다.

12월26일

젊은 시절에 겪은 고생에 관하여 쉴 새 없이 암시하는 아버지의 이야기를 듣는 것은 불쾌하다. 그가 겨울에 옷이 없어 몇 년 동안 동상으로 고생했다던가, 배가 고파 열 살 때부터 추운 겨울 아침에도 수레를 끌고 마을을 돌아다니지 않을 수 없었다는 사실은 누구도 부인하지는 않는다.

그러나 그가 이해하지 못하는 점이 있다. 물론 나는 그런 고생은 하지 않았다. 하지만 그렇다고 해서 내가 지금의 아버지보다 더 행복하다는 결론은 아니다. 그는 발의 동상을 자랑할 수는 있으나 그런 경험을 하지 못한 내게 그 고통이 어떤 것인지 알아야 한다고 강요할 필요는 없다. 그렇게 하지 않아도 나는 그러한 고통을 겪지 않게 해준 아버지에게 감사를 드리고 있다. 아버지가 그의 청춘과 부모에 대해 이야기한다면 나는 얼마나 기쁘게 들을 것인가. 그러나 그건 모두가 자랑이요, 말끝마다 욕설조이니 듣기에 고통스럽다. 그래도 그는 재삼 손을 움켜쥐며 "오늘날 누가 그걸 알아준단 말이냐? 어린 새끼들이 뭘 안단 말이냐?" 하고 말한다.

내가 글을 잘 못 썼을 때의 나의 감정은 다음과 같이 서술하게 되리라. "어? 구멍이 두 개 나 있는 땅 위에 서서 오른편 구멍에서만 나올 수 있는 어떤 물건이 나오기를 기다리고 있다. 그러나 그 구멍에는 어렴풋이 보이는 뚜껑이 덮여 있었기 때문에, 그의 주의를 끌고 있는 왼편 구멍에서 물건들이 덩달아 쏟아져 나오고 있다. 결국은 성공을 한다."

1912년 1월3일

내가 취할 수 있는 가장 생산적인 방향이 글을 쓰는 것이라고 명확해질 때 나의 모든 힘은 그 방향으로 돌진하여, 정욕을 비롯하여 먹고 마시는 일이라든가 철학적 사고 특히 음악을 즐기는 방향으로 향하던 모든 기능은 공백이 되어버린다. 나는 이런 모든 것에 쇠약해졌다. 힘이 약한 나로서는 그 힘을 한 곳에 모아야만 반 정도나마 작품의 목적을 달성할 수 있기 때문이다. 애인을 묵인할 수 없다는 불평을 해서는 안 된다. 또 음악을 이해하듯이 사랑을 정확히 이해한다고는 할 수 없다.

섣달그믐 밤, 미나리와 시금치를 먹고 술을 한 잔 마셔 먹은 것들을 씻어 내렸다. 지금 나는 완전히 취해 있다. 내가 알고 있는 한 이제는 희생밖에 남은 것이 없다. 드디어 내 얼굴은 자연스럽게 늙어갈 수 있을게다.

9월23일

22일 밤 10시부터 23일 아침 6시까지 줄곧 한 자리에 앉아 『심판』을 썼다. 오랫동안 앉아 있었던 탓에 다리가 굳어져 책상 밑에서 빼낼 수가 없었다. 공포에 싸인 긴장과 환희의 그 작품은 내가 물 위를 걸어가고 있듯이 내 앞에서 전개되었다. 어젯밤 몇 번이나 몸을 뒤로

젖히면서 고통을 겪었다.

어떻게 하면 세상의 모든 것과, 꺼졌다 켜졌다 하는 위대한 불길을 기다리고 있는 환상을 제대로 그려낼 수 있는가. 어찌하여 창 밖은 파랗게 물들어가고 있는가. 마차가 지나가고 있다. 두 사나이가 다리를 건너갔다. 2시에 나는 마지막으로 시계를 쳐다보았다. 가정부가 건넌방에서 걸어 나올 때 나는 마지막 줄을 다 썼다. 밖이 훤해지더니 날이 밝았다. 심장이 약간 아프다. 밤중이 되어서야 피로는 사라졌다. 누이동생의 방으로 들어가는 그 떨림이여! 가정부에게 팔을 벌리며 여태까지 글을 썼다고 했다. 금방 새로 갖다놓은 듯한, 조금도 구김이 가지 않은 침대가 보인다. 신념은 증명했다. 이 같은 인내심과 완전한 심신의 개방이 있음으로써만 작품이 이루어질 수 있음을.

1913년 5월4일

푸줏간 주인의 널따란 칼날이 옆구리를 빠르고 기계적인 정확성을 가지고 계속 베어낸다는 환상이 머릿속을 떠나지 않는다. 베어낸 얇은 고깃덩어리가 대팻밥처럼 바람을 타고 날아간다.

7월21일

결혼에 대한 긍정과 부정의 요지는 다음과 같다.

1. 혼자서는 살 수 없다. 나의 사람이 요구된다. 시간과 나이의 공세. 글을 쓰겠다는 욕망의 불투명한 압력. 불면증. 광기에의 접근.

2. 모든 것이 곧 나를 안도케 하고 있다. 밤새 침대에 걸려 있는 아버지와 어머니의 잠옷. 다시 무서워진다.

3. 나는 혼자 있어야 한다. 내가 무슨 일이든 할 수 있었던 것은 혼자 있었기 때문에 이루어진 것이다.

4. 문학과 관계되지 않은 모든 것은 싫어한다. 담화(심지어 문학에 관한 것이라도)는 나를 괴롭힌다. 사람을 방문한다는 것도 괴롭힌다. 친척들의 애락은 나의 정신을 괴롭힌다. 담화는 내가 생각하고 있는 것의 중요성과 심각성과 진실을 앗아간다.

5. 다른 사람으로 변해버릴 수 있는 연관성에 대한 공포. 그러나 다시는 혼자 있고 싶지 않다.

6. 특히 과거에 누이동생들과 함께 있을 때는 혼자 글을 쓸 때처럼 아무런 두려움도 느끼지 않았을 뿐더러 힘이 넘쳐흐르고 감격과 감동을 느꼈다. 아내라는 매개물이 있다면 모든 사람과 대하는 것처럼 느껴질 수밖에 없다! 그러나 아내란 나의 작품 행동을 희생시키지 않는다고 할 수 있을까? 아니다, 아니다!

7. 독신이라면 언젠가는 결국 나의 직장을 포기할 수 있으리라. 그러나 결혼을 하면 그것은 도저히 불가능하다. 나는 가련한 인간이다!

11월18일

내가 쓴 작품에 대해 회의가 많지만 다시 쓰기로 했다. 억지일망정 그가 나를 학교에 보냈기에 다행이다. 나는 외양간에 누워 있다가 음식을 주면 밖으로 뛰어나와 먹고는 다시 들어가 누워 있기에 알맞은 본질적으로는 무능하고 무지한 인간이다.

11월19일

전보다 자신이 없다. 단지 생명력을 느낄 뿐이다. 그리고 무감각한 공백 상태다. 진정 나는 밤중에 산 속에서 길을 잃어버린 양과도 같다. 그렇지 않으면 길을 잃은 양을 따라 달리는 한 마리 양과도 같다.

고독 속에서 혼자 실컷 울련다

바슬라프 니진스키
Vaslav Nijinsky

1890~1950년. 폴란드계 러시아 무용가. 1907년 페테르부르크 황실 무용학교를 졸업하며 천재성을 인정받아 프랑스 파리로 유학했다. 1909년 파리에서 창단한 디아길레프의 러시아 발레단 제1 남성무용수로 대성공을 거뒀다. 1913년 미국 순회공연 중 로모라와 결혼했으나 이듬해 정신이상 증세를 일으켜 스위스에서 요양생활을 했다. 광기와 천재 사이를 헤맨 불세출의 인물로 평가된다.

1918~1919년 생 모리츠에서

나는 남의 구경거리가 될 만한 신동은 아니다. 나는 분별력을 가진 사람이다. 인류가 창조된 지도 벌써 수백만 년이다. 사람들은 기술상의 발명이 있는 곳에 하느님이 있다고들 말한다. 그러나 기계가 하나도 없었던 때에도 하느님은 이미 계셨다.

강철은 필요한 물건이다. 그러나 그것은 또한 지긋지긋한 물건이기도 하다. 비행기도 끔찍한 물건이다. 비행기를 탄 적이 있었는데 나는 비행기 안에서 소리를 지르며 울었다. 나도 모를 일이었다. 하여간 나는 비행기가 새들을 멸망시킨다고 느꼈다. 비행기가 나타나면 새들은 달아나 버린다. 비행기가 유용한 물건임은 두말할 나위도 없다. 그러나 너무 과장해서는 안 된다. 비행기도 하느님으로부터 온 것이다. 그래서 나는 그것을 좋아한다. 그러나 비행기가 전쟁 목적으로 사용되어서는 안 된다. 비행기는 친선을 표시하기 위한 것이라야 한다. 나는 비행기를 좋아한다. 그러나 새 없는 곳에서만 그것을 타고 다니련다. 나는 새가 좋다. 놀라게 해주고 싶지 않다. 어느 유명한 비행사가 스위스 하늘을 날다가 솔개 한 마리를 들이받았다. 솔개는 성스런 새다. '샤'라든가 '엠퍼러'라든가 '킹'은 죽여서는 안 된다. 나는 왕도 귀족도 좋아한다. 그러나 그들의 행실이 언제나 착하다고만은 할 수 없다. 그들에게 모범을 보여주려거든 그들을 죽이지 말아야 한다.

사람들이 디아길레프1872~1929년. 러시아의 발레 프로듀서를 이해하도록 해주어야겠다. 나는 한 숨도 쉬지 못하고 그와 함께 여러 해 일했다. 나는 그 사람의 잔꾀와 버릇도 다 잘 안다. 디아길레프와 함께 살았으니까. 나는 그가 자기 자신을 아는 것보다도 그를 더 잘 알고 있다. 그의 약점도 그의 강점도 나는 무서워하지 않는다.

스페인 사람들은 소의 피를 쏟아내는 사람들이다. 그래서 죽이기를 좋아한다. 교회나 교황의 이름으로도 이 살육을 멈출 수는 없다. 스페인 사람들은 소를 한낱 짐승에 불과하다고 생각한다. 그렇지만 투우사는 소를 죽이기 전에 운다고 한다. 나는 쇠뿔에 받혀 배에 상처를 입은 투우사를 여럿 알고 있다. 나는 그런 살육이 미웠지만 그것은 내가 몰랐기 때문이었다. 디아길레프의 말에 의하면 "투우는 훌륭한 예술"이라는 것이다.

나는 그를 알고 있다. 그래서 그에게 싸움을 거는 것이다. 내가 소다. 소 안에 들어 있는 신이다. 나는 '아피스의 소'다. 나는 애급인이다. 인도인이다. 홍인종이다. 흑인이다. 중국사람이다. 일본사람이다.

나는 외국인이다. 이방인이다. 나는 갈매기다. 살아 있는 새다. 톨스토이라는 나무다. 아니 톨스토이의 뿌리다. 톨스토이는 내 것, 나는 그의 것이다.

나는 홀로 있으련다. 고독 속에서 혼자 울련다. 실컷 울련다. 그러나 쓰는 것을 그만두지는 않으리라. 나의 친구인 한 박사가 갑자기 와서 내가 눈물을 흘리고 있는 것을 볼까 겁이 난다. 그의 마음을 상하게 해서는 안 되니까 눈물을 닦아야겠다. 나는 이렇게만 울기 때문에 아무도 괴롭히지 않는다. 사람들이 나를 불쌍히 여기는 것은 싫다. 그러나 사랑받고 싶다. 나는 가난하다. 무일푼이다. 그러나 아무것도 원하지 않는다. 나는 소리 내서 울지 않는다. 그러나 내 가슴속에는 눈물이 가득하다. 내 아내의 마음을 상하게 해서는 절대로 안 된다. 나는 누구보다도 아내를 사랑한다. 그녀와 헤어질 바에는 차라리 죽는 편이 낫다고 생각하고 있다. 울음이 나온다. 참으려야 참을 수가 없다. 내 손등과 넥타이에 눈물이 떨어진다. 그러나 눈물이 나오는 것을 억제할 마음이 생기지 않는다. 아마 운명인가 보다. 그러나 영락의 길을 걷고 싶지는 않다.

산책하면서 그리스도를 생각하였다. 나는 크리스천이다. 가톨릭교도요, 러시아 사람이다. 내 딸은 러시아말을 하지 못한다. 전쟁 때문에 러시아로 돌아갈 수가 없었으니까. 노래는 러시아말로 할 줄 안다. 내가 가르쳤다. 나는 러시아 노래와 러시아말을 좋아한다. 나는 마음속으로는 그렇지 않으면서 언제나 외국어로만 이야기하는 러시아사람들을 알고 있다. 나는 러시아를 사랑한다. 프랑스도, 영국도, 미국도, 스위스도, 스페인도, 이탈리아도, 일본도, 오스트레일리아도, 중국도, 아프리카도. 다 사랑한다. 나는 누구나 다 사랑하고 싶다. 그러니까 나는 신과 같다.

이고르 스트라빈스키1882~1971년. 러시아 출신의 미국 음악가는 삶이 무엇인지 모르고 있다. 그래서 그는 나를 사랑하지 않는다. 그는 내가 그의 주장에 반대하고 있음을 잘 알고 있다. 그는 돈과 영예를 추구하고 있다. 나는 그런 것을 바라지 않는다. 그는 좋은 작곡가이지만 삶의 의의를 찾으려고 하지 않는다. 그의 작곡은 목적이 없는 허수아비들이다. 아무런 도덕적 목표도 가지고 있지 않는 작품을 나는 싫어한다.

스트라빈스키는 무엇을 자꾸 찾아내려고만 한다. 친구라고 할 수는 없지만, 그는 마음속으로는 나를 사랑하고 있다. 왜냐하면 그는 나를 언제나 느끼고 있기 때문이다. 그러기 때문에 그는 내가 자기에게 방해가 된다는 것을 알고 나를 원수로 여기는 것이다. 디아길레프는 마시니(그는 무용가요, 무용 교사다)만을 사랑하고 나를 사랑하지 않는다는 것이 스트라빈스키의 입장을 곤란하게 만들고 있다. 스트라빈스키는 그의 아내를 이용해서 온갖 기교를 다 부리고 있다. 저는 황제이고 제 자식이나 아내는 노예나 병사인 줄로 아는 모양이다.

나는 디아길레프가 그를 나보다 먼저 사랑했음을 알고 있다. 디아길레프가 그를 육체적으로 사랑했기 때문에 그도 나를 그렇게 하고 싶어 했다. 디아길레프는 그의 가슴에 예술적 정열을 부어주었다. 그리고 마시니에게는 명예욕을 일으켜주었다. 나는 예술 활동에 대해서나 명예에 대해서나 정열적이 아니었다. 그래서 그와 나는 가끔 다투었다. 나는 방문을 걸어 잠그고 (두 방이 서로 통해 있다) 아무도 들어오지 못하게 했다. 그가 무서웠기 때문이다. 나의 생계가 그의 수중에 달려 있음을 잘 알고 있었기 때문이었다. 그 방에서 나가려야 나갈 수가 없었다.

나는 디아길레프가 싫었지만 그와 함께 살았다. 처음 그를 만나던 때부터 그가 미웠다. 그의 힘을 알고 있었기 때문이다. 가난하기는 하였고 65루블(모스코 황실 극장 무용가의 월급)로서는 어머니와 나를 배고픔에서 건져내기에 충분하지 못했다. 그래서 우리는 방 둘이 있는 주택 일부를 월 35루블인가 37루블에 빌렸다.

어느 날 러시아 왕족을 만났는데 그가 나를 어느 스페인 백작에게 소개해주었다. 나는 그의 이름을 잊었다. 짐짓 잊으려 하였기 때문이었나 보다. 나는 그의 가족 전체의 마음을 상하게 하고 싶지 않다. 이 백작이 나에게 피아노 한 대를 사주었다. 나는 그를 좋아하지 않았다. 내가 좋아하는 사람은 왕족이요, 백작이 아니다.

이고르가 나를 디아길레프에게 소개하였다. 디아길레프는 자기가 살고 있던 호텔로 오라고 하였다. 나는 그의 교만한 목소리 때문에 그가 싫었다. 그러나 찾아간 게 다행이었다. 조건이 좋았다. 나는 그가 나를 애무하도록 내버려두었다. 나는 나뭇잎처럼 떨었다. 그가 몹시 미웠지만 좋아하는 체하였다. 그렇게 하지 않으면 나와 어머니가 굶어죽어야 할지도 몰랐기 때문이다. 나는 처음부터 디아길레프의 사람 됨됨이를 짐작하였기 때문에 겉으로만 그와 뜻이 맞은 체하고 있었다. 살아야만 하였다. 그리고 그것은 나에게 어떤 희생을 요구할지를 가르쳐주었다. 나는 열심히 춤을 추었다. 그리고 나면 몹시 피곤했다. 그렇지만 나는 조금도 피곤하지 않은 듯 디아길레프의 환심을 사려고 했다. 나는 그의 마음속을 들여다보고 있었으니까. 그리고 그가 소년들을 좋아하는 까닭을 알고 있었으니까. 디아길레프는 곧잘 사람들을 속인다. 그리고 그는 사람들이 자기의 속을 들여다보지 못하는 줄로만 믿고 있다. 그는 젊게 보이기 위하여 머리카락을 염색했다. 디아길레프의 머리는 백발이다. 검정 물감을 사서 문지른다. 나는 디아길레프가 물감을 방석 위에 놓아둔 것을 보았다. 그리고 그의 베갯잇도 물감이 묻어 까맣다. 나는 더러운 옷깃을 매우 싫어한다. 자연히 그가 머리를 물들이는 꼴이 보기 싫었다. 디아길레프의 앞니 두 개는 의치다. 신경질을 피울 때면 괜히 혀로 그 의치를 쓰다듬는다. 그가 의치를 빼는 것을 보고 어느 노파가 미간을 찌푸리더라는 말을 내게 한 적이 있다.

하루는 거리에서 그를 밀쳐버렸다. 내가 그를 무서워하지 않음을 보이려는 배짱이었다. 내가 그와 결별하려는 것을 알자 그는 지팡이로 나를 후려갈겼다. 그러나 그는 내 의도가 딴 데 있음을 알고는 내게로 달려왔다. 나는 천천히 걷고 있었다. 사람들이 눈치를 챌까 봐 겁이 났기 때문이다. 우리를 보고 있는 사람도 있었다. 그에게 맞은 왼쪽 다리가 지금도 아프다. 달려온 디아길레프를 나는 또 밀쳤다. 세게 밀치지는 않았다. 내가 화를 낸 것은 그가 아니라 슬픔 때문이었던 까닭에 나는 울고 있었다. 그는 투덜거렸다. 이를 갈면서 대들었다. 고양이가 내 골을 긁어내는 것만 같았다. 나는 더 이상 더 참을 수가 없었다. 그러나 천천히 걸어갔다. 디아길레프도 마찬가지였다. 이 일이 있은 뒤 우리는 아주 오랫동안 함께 잘 살았다. 서글픈 생활이었다. 그 뒤부터는 나는 혼자서 슬퍼했고 혼자서 울었다.

1919년 2월27일

1시가 지났다. 그런데도 나는 뜬눈 그대로다. 사람이라면 반드시 낮에 일하여야 한다. 그런데 나는 밤에 일하고 있다. 내일 아침에는 내 눈이 충혈되어 있을 것이다.

아내는 아직 잠들지 않았다. 나도 뜬눈이다. 아내는 생각하고 있다. 나도 생각하고 있다. 아내의 일이 염려된다. 나는 그녀에게 내일 무슨 말을 해야 할지 모르겠다. 내일도 아무하고도 말하지 않겠다. 내일은 하루 종일 잠이나 자야겠다. 쓰고 싶지만 써지지 않는다. 생각해 본다. 추워서 쓸 수가 없다. 손가락이 뻣뻣해지기 시작했다.

슬프다. 마음이 무겁다. 사람들은 슬픔에서 사는가 보다. 아마 나도 조만간 그렇게 될 것이다. 그러나 슬픔에 익숙해진다는 것은 죽는다는 것이 아니고 무엇이냐. 수줍어하는 것이나 겁먹는 것이 결점이라고는 생각되지 않는다. 겁이 많은 사람들은 대개 선량한 사람들이다. 어떤 사람들은 겁이 없는 듯 가장한다. 다들 겁은 유약함이라고 말한다. "너는 전쟁에 나가 본 일이 없으니까 정말 두려움이 뭔지 알 리가 없다"고 말할 사람이 있을지도 모르겠다.

그러나 나는 생활을 위해 싸웠다. 벌판에서가 아니라, 가정 아니 헝가리에서 귀양살이를 하는 동안 나는 장모와 싸웠다. "장모의 집에 살고 있으니까 상팔자가 아니냐"고 사람들은 말한다. 팔자가 좋다면 좋기도 하다. 배고픔이라고는 모르지만 그 대신 내게는 정신적 수난이다. 나는 고독을 좋아한다. 할 일이 없으니까 안무를 고안하고 있다. 우리를 먹여 살리기가 힘든 모양이다. 장모는 우리를 무료로 돌봐야 한다. 친척이니까. 하지만 친척 간에는 화목하지 않은 것이 원칙이다.

그래서 나도 언제나 불만스러운 표정을 하여 보이곤 한다.

장모는 나를 가난뱅이라고 생각한다. 나 때문에 돈을 쓰게 되지나 않을까 걱정하는 눈치이다. 나도 돈이 무엇이라는 것쯤은 잘 알고 있다. 그렇지만 돈 같은 것은 그리 중요한 것이 아니라고 생각한다. 나는 어려서부터 돈의 가치를 알고 있었다. 우리 어머니는 과자를 사 먹으라고 일주일에 50코펙을 주었다. 어머니는 방을 빌려주고 그 세로 생계를 꾸려갔다. 나는 왜 그런지 늘 배가 고팠다. 그래서 언제나 많이 먹었다. 좀 적게 먹어야 한다는 것을 깨닫지 못하였기 때문이었다. 나는 열두 살에 지나지 않았지만 밥통만큼은 어른에게 지지 않을 정도로 컸다.

귀양살이를 하는 동안 나는 새로운 무용 대본을 쓰느라고 책상 앞에 앉아 열심히 일하고 있었다. 고양이들이 책상 밑에서 난리법석을 피우고 있다. 나는 지저분한 것이 싫다. 나중에 알고 보니 소란을 피운 것은 고양이가 아니라 사람들이었다. 나는 고양이를 내쫓은 뒤 다시 일을 시작했다. 나는 이 새 대본을 적용하여 발레 〈파운〉을 엮었다. 단 10분 동안의 상연을 위하여 두 달이나 써야만 했다.

재미가 있어서 쓰는 것은 아니다. 남은 시간을 소비하는 데 불과한 일에 재미가 있을 까닭이 없다. 많이 써본 사람은 쓴다는 것이 어떤 것인가를 알고 있을 게다. 그것은 따분한 직업이다. 앉아 있기에 싫증이 나고, 다리는 저려오고, 팔은 뻣뻣해진다. 눈도 나빠지고 신선한 공기도 부족하고 방안은 갑갑해지고. 이런 생활을 하자면 수명이 짧아진다. 밤에 많이 쓰는 사람은 눈이 나빠져서 안경을 쓰게 된다. 위선자들은 으레 안경을 한 쪽만 쓴다. 오래 쓰고 나면 눈이 발갛게 충혈된다. 다작하는 사람은 순교자이다.

나는 고생을 많이 한 순수한 사람이다. 그리스도보다도 더 많은 고생을 하였다고 믿는다. 나는 생활을 사랑하고 살기를 소망한다. 그리고 울기를 좋아하지만 그것만은 할 수 없다. 내 혼 안에 깃든 고통이 나를 두렵게 한다. 내 혼은 병들어 있다. 병든 것은 혼이요, 영이 아니다. 의사들은 나의 병의 원인을 이해하지 못한다. 회복에 무엇이 필요한가를 나는 알고 있다. 내 병은 너무 심해 빨리 나을 수는 없다. 아니, 내 병은 불치병이다. 내 혼이 병든 것이다. 나는 가난뱅이요, 비렁뱅이요, 비참한 존재다.

이 일기를 읽는 사람은 누구나 다 마음이 상할 것이다. 그러나 나의 느낌만은 알아줄 것이다. 나는 사람이지 짐승이 아니다. 나는 모든 사람을 사랑한다. 결점도 가지고 있다. 나는 사람이다. 신은 내 안에 계시다. 그리고 나는 신 안에 있다. 나는 신을 희망한다. 그리고 그를 찾고 있다. 나는 탐구자다. 왜냐하면 나는 신을 느끼고 있기 때문이다. 신이 우리를 찾고 계시기 때문에 우리는 서로가 서로를 발견하는 것이다.

황금으로 세워진 '오! 바빌론이여'

에드워드 엘리
Edward Ely

1827~1858년. 의사, 여행가. 미국 펜실베이니아에서 출생했다. 원인을 알 수 없는 병으로 "배를 타고 장기여행을 해야 한다"는 의사들의 권유에 따라 세계 각지를 여행했다. 여행을 마친 뒤 도덕과 윤리정신이 투철한 의사로 근무했다. 1850년대 미국 전역에 퍼진 금광 열풍과 무분별한 탐욕에 대한 신랄한 비판으로 유명하다.

1851년 10월12일 캘리포니아 프레이서빌에서

그렇다. 나는 지금 '캘리포니아 금광'이라는 세계적 명성을 얻은 그 유명한 곳에 와 있다. 프레이서빌은 지극히 부유한(이 부유라는 말은 광물과 귀금속에 있어서 그렇다는 것이다) 인근의 중심지이지만 겉으로 보기에는 투박한 야성적인 산악투성이다. 우리는 커다란 역마차를 타고 새벽 5시에 새크라멘토를 떠나 어젯밤 10시인가 11시 가량 되어 이곳에 도착했다. 해질 무렵 아메리칸 리버 남쪽에 있는 코로나라는 마을에 도착하여 처음으로 금을 캐는 구경을 했다.

거기서는 백 명이 넘는 인부들이 일을 하고 있었다. 여기의 금광꾼들은 세상에서도 보기 드문 추잡하고 우악스럽고 더러운 꼴을 하고 있었다. 만약 이 사람들의 옷차림을 하고 큰 도회지로 나간다면 야수들이 나타난 것보다도 더 큰 소동을 일으키리라. 그들의 옷은 거친 천으로 만들어진 같은 색깔의 제복으로, 해지고 흙이 묻어 남루하기 짝이 없다. 그들의 모자는 얼굴까지 덮고 있었다. 게다가 턱수염을 길게 땋아 늘이고 있다. 허리를 구부리고 일에만 골몰하고 있기 때문인지 누가 옆을 지나가도 거들떠보지도 않는다. 불쌍한 자여, 그대들의 수고는 쓸데없는 물욕을 채우기 위해 소비되고 있다. 그대들의 시간은 세상에서 가장 실속 없는 산물을 획득하는 데 낭비되고 있다. 그대들의 생명을 가정도 친구도 없는 이곳에서 조물주의 모든 교시를 생각하지 않고 고통 속에서만 시들어 가고 있다.

코로나에서였다. 역장은 남은 여정을 위하여 남아 있는 말 두 필을 마차에 매어 우리를 출발시켜 주었다. 달빛이 아름다운 밤이었다. 이따금씩 바뀌는 평원과 높은 산에 흩어진 떡갈나무와 소나무, 전나무, 높이 솟아오른 숲을 바라보노라면 경치는 더할 나위 없이 낭만적인 그대로의 자연이었다. 두 마을 사이를 반쯤 왔을 때 마차의 뒷바퀴가 부러졌다. 아직은 그런 대로 가고 있었지만 바위나 언덕을 넘을 때마다 주저앉지 않을까 하고 가슴이 조마조마했다. 드디어 프레이서빌이 보이는 데까지 와서 '교수대 나무'(이 나무가 여러 차례 사형을 집행하는 데 쓰여진 일이 있었기 때문에 이런 이름이 붙은 것이다)를 막 지나서 마지막 언덕을 내려오는 도중에 부러진 바퀴가 주저앉아 우리는 거꾸로 떨어지고 말았다. 짐짝도 모두 길바닥에 흩어졌고.

10월22일

이 고장에 도착한 지 열흘이 되었다. 그 동안 나는 이 근처에 있는 광산지대를 전부 돌아다녀 보았다. 마지막 날 오후 우리 일행은 쿤호로라는 곳을 향하였다. 배낭과 무기와 브랜디 병을 가지고 출발했다. 해지기 전에 4마일 거리인 그곳에 도착할 수 있으리라는 말이 있었다. 그러나 실제로는 우리가 들은 것보다 두 배나 되는 것 같았다. 캄캄한 밤, 깊은 숲은 우리를 두렵게 했다. 산새들은 양털 같은 구름에 가려진 달을 보고 소야곡을 부르기 시작했다. 집 하나 없고 불빛 하나 보이지 않고 길도 보이지 않는 데는 놀라지 않을 수 없었다. 더 이상 행진한다는 것은 불가능한 일이었다. 그래서 우리는 커다란 소나무 밑에 가지고 온 담요를 깔았다.

아침 일찍 일어났다. 텅 빈 뱃속에서는 시장기가 돌았지만 목적지를 향하여 부랴부랴 길을 떠났다. 산봉우리로 넘어서자 쿤호로로 접어들었다. 삽시간에 발밑에는 기다란 오막집과 높은 흙더미들과 소란하게 흐르는 조그만 시내가 보였다. 금광꾼들이 유숙할 수 있는, 이 광구 안에 단 하나밖에 없는 숙소로 가서 우리는 소금에 절인 돼지고기 한 조각과 비스킷, 우유도 설탕도 들어 있지 않은 차 한 잔으로 아침식사를 대신했다. 그것도 여기서는 매우 훌륭한 성찬이었다. 누구든지 이만한 식료품을 얻을 수 있다면, 그는 캘리포니아의 모든 필수품과 사치를 독차지하는 것이나 다름없다.

금덩어리를 감정하고 좋은 광맥을 찾아 이곳저곳을 돌아다니는 사람들을 광부들은 '금점꾼들'이라고 부르고 있다. 이런 사람들이 수없이 많았다. 산으로 가면 조그만 조랑말에 담요와 곡괭이, 삽, 대야 그리고 몇 가지 필요한 식사도구를 싣고 다니는 사나이가 빈 틈 없는 무장을 하고 조랑말과 더불어 길을 서두르고 있는 광경을 얼마든지 볼 수 있다. 쿤호로 광산에서는 노다지가 쏟아지고 있었다. 광부들은

1월 중순께부터 시작되는 장마에 대비하여 방대한 분량의 광석을 퍼내고 있다.

여기서는 금가루가 유일한 화폐이므로 누구나 금가루를 재는 천칭저울을 가지고 있다. 1온스가 16달러에 해당했다. 1달러는 반 드럼에 해당하고 반 달러는 15갤런이다. 캘리포니아 사람들은 반 달러 이하는 거래하지 않는다. 도대체 이 광산 지구에서는 금 15갤런 이하의 물건이라고는 없다고 말할 수 있다. 그러나 프레이서빌에는 화폐가 많이 나돌고 있고 화폐를 대신하는 매개물도 많다. 여기서는 모든 물건이 무척 비싸다. 돈을 쓰자면 한도가 없다. 사실 여기서는 호주머니 속에 손을 넣지 않고는 입을 벌려볼 생각조차 해서는 안 된다. 나는 내가 그런 위험과 곤란을 겪어가면서 별고 없이 이렇게까지 멀리 오게 된 것에 대해 하느님께 감사드리고 있다. 하지만 산 위의 소나무 밑에서나 바위가 깔린 개울에서 지낼 때보다는 여기가 다 편안하다고는 말할 수는 없다.

우리는 매일 밤을 한 데서 잠자며 굴러 떨어지면 목뼈가 부러질 것 같은 아슬아슬한 절벽, 독사가 나올 것만 같은 무시무시한 협곡을 기어 오르내리느라고 몇 시간씩 소비하는 경우가 있다. 우리는 또 회색곰이 우글거리는 삼림 속에서 지냈다. 2~3일 전만 해도 어느 불쌍한 사나이가 회색 곰떼에게 갈기갈기 찢겨져 죽었다. 그의 동료는 머리가죽이 벗겨지고 온몸이 찢기는, 도저히 눈뜨고는 볼 수 없는 끔찍한 부상을 입었다. 또 흉악한 얼굴을 한 인디언 무리를 만나는 일도 있는데, 이 인디언이 보이는 곳에서 우리는 모닥불을 질러 놓기까지 하였지만 한 번도 해를 당하거나 욕을 본 일은 없었다.

이 황금 나라의 모든 집은 한결같이 도박꾼들에게 제공되고 있다. 집들은 겉으로 보기에는 퍽 남루하다. 하지만 그곳에서 나는 도회지의 일류 도박장에서와 같이 잠깐 사이에 수백 내지 수천 달러가 오가는 것을 목격했다. 여기의 물주는 손에 트럼프를 든 채 테이블 위에는 금덩어리를 쌓아 올리고 앞에는 권총을 놓고 가슴속에는 단도를 품고 앉아 있다.

그들에게는 어느 때나 한결같다. 또 여기서는 도박만큼 경영주에게 이익이 되고, 도박만큼 사회의 도덕을 타락시키는 또 다른 장사가 운영되고 있다. 그것은 다름 아닌 매음이다.

이곳에는 뉴올리언스에서 온 젊은 부인이 소유하고 있는 집 한 채가 있는데, 이 부인은 이 외떨어진 곳으로 매춘부 열두 명을 데려오는데 성공했다. 포주는 1년 열두 달 동안 이곳에 와 있지는 않지만 그녀의 수입은 필시 해마다 100만 달러는 될 것이다. 이런 장사가 없다면 캘리포니아의 모든 물가가 그렇게까지 비싸지는 않을 것이고 특히 이런 독점업자가 있는 고장의 물가란 이루 말할 수 없이 싼 법이다. 노골적으로 말한다면, 이런 집의 매력 있는 아가씨들을 하룻밤 데리고 놀자면 100달러의 거금이 필요하고 보통 계집아이들을 사려고 해도 50달러의 화대는 내야 한다. 오, 바빌론이여.

큰 폭풍이 지나면 희망이 온다

마크 트웨인
Mark Twain

1835~1910년. 소설가. 미국 미주리에서 출생했다. 가난한 환경 탓에 인쇄공, 광부, 수로안내원 등 다양한 직업에 종사했으며 작가인 F.B. 하트의 영향으로 문학수업을 시작했다. 1867년 『캘리베리의 뛰어오르는 개구리』를 출간했다. 1870년 석탄 광산주의 딸과 결혼했고 그 이후 집필된 작품 대부분은 아내가 깊이 관여한 것으로 알려졌다. 『톰 소여의 모험』『미시시피강의 생활』 등의 소설책을 냈다.

1866년 12월15일

정오에 샌프란시스코를 출항했다. 밤에는 폭풍을 만났다. 여러 해 만에 처음 보는 큰 폭풍이었다. 자정 때쯤 바닷물이 배 위로 몰아쳤다. 뱃전은 20피트나 물에 빠졌다. 앞쪽 선실은 물에 젖고 3등 선실에는 물이 흥건하게 고였다. 포도주 궤짝 하나가 선원실로 떼밀려왔다. 선원들은 비상용 보트를 타고 준비하였다. 28년을 바다에서 보냈다는 늙은 선장은 "이런 폭풍은 처음 보았다"고 말하였다.

12월16일

긴 밤이다. 나는 아래쪽 침상에 누워 주방 감독에게 빌려온 등불로 책을 읽고 담배를 피운다. 지금 시간이 어떻게 되었는지 모르겠다.

내 시계는 서 있다. 지금 들려오는 것이 3번 당직의 7번 종소리 같은데 확실한 것은 모르겠다. 바람에 종 꼭지가 하나 떨어졌을지도 모른다. 퍽 희미하게 들려온다.

12월20일

망원경을 접었다. 포경선이 절벽 밑에 닻을 내리고 있었다. 한 척은 기우뚱하게 서서 고래 기름을 뱃전에서 당겨 올리고 있었다. 선장이 "오늘 밤에는 갑판 위에서 한바탕 벌어질 거요. 불이 난 것 같을 테니 보시오. 내가 그것을 처음 본 것이 50년대(1850년대)였소. 여기에 왔을 때는 이미 밤이 된 뒤였소. 확실히 배에 불이 붙은 것을 보았소" 하고 말했다.

1867년 1월2일

오늘 3등 선실에서 두 명의 콜레라 환자가 발생했다는 보고가 있었다. 오후 7시, 환자들은 아직 숨을 멈추지는 않고 있다. 배가 섰다. 환자 중의 한 사람이 위독하다. 10시 좀 지나서 수장을 지냈다. 자정, 남아 있는 다른 환자가 숨을 몰아쉬고 있다. 사람들은 그에게 브랜디를 퍼먹이고 있다. 2번 종. 사나이는 죽었다. 4번 종. 뱃전에서 시신을 바다로 집어넣었다. 3등 선실에서는 죽음을 '원정'이라고 부르고 있다.

1월3일

우리의 열대 음료수. 1과 4분의 3온스의 사탕, 1과 2분의 1온스의 얼음, 약간의 라임, 레몬 1개, 오렌지 1개, 브랜디 반 병. 이것을 1과 4분의 3갤런의 얼음병에 넣고 물을 부을 것. 그레이 타운에서 배에 오른 선장(그는 그곳에서 3년 동안 몸이 약해질 대로 약해졌다)은 오늘 아침까지도 갑판 위에서 서성거리고 있더니만 죽어버리고 말았다. 숨이 끊어진 지 1시간 반 후에 그의 시신은 뱃전 밖으로 나갔고, 모포에 싸인 그에게는 6파운드의 쇳덩어리가 달려 있었다. 이로써 샌프란시스코를 떠난 뒤 배에서 죽은 사람은 모두 네 명이 되었다.

1월5일

석탄과 기타의 짐을 실으러 케이 웨스트에 입항한다(사람들은 그렇게 말하고 있다). 그렇지만 필시 약품을 얻기 위해서일 것이다. 약상자는 이제 밑바닥을 드러내고 있다. 어제는 7명의 환자가 발생했고, 오늘은 6명이 환자 명단에 올랐다. 파크러 주교도 이질을 앓아 복통이 심하다. 사람들의 얼굴에는 우울함이 가득 차 있다. 오후 4시 불우한 주교는 죽어가고 있다. 그는 우리에게 작별을 고하였고 지금은 드러누워 간신히 숨만 쉬고 있다. 선객들은 두려움에 떨고 있는데 무리가 아니다. 닷새 동안 다섯 명의 장례를 치르려 하고 있으니까.

승선한 의사는 똑똑한 사람이다. 나는 그를 따로 불러서 나한테만은 조금도 감추지 말고 사실대로 다 이야기를 해달라고 청했다. "나는 어떤 가혹한 진실에도 견딜 수 있다"고 말했다. 그랬더니 그는 "이 병은 콜레라이며 가장 흉악한 병"이라고 말했다. 그러면서 자기는 "힘이 닿는 데까지 최선을 다 했지만 약이 없다"고 말했다. 방향타가 망가지는 바람에 우리는 네댓 시간 동안이나 물 위에 통나무처럼 드러누워 있었다. 이 사고가 선객에게는 말할 수 없이 고통을 준다. 그들은 전염병에 대해서는 될 대로 되라는 태도다. 그만큼 초조하게 살아가고 있는 것이다(이제는 배에 대한 실망까지도 없어졌다). 앞으로 날씨가 사나워지면 언제 파선될지도 모른다며 겁을 내고 있다. "운수가 나빠 이런 저주받은 배에 타게 되었다"고 그들은 말하고 있다. 선객에게는 감추고 있지만 밑의 병원에는 예닐곱 명의 환자가 있는 것 같다.

케이 웨스트 당국자가 과연 전염병 환자가 있는 우리의 배를 상륙시켜줄 것인가에 대해 모두 걱정을 하고 있다. 그러나 우리는 극도에 달한 고통 속에서 절망적인 궁핍을 겪고 있기 때문에 "반드시 상륙하지 않으면 안 된다"고 선장은 말하고 있다. 우리는 어떤 경우든, 가령 대포를 쏘더라도 상륙할 것이다. 이대로는 갈 수가 없다. 만약 우리가 상륙하게 된다면 어떤 이들은 배를 떠나버릴 것이다.

1월10일

샌프란시스코를 떠난 지 26일째 된다. 뉴욕 남쪽까지는 400마일도 채 못 될 것이다. 하루 하고 반나절만 가면 된다. 환자 8명, 이질 5명, 회복기에 있는 환자 3명. 이 가운데 두 명은 많이 좋아졌다.

1월11일

오후 7시. 하루 종일 온기를 취하려고 침대 속에서만 보냈다. 무척 춥다. 잠시 전에 물길 안내인의 배가 지나갔다. 아침 전에 뉴욕에 도착하게 될 것이다. 2번 종. 패터슨이 죽었다. 수종으로 죽은 것이다.

고지대의 등대선과 뉴욕항 입구의 다른 불빛이 보인다. 이것으로 이번 항해에서 8명의 희생자가 난 셈이다. 육지를 떠난 지 27일 만의 일이었다.

제3장

자연과 함께

시간 관념에도 변화가 왔다

존 스타인벡
John Steinbeck

1902~1968년. 소설가. 스탠퍼드대학 다닐 때 동물학에 관심을 갖고 연구했다. 졸업 후 태평양생물실험소 소장 에드워드와 긴밀한 협조로 해양생물 분야를 연구했으며 그와 함께 캘리포니아 연안 무척추동물의 생태를 현지 조사했다. 1941년 『코르테스의 바다』를 공동 집필했으며 생계를 위한 공사장 인부, 농장 관리인 등 여러 직업을 전전했다. 이때의 체험을 바탕으로 쓴 『생쥐와 인간』으로 소설가로 명성을 얻었으며 『분노의 포도』 『에덴의 동쪽』의 소설을 남겼다.

1949년 3월12일

아침에 우리는 산타바버라 물목에 다다랐다. 미끈한 회색 빛깔의 물이 길고도 편편하게 부풀어 올라 흘러가고 있었다. 수면에는 안개가 끼어 있었고 그 사이로 물새들이 날아드는 모습이 보였다. 문득 보니 돌고래 무리가 마치 흐린 거울 속을 헤엄치듯이 물을 가르면서 우리 주위로 몰려들었다. 정말로 우리가 있는 곳으로 온 것이다. 돌고래 무리가 우리를 따르기 위하여 코스를 바꾸어 오는 것을 보았다. 신기한 동물이다. 일본사람들이라면 그것을 먹을 것이지만 서양 사람들은 거의 입에 대지 않는다.

3월17일

건너편 낭떠러지 아래서 총소리가 들려왔다. 몇몇 사람이 검정 가마우지 사냥을 하고 있는 것이었다. 이야기를 주고받는 동안 케이프루카스 사람들은 누구나 다 가마우지를 미워한다는 사실이 드러났다. 가마우지야말로 옥에 박힌 티였다. 이곳의 통조림업자들은 주로 참다랑어를 통조림으로 만든다. 통조림에 쓰고 난 찌꺼기는 바다에 던진다. 그러면 찌꺼기를 먹으려고 작은 고기떼가 몰려온다. 그러면 그것을 그물질해서 참다랑어를 잡는 미끼로 쓴다. 이런 순환을 깨뜨리는 놈이 바로 가마우지다. 놈들이 미끼로 쓸 작은 고기떼를 쫓아버리는 것이다. 자맥질해서 고기를 잡는 것은 좋으나 놈들은 작은 고기떼를 부두에서 먼 곳으로 몰아내 미끼를 잡는 사람들의 손이 미치지 못하게 한다. 그렇기 때문에 가마우지는 훼방꾼이요, 깡패요, 파괴분자다. 신이 허락하신 그 완전한 균형을 깨뜨리는 놈들을 어찌 용서할까보냐. 강도를 죽이듯 놈들을 몰살시켜버려야 한다. 일행의 누군가가 이렇게 말했다.

"흥! 조만간 그 자식들도 태도를 결정해야 할 걸!"

3월18일 팔모 뤼프에서

통나무를 파서 만든 인디언의 카누 한 척이 기슭을 떠나 우리 쪽으로 다가왔다. 그 안에는 사내 둘과 아낙 하나가 타고 있었다. 모두 남루한 차림이었다. 그렇지 않아도 낡아빠진 옷의 해진 곳은 더 낡은 헝겊 조각으로 기워져 있었다. 그들은 웨스턴 플라이어의 뱃전을 잡고 카누 안에 앉아 우리를 구경하고 있는 것이었다. 기름이 덕지덕지

묻은 담요로 코와 입을 조심스럽게 가리고 있는 까닭은 우리에게서 해악이 전염될까 걱정하기 때문이었다.

옛날에 이곳에 와 산 백인 한 사람이 얼마나 극악했던지, 그의 숨결에는 폐병을 일으키는 독이 들어 있었고, 그와 한 번 자기만 하면 몇 대를 두고 독기가 풀리지 않는 것이었다. 그 백인이 정착한 곳마다 원주민은 아프거나 죽거나 하였다. 그는 이곳에 공업과 상업을 가져온 대신 토착민으로부터 번영과 부와 안락을 빼앗아갔다. 이제 그가 400년 뒤의 이곳 사람들에게 남겨준 것이라고는 남루한 의복과 수치를 강요하는 궁핍뿐이었다. 그들의 손에는 겨우 고기잡이 작살이 들려 있을 뿐, 몸 안에는 매독과 결핵균만이 득시글거릴 것이다. 그래도 남은 것이 또 있다면 그것은 백인의 나라에서는 이미 오래 전에 실종된 하느님에 대한 신앙이 이곳에는 남아 있다는 것이다. 그들은 백인이 해로운 존재임을 뼈저리게 알고 있는 것이다. 그래서 그들은 백인에게서 전염될까 두려워 코를 가리고 있는 것이다. 그들은 우리를 구경하는 것이 참으로 재미있는 모양이었다.

스파키가 라디오 손질을 해준 것이 인연이 되어 우리는 고기잡이패와도 인사를 나누게 되었다. 그들은 세드로스 섬에서 해안선을 따라 길게 이어진 돌출부를 돌아서 캘리포니아 만에 이르기까지 이동하면서 참다랑어를 잡는 중이었다. 어부도 농부 못지않게 불행하였다. 무엇하려고 농부나 어부 따위가 되는지 도무지 알 수 없는 노릇이었다. 속상하는 일들이 꼬리를 물고 일어났다. 쳐놓은 그물이 없어지고, 사나운 고기에게 물리고, 물개란 놈이 그물을 물어 찢고 큰 구멍을 내고는 달아난다. 그런가 하면 침목에 그물이 걸려 찢어진다.

고기가 안 잡힐 때는 값이 오르고, 고기가 좀 잡히는가 싶으면 값이 떨어진다. 재주를 부려서 고기들이 배 위로 헤엄쳐 오르도록 장치를 해놓으면 기운 센 놈들이 꿈틀거리고 올라오기가 바쁘게 고기를 다 듬어 올려놓은 목판 위로 기어가 얼음 그릇을 꼬리로 쳐서는 얼음을 뒤집어쓴다. 내장도 채 끄집어내지 않은 놈이 얼음을 뒤집어썼으니 어부들의 입이 거칠어지는 것도 무리가 아니다. 어디를 가든 어부들에게 행복이란 것은 없다. 우리가 정박 중에 부설해 놓은 단파 수신기가 전하는 불순한 일기예보를 들을 때마다 그들의 입에서는 탄식이 터져 나왔다.

3월20일

에스피리투 산토 섬에 정박하고 있자니 검정 색깔의 요트 하나가 날쌔게 지나갔다. 차일을 친 갑판에는 흰 옷을 입은 신사숙녀들이 편안하게 앉아 있었다. 큼직한 술통이 그들의 곁에 놓여 있는 것이 보였다. 조금은 얄미운 생각이 들었다. 우리의 맥주가 벌써 떨어졌기 때문이었다. "저런 걸 타고 다니는 놈들은 마마보이 같은 놈들일 거야"라고 티니가 내뱉다시피 말했다. 그러고 나서는 좀 안 되었는지 "내 추측이 좀 지나쳤는지도 모르지"하고 누그러졌다. 요트는 수평선 쪽으로 사라지고 있었다. 그 대신 더럽고 느릿느릿한 화물선 한 척이 그 수평선을 기어오르더니 라 파즈 수로 쪽으로 비틀거리며 흘러갔다. 배에서는 펌프의 물이 쏟아져 나왔다. 우리는 해안에 있는 어떤 사람을 보고 "가라앉는 모양인데"하고 말했다. 그 사람은 침착한 음성으로 "안 가라앉는 날이 있나!"하고 대꾸하는 것이었다.

3월27일

새벽에 채집으로부터 돌아오자마자 로레토 항을 향해 출발하였다. 로레토는 햇빛을 담뿍 받으며 잠자고 있었다. 집집마다 정원이 있는 아름다운 도시다. 거리는 이글이글 달아올랐다. 간이상점 그늘에 시원스럽게 앉아 있는 젊은 녀석들이 우리를 바라보고 있더니 앞을 지나가면서 인사를 한다. 그러나 처녀들 한 패는 얼굴을 꼿꼿이 하고 있다가 집 모퉁이로 숨어버리면서 키득거린다. 로레토에 나타난 우리 일행의 꼬락서니는 참으로 가관이었다. 그도 그럴 것이, 땟물이 줄줄 흐르는 바지에다가 로레토의 어느 상점에서도 구경할 수 없는 모자를 뒤집어쓰고 있었으니까. 그래서 소녀들은 웃음을 더 참을 수가 없었던 것이다, 집 모퉁이에서 참을 수 없이 킥킥거리는 소녀들의 웃음소리가 지금도 들려오는 것만 같다. 어디서나 마찬가지로 여기서도 붙임성 있는 소년 하나가 우리의 꽁무니를 따라다닌다. 위궤양을 앓아서 그런 편견을 가졌는지는 모르지만 생기라고는 말라붙은지 벌써 오래인 늙은이들보다도 이런 소년들이 멕시코를 다스린다면 좀 더 좋고 행복한 나라가 되지 않을까? 한 번 실험해 보면 어떨까 하고 생각하였다.

3월29일

오후 3시 산루카스에 도착하여 그 외항에 정박하였다. 이 포구는 깊숙이 팬 물목을 이루고 있으며 양쪽은 벼랑이 병풍처럼 둘러져 있다. 내항에 다다르기까지 수심은 충분하지만 조류가 어찌나 세고 빠른지 자칫하면 위험에 빠질 염려가 있다. 외항에 정박하는 또 다른 이유는 만 밖에는 언제나 산들바람이 불고 있어 곤충이 침범하지 못한다는 것이다. 그러나 물이 잔잔하고 야자수가 우거진 곳에 정박하면 곤충이 날아들어 밤새 포식을 즐기고 가기 때문이다. 그 중에도 특히 빈대와 비슷한데 날개가 돋아 있는 놈이 제일 성가시다. 어떻게 해서든 이불 속으로 기어들어 와서는 물어도 꼭 부드러운 살만 택하여 문다. 그래서 외항에 정박한 것이었으나 갑자기 방향이 바뀌면서 바람이 야자수를 넘어 우리 쪽으로 불어왔기 때문에 이 곤충의 습격을 받게 되었던 것이다. 이 곤충은 광선을 싫어하기 때문에 언제나 이부자리 속에 들어가서 안전과 행복을 즐기려고 한다. 놈이 한 번 물면 불에 덴 것 같은 가려움증을 느낀다. 만일 놈들이 집단으로 몰려들기라도 하면 차라리 몸뚱이를 지옥의 불에 태우는 것만 같지 못하게 되는 것이다. 밤 늦어서야 호레이스가 "빈대에 물렸을 때 구운 새우하고 아프리카달팽이를 먹으면 낫는다"고 한 말이 생각났다. 그러나 배 안에는 새우나 달팽이가 있을 리 만무하였다. 이 민간요법이 일찍이 실행된 적이 있었던가 하는 생각이 났다. 우리는 그 민간요법을 화학적으로 분석하여 보았다. 그리고 그것은 강한 단백질과 알코올의 합성제일 것으로 단정을 내린 후 대용처방을 생각했다. 즉, 구운 물고기를 안주로 약용 위스키를 단숨에 들이켰다. 그랬더니 가려움증이 가셨다.

출범하자마자 각자가 전체의 건강을 염려해서 각각 비상용품을 간직하고 있음을 알게 되었다. 이렇듯 모두의 마음이 한 데 뭉쳤을 때는 한 병의 술이 한 상자의 약에 못지않은 효과를 가져오는 법이다. 예상과 같이 비상조치를 해야 할 경우가 발생하였던 것이다. 비상시에는 지독한 감기도 물러간다고 누가 말했던가? 신이란 신 치고 술을 좋아하지 않은 자는 별로 없었으렷다. 술을 싫어했던 신의 이름이 생각나지 않는다. 또 굳이 생각해낼 필요도 없다.

사실 미국에는 알코올의 사용을 포기한 사람들도 있다. 틀림없이 그들은 인디언이나 오스트레일리아 원주민의 피를 이어받은 사람들일 것이다. 그러나 우리가 그들의 집단에 가입하였다는 주장을 하고 싶지는 않다. 전형적인 오스트레일리아 원주민 한 사람이 내 일기를 읽고 나서 이렇게 말한다고 생각해보자.

"뭐야, 이게. 맥주 마시는 이야기뿐이로구먼! 산루카스에서는 위스키를 마셨지!"

그건 마치 야경꾼이 "사람들은 언제나 자기만 해!"라고 말하는 것이나, 장님이 "무엇을 보려는 유해무익한 연습을 하는 녀석들이 다 있다지! 괜히 죽으려구! 그런 짓을 해서는 안 되지"하고 말하는 것과 같지 않을까? 몇몇 예외도 있기는 하지만 실제로 우리 족속은 빛나는 알코올의 역사를 가지고 있으며 그렇다고 해서 그것 때문에 퇴화하는 아무런 징조도 보이고 있지는 않다.

사람들은 '알코올 해악'이라는 학설을 너무 손쉽게 그리고 맹목적으로 받아들이고 있다. 사람에 따라서는 해독제가 될 수도 있다. 마치 어떤 사람에게는 설탕이 해독제가 되고 또 어떤 사람에게는 고기가 해독제가 되듯이. 그러나 인류 대부분에게 알코올은 일종의 진정제요, 마음을 따뜻하게 해주는 약이며, 근육과 정신의 강장제인 것이다. 알코올은 겁쟁이에게 용기를 주었고 못 생긴 사람들을 매혹적으로 만들었다.

어느 스웨덴 뜨내기의 이야기가 생각난다. 한여름 밤, 그가 어느 시원한 골짜기에 자리를 잡았다. 남루한 옷자락 밑으로 드러난 그의 살에는 더러운 때가 끼어 있었다. 그러나 술에 얼큰히 취한 그는 아주 부드러운 목소리로 이렇게 뇌까리는 것이었다.

"이만하면 부자고 행복한 거지. 게다가 얼굴도 꽤 잘 생겼거든!"

3월31일

이스턴 플라이어호를 타고 있는 동안 옷이 완전히 더러워졌다. 셔츠는 입지 않아도 되었지만 챙이 넓은 밀짚모자는 필요하였다. 배 위에서 우리는 맨발로 살았다. 몸에 걸친 것이라고는 밀짚모자와 바지뿐이었다. 우리는 거의 매일 물고기를 먹었다. 다랑어, 돌고래, 삼치, 돔 등. 크고 두꺼운 비스킷을 몇 천 개나 만들었는지 모른다. 모두가 다 맵고 맛이 없었다.

4월1일

항해 일지를 쓰지 않았더라면, 그리고 스파키가 목요일과 일요일에 스파게티를 만들지 않았더라면 아마도 우리는 요일을 가늠할 수 없게 되었을지도 모른다. 스파키의 요일 맞추기는 순전히 본능적인 것이었다. 왜냐하면 그는 기억상실증에 걸려 있는 사람이기 때문이다. 갑자기 그가 스파게티를 만들고 싶은 충동을 느낀다. 그래서 스파게티를 만들어놓고 보면 그날은 영락없이 목요일이거나 일요일이었다.

4월2일

아침 일찍 물목을 지나 바다로 나갔다. 오래지 않아 세일 록바위에 도착하였다. 시간이 넉넉했더라면 그곳에서 실컷 채집을 하였을 것이지만 우리는 가디언 엔젤 섬 북안에 위치한 포토 리프기오를 목표로 하고 있었기 때문에 그렇게 할 수가 없었다. 그래서 우리는 세일 록을 활동사진으로 찍었다. 전에도 활동사진을 찍고 보면 언제나 불만스러웠다. 그리고 이번이 더욱 그랬다. 왜냐하면 줄에 널어놓은 빨래가 팔락거리면서 그 뒤에 세워놓은 카메라의 렌즈를 가로막았기 때문이다.

4월3일

가디언 엔젤 섬 북단을 돌아 동해안으로 내려갔다. 파랗고 깨끗한 바닷물이었다. 거기서 티브론 서안으로 가서 그 높은 벼랑들을 망원경으로 관찰하였다. 꽤 험한 벼랑이다. 그리고 산들도 가디언 엔젤 섬의 산들보다 더 높았다. 이 섬이, 한 해의 어느 때가 되면 세리인디언이 이동해 와서 살다가는 곳이다. 그들은 모르는 사람을 만나기만 하면 반드시 죽이고 말았다는 말이 있다. 그들이 사람의 시체를 먹었는지의 여부는 기록에 남아 있지 않다. 물론 죄가 되기는 하지만 아마도 그들의 마음속 깊은 곳에는 사람이 사람을 먹을 수만 있게 된다면 식량문제는 해결될 것이 아니겠느냐는 속셈이 있기 때문은 아니었을까? 그렇게 된다면 누구나 안심하지는 못할 테지만 그 대신 기아는 사라질 것이다.

우리는 세리 족이 산다는 섬을 뒤져 보았으나 보이지 않았다. 이렇게 배가 고프다면 세리족이 우리를 잡아먹을 것인지, 우리가 세리 족을 잡아먹을 것인지 알 수 없을 지경이다. 아마도 먼저 물어뜯는 쪽이 저녁밥을 먹은 셈이 될 것이다. 그러나 세리족의 그림자라곤 아무데도 없었다.

4월5일

아침에 잠깐 과이마스에 상륙하였다. 샌디에이고를 떠난 이래 통신다운 통신을 하기 위하여 시가지에 들른 것은 이번이 처음이다. 세계 정세도 전쟁도 우리에게는 먼 나라의 이야기였다. 강박관념에 사로잡혀 분주히 지내던 예전의 생활이 이렇듯 바뀌었다. 우리는 귀항이 즐겁다기보다는 도리어 속상하기까지 하였다. 이제 비로소 캘리포니아 해안에 살고 있는 인디언의 심정을 이해할 수 있는 듯하다. 그들의 북쪽에 살고 있는 개미 족속이 어떻게 살고 있느냐는 이야기를 듣는다면 그들은 측은한 눈초리로 고개를 가로저으면서 이렇게 말할 것이다. “멍청한 녀석들! 포드 자동차를 타고 땅이나 수면을 돌아다니는 것은 모를 일이야!” 거기서는 우리의 시간관념에도 변화가 왔다. 썰물이 시계바늘이 되었고 고동치는 엔진이 초침이었으니까.

4월11일

미련을 남긴 채 텍스가 우리 배의 엔진에 시동을 걸었다. 오후 반나절은 뒤처리에 소비했다. 도구를 챙기고 묶고 수백 개의 유리관을 코르크 마개로 막고는 종이로 포장하였다. 병뚜껑을 단단히 막는 한편 보트를 배에 얽어매고 마지막으로 갑판 덮개로 씌웠다. 이로써 모든 일은 다 끝났다. 우리 배는 남행하여 케이프를 향해 달렸다. 석양 볕 아래서 황새치가 뛰노는 것이 보인다. 마치 회광통신기가 멀리서 번쩍이는 것 같다. 아침에 우리는 반도의 끝머리를 오른쪽에 두고 바라보게 되었다. 내해는 햇볕을 담뿍 받은 채 몹시도 잔잔하다. 그러나 태평양에는 천둥을 담은 시커먼 구름이 걸려 있었다. 드디어 올 것이 왔다. 우리가 반도의 등성이를 돌아섰을 때 하늘을 흔드는 천둥이 울렸다. 바람은 점점 세어지고 물결은 잿빛으로 변해갔다.

사람은 자연의 우정에 감사해야 한다

헨리 데이빗 소로
Henry David Thoreau

1817~1862년. 사상가, 문학가. 미국 매사추세츠 콩코드에서 출생했고 하버드대학을 졸업했다. 측량기사로 일하다가 에머슨을 만나 '초월주의자 그룹'에 가담했다. 1845년 월든 호수 부근에 은둔하여 『숲 속 생활』을 집필했다. 1846년 멕시코 전쟁에 반대하여 인두세 납부 거부운동을 벌이다 투옥되어 이때 경험을 바탕으로 쓴 『시민의 불복종』은 '간디의 무저항주의'에 영향을 끼쳤다. 『코드 꽃』 『일기』 등의 책을 남겼다.

1858년 1월3일

월든 호수에는 물이 가득 담겨 있었기 때문에 매끄럽게 얼어붙은 수면은 마치 반투명체 대리석 같다. 아니, 그 불투명한 점으로 보아서는 아직 아무도 발자국을 낸 적이 없는 엄청나게 큰 홀이나 복도를 연상시킨다고나 할까. 그런가, 아닌가를 알아보기 위하여 길을 고치는 사람들을 불러다 돌을 던져보라고 하고 싶은 심정이다. 안드로메다 펀즈로 가는 길에서 햇빛을 안고 가는 따사로운 적갈색 광채를 보았다. 인간 세계에서 이 같은 광채를 본 것도 꽤 오래 전의 일이다.

1월4일

날씨는 아직도 꽤 따뜻하다. 그래서 스케이팅을 하기에는 얼음이 너무 얇다. 안드로메다 펀즈를 지나 페어 헤븐에서 강으로 내려갔다. 페어 헤븐 연못에서 사람들이 낚시질을 하고 있는 광경이 내 마음을 솔깃하게 하였다. 그것은 이러한 도락을 통하여 인간의 동물적 욕망이 채워진다는 것이 머리에 떠올랐기 때문이다. 낚시질하던 일을 회상하는 것은 즐거운 일이다. 내가 연못가에 자리 잡고 앉았을 때는 해가 막 지려 할 무렵이었다. 얼음으로 덮인 목장의 변두리와 산기슭과의 좁은 공간을 연결하는 누런 그루터기, 그 사이에서 쏟아져 나오는 부드러운 햇살이 연못 수면에 기이하게 반사되고 있다. 대여섯 뼘밖에 안 되는 좁은 사이를 뚫고, 두어 치밖에 안 되는 그루터기와 둔덕을 넘어 햇살이 마구 쏟아지고 있다.

1월5일

솔잎과 같은 털이 돋은 겨울 쐐기 한 마리를 보았다. 머리와 꼬리 부분이 특히 검은 놈이 한트 다리 옆 어느 바위를 기어가고 있었다. 하스머는 곳간에다 마초를 쌓아 쟁이고 있었다. 그것은 마른 목초였다. 그러나 내가 그것에 흥미를 느끼는 까닭은 오로지 식물학자의 입장에서다. 설령 마른 목초 따위가 시장에서 값이 나갈 것 같지는 않다고 해도 시인에게는 확실히 흥취를 돋워주는 것이다. 겨울에 보는 한 줌의 건초가 지나간 여름의 일들을 회상하게 해준다는 것은 참으로 놀라운 일이다. 우리의 가슴 속에 무르익고 있는 여름도 결국은 이 한 줌의 건초와 같은 것이리라. 그러고 보면 석탄에 박혀 있는 양치류 자국은 아득한 옛날의 여름을 회상시켜 주는구나.

1월6일

올 들어 처음 보는 눈보라다. 기차 길을 걸어 노드 강까지 갔다. 쌓인 눈이 엷은 얼음을 가라앉혀 물과 뒤섞여버린 탓인지 거무스레한 주황빛 강물이 눈으로 하얗게 덮은 들판 사이를 흘러가고 있다. 나는 공연히 흥에 취하여 철도 저편에 있는 테니스 늪을 건너갔다.

거기에는 다래덩굴이 가득 차 있다. 이 외줄거리로 된 덤불은 온통 열매투성이가 되어 가지를 축 늘어뜨리고 있다. 꺾지 않으려야 꺾지 않을 수가 없다. 나는 그 가운데서 가장 탐스러운 가지를 꺾어 집에 가져오곤 하는 것이다. 그러나 마른 다래 열매를 이렇게 먹기만 한다는 것은 어쩐지 기분이 나쁘고 내 자신이 타락한 것으로만 느껴졌다. 갑자기 하느님이나 사람이나 모두 그다지 요긴하게 보이지 아니하고, 삶이라는 것도 그 본연의 풍요성과 자극성을 가지고 있지 않은 듯 느껴졌다.

그때 나는 내 소맷자락에 얼어붙은 눈송이에 마음을 빼앗겼다. 아, 수정과 같이 맑고, 별 모양을 한 6면의 거울과도 같은 눈, 마치 한 중심점을 향하여 여기저기서 달려온 여섯 개의 살을 가진 수레바퀴와도 같은 눈, 그것은 탓할 데 없는 하나의 완전한 예술품이었다. 그 작은 물체가 동무들을 거느리고 내 저고리 위에 와 앉아 있는 것이었다. 그 완전함과 아름다움이 나에게 이렇게 속삭여주는 듯하였다. "자연은 그 본래의 생기를 여태 지니고 있지 않느냐. 왜 하필 사람만 실망에 잠겨 있는 것이냐"고. 가지가 하나도 남아 있지 않은 늙어빠진 소나무 꼭대기에 소복하게 쌓인 눈송이. 아마도 그것은 별들이 서로 부딪치고 얽혀서 만들어진 것이 아닐까? 하늘에서 벌어진 격전에서 부서진 전차의 작은 수레바퀴가 떨어지고 있는 것만 같았다.

한낮이 좀 지나서 내리기 시작한 눈은 지금껏(밤 10시) 그칠 줄을 모른다. 금강석이 비가 되고 눈이 되어 우리에게 내리고 있는 것이다.

1월7일

눈보라는 지나가고, 맑게 갠 아름다운 겨울 아침이다. 안개가 아지랑이처럼 촌락과 숲 사이의 공간에 걸려 있다. 산기슭에 있는 길가에서 눈 위로 솟아나온 풀씨를 쪼아 먹고 있는 참새 몇 마리가 보인다. 한 놈이 날면 모두가 그 뒤를 좇는다. 발을 눈 속에 묻은 채 짹짹거리면서 뛰어노는 모양이 퍽도 즐거워 보인다. 여러 달 남은 겨울 날씨도 그들에게는 아무 문제도 되지 않는 모양이다. 난로 옆에 안락하게 앉아 있는 사람들도 부러울 게 없다는 표정이다.

1월8일

보아스 브라운 초원 위쪽으로 갔다. 늪을 건넜다. 눈이 쌓여 여느 때보다도 3인치 가량 높아진 땅을 걸었다.

1월9일

다시 눈이 내린다. 딥 컷에 가다. 동남풍이 분다. 물기를 머금은 함박눈이 내린다. 트릴리움 숲 쪽을 바라보니 가까이 내리는 눈송이는 꽤 빠르게 움직일 뿐만 아니라 때로는 직선을 긋고 있는 듯한 인상을 준다. 또 어떤 것들은 내 얼굴을 향해 거의 수평선을 그으며 와락 다가오는 것이다.

그러나 멀리 보면 눈송이는 공중에서 앉아야 할지 몰라 망설이고 있는 것같이 보인다. 아니, 앞서 간 벗들의 자취를 따라 그저 무심하게 멀리서 하늘거리기만 하고 있다. 같은 눈송이들이 이렇듯 다르게 보이는 까닭은 전자가 지상에서 가까운 거리에 있는 데 반하여 후자는 먼 곳에 있기 때문에 그러한 착각을 일으키는 것이라고 생각된다.

박새 몇 놈이 내게로 휙 날아든다. 그 가운데 한 놈이 "휘이휘이 삐삐"하고 노래를 부른다. 이 노래로 해서 나는 놈에게 얄궂은 의리를 느끼게 된다.

1월10일

월든 호수를 건너 구스 펀드에 가다.

월든의 북쪽 호숫가는 날씨가 좋을 때면 산책하기에 좋다. 당신이 피곤할 때나 마음이 괴로울 때면, 차디찬 겨울 공기 속에 새 봄과 우리의 희망을 이룩하도록 약속하며 팔을 뻗치고 있는 나뭇가지 끝에 대롱거리는 길고 굳은 오디의 빛깔과 같은 빨간 오리나무꽃을 보러 이곳 겨울을 찾으라. 우리는 겨울 속에서 (오리나무꽃과 새집, 곤충의 생활 등등) 부드러운 정서와 감미로운 안도감을 완성하게 된다. 아마 그 중에서도 가장 나의 마음을 부드럽게 해 주는 것은 빨간 오리나무꽃이다. 그 안에는 지금 세찬 생명이 잠자고 있음을 나는 안다. 아마도 내 생명 따위는 거기 비길 바가 못 될지도 모른다.

1월11일

비가 쏟아진다. 눈을 깨끗이 치워버린다.

1월13일 린시의 조나단 댁에서

존 앨리 댁의 객실에서 강연하다. 조나단이 나에게 예전 사람들이 사용하던 늑대 덫에 대한 이야기를 해주었다. 아마도 그것은 린시에 살던 초기 이주민이 만들었을 것이다. 그리고 아마도 그들은 그 덫 만드는 법을 인디언에게서 배웠을 것이다. 그 중 한 개는 소거스 근처 해안에서 2마일 떨어진 곳에 있고, 다른 하나는 북쪽에 있다는 것이다. 구멍은 깊이가 7피트에 폭이 3피트, 벽을 미끈미끈하게 만든 데다가 구멍의 변두리를 약간 덮어서 늑대가 빠져나오지 못하도록 만들었다는 것이다. 전해오는 말이기는 하지만 어느 날 아침에 덫 안을 들여다보았더니 그 속에서는 늑대 한 마리와 인디언 여인 하나가 서로 노려보고 있었다고 한다.

1월14일

조나단은 1817년인가 1819년에 스코스트에서 용(큰 도마뱀)을 보았다고 하였다. 자기만 본 것이 아니라 거기 있던 수백 명의 사람들이 같이 보았다는 것이다. 그때 그는 많은 사람들의 전송을 받으면서 그곳을 떠나는 중이었다. 그렇게 많은 사람들이 해변가에 모인 것은 그때가 처음이었다. 배 가까이 전송하기 위하여 모두 마차를 물 속으로 몰아넣고 있는 참이었다. 그때 갑자기 용이 그들 쪽으로 다가왔다. 모두들 깜짝 놀라 마치 약속이나 한 듯이 일제히 말머리를 육지 쪽으로 돌렸다. 그 바람에 용도 놀라서 사라져버렸다.

조나단은 그 뒤에도 그 용을 스무 번이나 보았다고 한다. 언젠가는 혼자 리틀 나한의 바위에 앉아 있자니까 그 용이 바위 언저리 가까이 수면에 비칠까 말까 하면서 지나가더라는 것이다. 앉아 있는 곳에서 용이 지나가는 곳까지는 겨우 50~60피트밖에 되지 않았기 때문에, 만일 그에게 그럴 용기가 있었더라면 긴 막대를 가지고 용을 건드려 볼 수도 있었다는 이야기였다. 조나단은 지금 예순 살 가량이나 되었고, 또 그가 열변을 토하는 것으로 미루어 아마도 그는 강신술을 굳게 믿는 사람인 것 같았다.

나무를 자르고 있던 어느 노인은, 자기가 어제 보이스(구식 방앗간 주인)가 원시적인 방법으로 맷돌을 만드는 광경을 보았다고 했다. 우선 돌산에서 큰 바윗덩어리 하나를 떼내었다. 그것은 16인치 내지는 18인치 두께의 널찍한 바위였다. 그것을 땅 위에 평평하게 놓고는 그 가장자리에 불을 지폈다. 거기에 찬물을 끼얹으니까 가장자리가 동그랗게 떨어져 나갔다. 그는 둘레를 망치로 두드려서 다듬었다. 그 다음에는 정으로 한 복판에 구멍을 뚫었다. 그리고는 망치로 바위의 표면을 다듬었다. 이것으로 맷돌이 완성된 셈이다. 그러나 그 노인은 말하기를 동네 노인들은 그 맷돌에 대해서 별로 좋게 말하지 않더라는 것이었다. 그렇게 만든 맷돌은 거칠어서 맷돌이 돌아갈 때마다 굉음이 일었으며, 또 밀가루 속에도 모래가 너무 많이 섞였기 때문이었다.

이 바위와 숲으로 덮인 언덕에서 린시 서북쪽으로 3~4마일쯤 가면 케이프 앤에서부터 시추에이트에 걸친 넓은 바다가 전개된다. 문득 이곳에 살던 원주민이 생각난다. 그들은 수렵을 하거나 산딸기를 채집하면서 저 바다에 분주하게 떠다니는 백인의 배를 내려다보았을 것이다. 그것이 그들에게 어떤 운명을 가져다줄지도 모른 채 다만 그 진기한 광경에 도취해 있었을 것이다.

한편 해안에서 6마일 이내를 항해하는 배라면, 날씨가 좋을 때는 언제나 수백 명의 야만인들이 구경하고 있음을 목격하였을 것이다. 조나단의 말에 의하면 인디언은 대합큰 조개을 먹을 때는 반드시 조개 안에 든 '벌레'(그들은 길쭉하고 담배 물부리만한 구멍이 끝에 달린 입을 그렇게 불렀다)를 떼어버리고 먹었다는 것이다. 조나단은 그것이 조개의 성기라고 생각하고 있다.

1월18일

듀간 평원에서 관찰한 것이다.

땅에 닿을락말락하게 축 늘어진 키가 작은 백양나무 그늘 아래에는 모래땅에 수많은 작은 구멍이 패여 있다. 그것은 비가 올 때나 눈이 올 때마다 땅에서 2~3피트 떨어져 있는 똑같은 가지에서 똑같은 자리에 물방울이 떨어져서 생겨난 것이다. 이렇게 키가 작은 나뭇가지가 있는 곳에는 그런 구멍이 셀 수 없을 만큼 많다. 1인치가 될까 말까 한 거리를 두고. 직경은 3분의 1인치 가량 되고, 깊이는 4분의 1인치부터 4분의 3인치 가량이나 된다. 아마 구멍이 파인 지가 그리 오래 되지 않은 모양이다.

1월23일

따뜻하고 쾌청한 날씨가 계속된다. 11일 이래 시커먼 땅이 드러나고 있다. 맑게 갠 오후. 2~3개월 동안 나는 계속해서 자연관찰을 하고 있지만, 올 겨울에는 장갑을 낄 필요를 별로 느끼지 않는다. 햇볕과 닭울음소리, 검은 대지, 이런 것들이 나에게 3월을 연상시켜준다.

성 밖을 흐르고 있는 봇물다리 위에 서 있노라니 남쪽 둑 밑에만 눈이 조금 남아 있을 뿐이다.

디치 연못가에 서 있으려니 늑대가 우짖는 듯한 소리가 들려온다. 사납기도 하지만, 깨진 솥을 두드리는 듯한 듣기 싫은 소리다. 바로 그 뒤에는 (아마도 메아리인가 보다) 강아지의 울음소리 같고 어린아이의 떼쓰는 소리와도 같은 연약한 소리, 그러면서도 겁에 질린 듯한 오래된 음반에서 나는 소리가 따라 온다.

움푹 파인 연못가에 서 있기 때문에 어느 쪽에서 오는 소리인지 분간 할 길이 없다. 늑대가 우짖는 소리를 적어도 수십 번도 넘게 들었다. 오늘 따라 유달리 이상한 소리다. 다른 어느 숲 지대에서도 일찍이 경험하지 못한 소리다. 월든 호수는 그늘진 남안에서부터 얼음이 꺼져가고 있는 쪽이 햇볕을 더 받고 있기는 하지만, 그쪽에서부터 얼음 깨지는 소리가 들려오고 있다. 그 소리는 금속성 기물이 내는 쨍쨍한 것도, 개구리가 둠벙에 뛰어들 때 내는 명랑한 소리도 아니고, 오히려 뚝배기가 깨지는 소리와 같은 것이다. 그런 소리는 물론 물질을 연상케 한다. 이를테면 움푹 파인 구멍 위에 얇은 판유리를 깔아놓은 것과 같이, 자칫 깨질 것만 같은 기분이다. 얼음 깨지는 소리에 어찌나 소름이 돋던지, 호수를 덮고 있는 얼음의 두께가 느껴진다. 실제로는 아마도 9인치 내지 10인치의 두께는 될 것이다.

건강을 보증한다는 점으로 보더라도 사람과 자연의 관계는 사람 사이의 관계처럼 긴밀한 것이라야 하겠다. 사람은 자연이 가지고 있는 우정을 지각하여야만 한다. 우리 친구가 우리를 저버리거나 죽거나 할 때 고독의 심연을 메워주는 것이 자연이다. 나는 아무리 저명한 사람이라 할지라도 그가 자연과 더불어 아무런 부드러운 관계도 가지고 있지 않다면, 그를 존경할 마음이 도무지 나지 않는다.

자연에 대한 사랑만이 우리로 하여금 겨울도 따뜻하게 느끼게 해주며 광야와 황무지에서도 우리에게 아늑한 공간을 제공해준다. 만일 자연이 이렇듯 우리를 동정해주고 그 마음을 속삭여주지 않는다면 우리의 삶은 가장 윤택하고 화려한 분야를 상실하게 될 것이요, 말로 할 수 없는 황량함이 우리를 엄습하리라고 나는 믿는다.

나는 자연에 대한 애정을 끊고 나서도 사람이 여유 있는 생활을 영위할 수 있으리라고는 믿지 않는다. 암석의 신비를 눈앞에 보고도 나의 마음이 누그러지지 않는다면, 대체 암석은 무엇 때문에 이 세상에 존재한다는 말이냐? 나는 옥수수나 감자가 어떻게 저 불모의 토지로부터 생산될 수 있느냐를 다루는 화학을 그리 대견하게 생각하지는 않는다. 오히려 나는 토양에 뿌리박고 있는 인간의 생명으로부터 사상과 감동을 끌어내는 따위의 화학을 존경하는 것이다. 진실로 우리의 마음속에 계절이 들어 있지 않는 한, 계절에 대하여 말을 하거나 쓰거나 하는 것은 헛된 수고일 따름이다.

펜은 나를 데리고 아칸소 강을 거닌다

존 오듀본
John James Audubon

1785~1851년. 조류 연구가, 화가. 도미니카 산토도밍고에서 출생했다. 프랑스 해군 장교인 장 오듀본의 양자로 입적되어 1791년 프랑스로 건너가 미술을 전공했다. 동식물 특히 새에 관심을 가졌고 채집과 관찰, 묘사에 몰두했다. 새에 관해 489종 1,065마리, 435장의 사실화를 그려 1838년 『아메리카의 새들』을 출간했다. '조류학의 아버지'로 불리며 현재 그를 기리기 위한 '오듀본 학회'가 활동 중이다. 『조류학 전기』『북아메리카의 포유류』 등의 책을 남겼다.

1826년 6월30일

오늘 아침 드디어 대서양에 들어갔다. 시원한 바람이다. 육지에서 사는 새들은 이미 우리의 시야에서 사라졌다. 아, 나의 사랑하는 아메리카여, 나의 아내여, 아들이여, 친구여! 이 여행의 목적은 내 작품 『아메리카의 새들』의 출판을 보기 위하여 영국만이 아니라 유럽 대륙을 방문하는 것이다. 너무 지나친 실패만 하지 않고, 다시 이 해안으로 (이 아름다운 해안으로) 돌아오게만 된다면 그 이상 나에게 더 큰 행복은 없을 것이련만. 아! 아내여, 자식이여, 친구여, 아메리카여! 안녕히, 안녕히!

7월9일 해상에서

유럽행은 오랜 꿈이었다. 다만 그것을 결행할 결심이 서지 않았을 따름이었다. 지금도 나의 눈앞에는 정다운 친구들, 사랑하는 아내와 자식들의 모습이 선하기만 하다. 그러나 51일간이나 물에 흔들리면서 사랑하는 사람들로부터 떠나 이렇게 바다 위에 떠 있고 보니, 내가 해야 할 것이 무엇인지가 확실해진다. 어쩐지 앞일이 염려된다. 지금까지 이렇게 절실하게 느껴본 적은 없다.

7월20일 세인트 조지 해협에서

뱃머리에 서니 영국의 육지가 눈에 들어온다. 아름다운 풍경이 우리를 에워싸고 있다. 돛을 단 배를 쉰여섯이나 세었다. 오른쪽으로는 저 멀리 수평선 위에 먼 산이 아득하게 보인다. 몽롱하던 머리가 갑자기 깨어 내 가슴을 희망으로 가득 채워준다. 리버풀에 상륙할 것이다.

7월21일 리버풀에서

오늘 아침 상륙할 때는 비가 내리고 있었으나 도시의 모습은 꽤 마음에 들었다. 그러나 일단 거리에 발을 옮겨놓고 보니 연기가 어떻게나 폐 속으로 밀고 들어오는지 숨이 막힐 지경이다. 눈도 제대로 뜨고 다닐 수가 없다. 모든 것이 뜻밖의 일뿐이다. 하루 종일 박물관에서 지냈다. 머리를 맑게 해보려고 애쓰면서. 그러나 이야기를 주고받을 만한 사람이라곤 하나도 없다. 따분하기 짝이 없다.

7월25일

마차에 올라가 보니 라드본 부부와 제임스 파이크가 기다리고 앉아 있었다. 그들은 나를 리버풀에서 몇 마일 떨어져 있는 시니어 라드본 댁으로 데려가려고 온 것이다. 라드본 부부의 막내아들 바질은 참으로 귀여운 아이였다. 그와 나는 서로 좋아하게 되었다. 마차가 달리고 있는 동안 그와 나는 친구가 되었다. 그가 그림이 들어 있는 내 손가방을 여는 것을 돕고 있을 때 나의 가슴은 한없이 울렁거렸다. 주위에 둘러서 있는 이 좋은 친구들은 모두 고상한 취미와 비평가적 식견의 소유자들임을 나는 알고 있었기 때문이다. 그리고 과연 내 작품이 그들을 기쁘게 할 수 있을지가 걱정이었다.

8월6일

이 도시에 도착할 무렵 나는 비참하게도 풀이 죽어 있었다. 사람들이 나를 어떻게 대해줄까? 내 작품에 대하여 어떤 평가를 내릴까? 이런 근심 때문에 나는 마음이 놓이지 않았었다. 그러나 그때의 기분과 지금의 기분이 이렇게도 다를 수가 있을까! 이르는 곳마다 사람들은 나를 환영하였고, 나의 작품들은 찬미와 숭배의 대상이 되고 있지 않은가. 그렇게도 오랫동안 나의 가슴을 덮고 있던 마음의 구름도 이제는 활짝 개었다. 그리고 이제 나는 내가 결코 헛되이 일하지 않았음을 알고 있다. 오늘 아침 교회에 나갔다. 목사의 설교가 맘에 들지 않았다. 그러나 아직 젊으니까 앞으로는 나아지겠지.

혼자 로스코의 저택으로 갔다. 그의 집은 신사숙녀들 그리고 그의 가족으로 가득 차 있었다. 모두 나와는 아는 처지의 사람들이었다.

누군가가 나에게 야생조의 울음소리를 흉내내보라고 청하였다. 나는 하고 싶지는 않았지만 그들의 호기심을 충족시켜주기 위하여 흉내를 내어보였다. 그 사이 손님이 더 불었다. 그리고는 더 많은 질문이 쏟아져 나왔다. 그들은 내가 말을 하지 않는 것이 의아한 모양이었다. 이를테면 호랑이나 늑대나 여우에게 여섯 번씩이나 잡혀 먹을 뻔했다는 따위의 이야기 말이다. 그러나 나는 진드기나 모기보다 더 큰 동물에게 고통을 받은 일은 없다. 고통은 진드기나 모기만으로도 충분했다는 사실을 그들은 이해할 수 있을까.

8월15일 그린뱅크, 리버풀에서 3마일 거리

나는 지금 이 조용한 시골집에 기거하고 있다. 오전은 그림을 그리면서 보냈고, 오후에는 라드본과 그녀의 조카와 함께 산책하면서 보냈다. 캄차카산의 보기 드문 개 한 마리가 우리와 동행하였다. 나는 우리가 산책하는 길 앞에 복숭아나무 숲이라도 나타났으면, 그리고 그 숲속을 마음 내키는 대로 이리저리 거닐었으면 하고 바랐다. 그러나 그것은 헛된 희망이었다. 우리는 황량한 담장 사이를 걷고 또 걸어야만 하였다. 눈요기가 될 만한 것은 나타나지 않았다.

영국은 이상한 나라다. 길손을 환대할 수 있는 시설은 모두가 다 '담장 안에' 있고, 막상 담장 밖이 되고 보면 어떻게나 황량한지 말로 다 할 수 없다. "들어오지 못한다"고 담장이 부르짖고 있는 것만 같다. 어느 집 대문에는 '사나운 개 조심'이라는 팻말이 붙어 있다. 덫과 총이 침입자를 겨누고 있다. 심지어는 담장 마루에 '파수꾼'이 서 있기도 하다. 어디를 가든 거지가 보이지 않는 곳이 없다. 영국은 그렇게 넉넉한 부를 지니고 있으면서도 어디를 가나 '먹을 것'(그렇다 순전히 먹을 것만을) 구걸하는 거지가 득시글거리고 있다.

8월17일

식량 기근이 이렇게도 심하다니 참으로 놀라운 일이다. 이대로 가다가는 민중의 불안이 폭발해서 혁명을 초래하지나 않을까? 극빈자들은 자기네 아이들에게 매일 일정한 식량을 구걸하도록 (안 되면 도둑질이라도 해오도록) 강요하고 있다. 만일 빈손으로 집에 돌아오면 혹독한 벌을 받아야 하는 것이다. 그 목적을 이루기 위하여 자식들에게 가르치는 비결도 여러 가지다. 신문들은 이런 이야기가 가득 실려 있다. 그밖에도 살인과 절도, 자살 그리고 기상천외의 사건으로 꽉 차 있다. 신문을 읽을 마음조차 나지 않는다.

10월2일

라드본이 내준 마차를 타고 그린 뱅크로 가는 도중, 내가 겪었던 어느 사냥꾼의 오두막 광경이 떠올랐다.

당시 나는 피곤과 굶주림 그리고 추위에 쓰러지기 일보 직전이었다. 바로 그때였다. "어서 오십시오"라는 따뜻한 사냥꾼의 음성이 들려온 것은. 사냥꾼의 아내는 재빨리 일어나더니 벽에 걸린 마른 옷을 내렸다. 그리고는 내 구두끈을 풀어주더니 내 저고리를 받아들었다. 늠름한 몸집의 사내는 내 총을 소제하고 머리까지 감겨주었다. 그리고는 습기에 찬 내 배낭 따위의 짐을 불가에 매달았다. 그 집의 아들은 화덕에 불을 지피고 있었다. 그 무렵 내 음료를 장만하느라고 커피 열매를 맷돌에 갈고 있는 소리가 들려왔다. 때 아닌 불청객의 침입에 단잠을 망친 아이들은 자리에서 일어나 고개를 갸우뚱거리다가는 다시 졸리는지 검정 곰 털 이불 속으로 기어 들어갔다.

이런 '회상'에 잠겨 있는 동안 마차는 그린 뱅크에 도착하였다. 모두 진심으로 나를 맞아주었다. 유목민은 거칠기는 하지만 진실하고 다정하다. 이곳 친구들 역시 영악하면서도 참되고 너그럽다. 서로 가진 것을 아낌없이 나누어주고 있는 것이다.

10월21일

라드본 부인을 위해 새들에 대해 간략하게 서술했다. 그리고는 나의 기록을 더 흥미 있게 만들기 위하여 연필로 그린 스케치를 덧붙였다. 1분에 2마일 반을 날아가는 제비, 먼 곳으로 날아갈 때는 1분에 2마일씩 나는 산비둘기, 역시 1분에 2마일을 나는 백조, 1과 4분의 3마일을 나는 야생 칠면조 등.

10월25일 스코틀랜드 에든버러에서

생전 처음으로 스카치위스키를 마셔 보았다. 어찌나 독하던지 몇 모금 마신 뒤에는 잔을 내려놓지 않을 수 없었다. 그런데도 어떤 사람들은 그 독한 술을 물마시듯 마셨다. 하지만 내 목구멍에서는 불과 연기가 쏟아져 나오는 것만 같았다.

11월2일

내 이름이 널리 알려져 아내와 아이들에게 필요한 모든 것을 공급하게 되기까지는 아직도 시간이 더 필요한 모양이다. 부자가 되기를 원하는 것은 아니다. 다만 떳떳한 생활을 하고 싶을 뿐이다. 그리고 우리 아이들에게 내가 받은 교육보다 나은 양질의 교육을 받을 수 있게 되기만을 간절히 바라고 있다. 하루가 다르게 과학이 진보하고 새로운 사상과 구상이 전개되는 오늘날에는 인생을 향유하고 연구하고 개선하기 위해 배우지 않으면 안 될 것들이 많다. 나는 우리 아이들이 이 모든 것을 향유할 수 있는 환경을 제공해주지 않으면 안 된다.

11월4일

리자스 댁에서 밥을 먹었다. 미녀들과 음악, 요염, 기지가 온 집안에 넘쳐흘렀다. 나는 고되게 일을 하고 있다. 하루에 네 시간밖에 자지 않으면서 통신과 일기장 등은 물론 지금 거의 완성되어 가는 『아메리카의 새들』을 쓰기에 많은 시간을 소비하고 있다.

11월5일

이렇게 분주하기는 하지만 나에게는 이제 더 쓸 수 있는 기력조차 남아 있지 않다. 사랑하는 사람들과 이렇게 멀리 떨어져 있으려니 외롭기 그지없다. 때때로 앞길이 캄캄함을 느낀다.

11월20일

부엌에서는 아침밥을 준비하는 모양이다. 햇살이 점점 퍼져가고 있다. 그 사이 나는 조그만 테이블에 앉아 나의 칠면조 그림(그것은 지금 막 완성되어 내 방안 벽에 세워져 있다)에 관한 단문을 쓰려 하고 있다. 아침 밥상이 들어왔다. 그러나 나의 펜은 나를 데리고 아칸소 강변을 거닐고 있다. 내가 먹는 밥은 사랑하는 고국에 대한 향수로 가득 차 있을 뿐, 밥은 한 술도 삼켜지지 않는다. 나에게는 이 나라의 사치스런 만찬은 어울리지 않는다. 게다가 식사시간이 어찌나 긴지 지루해서 견딜 수가 없다.

고국에서의 짧은 식사를 회상했다. 내 앞에 가득 쌓아놓은 음식을 즐기면서 먹어치우던 유쾌한 시간이 몹시 그립다. 풀랠 호숫가에 사는 친구 불깃의 집에서 오렌지 색깔 따오기 고기를 구워 먹던 맛, 그러고 보니 7월4일 톰슨 개울가 폭양 밑에서 큰 자라 등껍질에 달걀을 삶아 먹던 일이 생각난다. 핸더슨 네와 사람 좋은 랜킨 의사 댁의 튼튼하게 쌓아올린 담장 밖에서 울부짖는 늑대 소리를 들어가면서 사슴고기를 구워 먹기도 했다. 그러나 여기 와서 보니 그것들은 아무것도 아니다. 지금 여기 그레이트 킹가 62번지의 유명한 식물학자 그레이엄 박사 댁 식탁에는 어찌나 많은 값진 음식의 접시가 나오고 있는지 그 수를 헤아릴 수조차 없다.

11월30일

6시에 모두 짝을 지어 식당으로 갔다. 나는 친구 패트릭 오넬의 팔을 끼고 갔다. 내 한 쪽 곁에는 리자가 앉아 있었다. 식탁에 나온 것들은 고대 스코틀랜드의 요리였다. 쇠골과 오트밀에 대구 대가리와 마늘을 넣어 끓인 검은 죽, 털을 그을린 냄새가 나는 양의 머리, 그밖에 이름도 모를 갖가지 음식이다. 두 번째 잔치가 또 푸짐하게 벌어졌다. 그러나 나는 뇌조 고기를 한 점 떼어먹었을 뿐이다.

12월21일

서릿발이 하얗게 선 청명한 날씨다. 이런 날 아침에는 화약을 많이 쓰지 않고도 물오리를 실컷 잡을 수 있을 것이다. 그러나 나에게는 해야 할 일이 있었다. 나는 수꿩 한 마리를 누런 종이 위에 벌려 놓았다. 캔버스에 옮기기 위한 것이다. 시간을 빼앗기는 일은 많고, 해는 짧고 해서 하루 네 시간씩 자면서 일을 하지만 자꾸만 지연되어 할 수 없이 조수 한 사람을 구했다.

초대에 응하기 위해 자꾸만 밖으로 나돌아 다녀야만 했다. 그래서 하루에도 서너 번이나 옷을 갈아입어야 했다. 세상에서 내가 제일 싫어하는 일이지만 별수가 없다. 파란 옷이든 검정 옷이든 왜 입은 대로 가서 밥을 먹지 못한단 말이냐? 도무지 알 수 없는 일이다. 그러나 모두들 하는 대로 할 수밖에. 그럭저럭 아침나절이 다 지나가 버렸다. 캔버스가 도착하지 않는 한 핑계거리가 없으니까 손님들을 버리고 일어설 수도 없다. 그저 때때로 안타까운 눈초리로 그 아름다운 꿩을 쳐다보고만 있을 따름이다. 마침내 기다리던 캔버스가 도착하였고 손님들도 돌아갔다. 그러나 그때는 햇빛도 이미 하직을 고하는 무렵이었다. 이렇게 해서 아까운 하루를 또 헛되이 보내버렸다. 사람의 짧은 생애에 견주면 그것은 큰 손실이 아닐 수 없다.

1827년 1월14일

방문객이 여러 사람 다녀간 뒤에 나는 내 얼굴의 주형을 뜨기 위하여 오넬의 집으로 갔다. 그는 내 저고리와 목수건을 풀고 셔츠를 느슨하게 한 다음 눈을 감으라고 하였다. 오넬은 큰 브러시를 가지고 내 얼굴을 쓸더니 그 위에 기름을 발랐다. 그리고는 파리산 액체 석고를 얼굴에 부었다. 얼굴 전체에 석고가 퍼지기까지 나는 꼼짝도 않고 앉아 있었다. 콧구멍만 뚫려 있었다. 석고가 굳기 시작하자 그것을 조심스럽게 내 얼굴에서 떼어냈다. 이 모든 것이 이루어지기까지 한 5분이나 걸렸을까? 주형을 뜨는 동안 불편한 것이라고는 석고가 광대뼈와 볼을 잡아당기는 느낌을 받았다는 것뿐이었다. 골동품수집가협회에서 집으로 돌아오는 길에 들러보았더니 훌륭한 주형이 되어 있는 내 얼굴을 테이블 위에서 발견할 수 있었다.

5월1일

사랑하는 아내와 아이들을 남겨두고 유럽을 향해 출항한 날이 바로 작년 오늘이다. 그때 나는 이 여행의 결과가 어떻게 될까 하는 불안한 마음에 싸여 있었다. 무리가 아니었다. 미국은 나의 생애를 바쳐서 연구를 해온 땅이었다. 거기를 떠나 낯설고 물선 곳으로 가려는 참이었으니까. 에든버러에 도착하기까지 나는 희망과 절망 사이를 왕복하고 있었던 것이다. 작품의 출판 비용은 어마어마할 것만 같았고, 출판을 보기까지에는 길고 긴 시간을 그곳에 체류해야만 할 것이기 때문이었다. 지금 내 마음은 마치 새해를 맞이하는 기분과도 같다. 내 작품은 유명해지려 하고 있고, 게다가 많은 유지들을 친구로 삼게 되었다. 영국의 과학자들도 나를 인정하게 되었다. 만일 내가 앞으로도 정직하고 열심히 연구를 계속한다면 나의 성공은 약속되어 있는 것이나 마찬가지다. 주머니 사정이 좀 염려되기는 하지만 잘하면 빚을 지게 되지는 않을 것이다.

별이 총총한 밤하늘을 즐기며 걷는다

프랜시스 킬벗
Francis Kilvert

1840~1879년. 종교가. 1865년 옥스퍼드대학을 졸업하여 웨일스 지방의 작은 교회 목사로 부임했다. 목회 활동을 하면서 자연을 탐구했다. 지극히 평범한 삶을 살았지만 '사람은 자연의 일부'라는 신념에 따라 잔잔하게 쓰인 일기 20권은 영국 문학계에서 큰 평가를 받았다.

1870년 2월8일

차일드는 원기가 왕성했다. 꽤나 잘 그린 말 그림을 보여주더니 작년에 '루트'라고 명명한 주황색 부엉이를 잡던 모험담을 들려주었다.

그날 그녀와 여동생은 밤이 되어서야 겨우 런던에 도착하여 런던 브리지 호텔에 투숙하였다. 돈은 얼마 남아 있지 않았다. 그리고 짐이라고는 부엉이를 가둔 상자가 하나 있을 뿐이었다. 부엉이란 놈은 굴뚝 속에다 넣어 놓았는데도 불구하고 밤새도록 "후우! 후우!" 하고 울어댔다. 거울 앞에 놓아도 울고, 잠옷으로 덮어도 울고, 햇빛이 비치는 것처럼 촛불을 켜서 주위를 둘러도 울었다. 하녀는 겁에 질려서 방에 들어오려고 하지 않았다.

2월11일

어젯밤 자동 연주기 태엽을 감다가 쇠통을 부숴버렸다. 밤중에 아래층으로 내려가 부러지고 남은 쇠통 한 쪽을 쇠못으로 돌려보려고 애썼으나 헛수고였다. 악기가 상할까 염려가 되었다. 그래서 아침식사를 마친 다음 서리가 내린 들녘을 지나 헤이네 집으로 달려갔다. 시계 수리사인 베번이 악기의 태엽을 잘 감아주었다. 돌아오는 언덕길은 참으로 아름다웠다. 저 멀리 북쪽으로 여기저기 널려 있는 하얀 집들이 상록수의 푸른 색깔과 잘 어우러져 빛을 내고 있다. 부드럽고 연한 푸른 안개가 마을과 숲을 덮고 있었다.

2월20일

어제는 저녁식사 뒤에 포도주를 너무 많이 마셨다. 그 벌로 어젯밤과 오늘 하루 종일 골치가 지끈거렸다. 눈은 좀 덜 아프기는 하지만 괴로운 것은 마찬가지다. 머리가 몽롱해서 책을 읽을 수가 없다. 아침 예배는 그럭저럭 마쳤으나 오후 집회 때에는 구약을 읽다가 막혀버렸다.

5월6일

목사관이 붙어 있는 새 교회에 갔다. 교회 모퉁이를 돌자 거세를 당하는 양의 옆에 서 있는 처녀와 마주쳤다. 그들은 수술이 끝날 때까지 양을 붙들어주면서 그 광경을 즐기고 있는 표정이었다. 나는 목사의 딸들이 양을 거세하는 것을 돕고 있는 꼴은 생전 처음 보았다. 그 지긋지긋한 수술을 사내인 나로서도 고개를 돌릴 정도인데 처녀들이 즐기고 있다니. 아마도 그들의 어른들은 자기 딸들이 그렇게 하고 있는 것을 목격할 방문객이 이렇듯 이른 아침에 나타날 줄은 꿈에도 생각지 못했던 모양이다. 만일 알았더라면 다른 일을 시켰을 것이라고 나는 생각했다. 어찌 되었든 그녀들은 그 일을 썩 잘 도왔다.

7월12일

차를 마시고 난 뒤에 정원으로 나가 월식을 구경하였다. 월식이 막 시작되었다. 크고 둥근 달 표면에 천천히 그늘이 덮이기 시작했다. 그러더니 달의 왼편 아래쪽을 조금 먹어 들어갔다. 달의 표면에 서서히 그늘이 퍼져 달의 절반이 희미해지는 것은 참으로 신기하고도 엄숙한 광경이었다. 월식이 진행되어 감에 따라 달은 사라지고 말았다.

7월16일

우리는 전쟁프로이센과 프랑스의 전쟁이 발발했다는 소문을 듣기가 바쁘게 전황에 대한 소식을 들었다. 프랑스가 프로이센에 선전포고를 한 것이다. 한 사람의 야망을 충족시키기 위하여 전쟁이 벌어지다니, 참으로 황당하고 불합리한 전쟁이다.

차를 마시고 난 뒤에 브리지 부인은 우리를 정원으로 데리고 나가더니 자기가 기르고 있는 벌통을 구경시켜 주었다. 꿀벌 한 마리가 내게로 느닷없이 대들더니 내 긴 수염 속으로 얽혀 들어가서 윙윙 소리를 내고 야단을 쳤다. 놈은 내 미간에 침을 박고서야 날아갔다. 아마도 놈은 죽을 고민에 빠져 있었나 보다. 벌통을 구경하고 정원을 한 바퀴 돌아 물이 졸졸 흐르는 개울가를 산책하였다.

내 눈에서도 눈물이 쏟아져 나오고 있었다. 그러고 나서는 어둠 속에서 속절없는 크로켓을 또 한 판 벌였다. 힘차게 공을 후려갈기고 나서는 모두가 다 큰 소리로 웃어 제쳤다.

10월3일

파리에서 오는 모든 뉴스는 풍선을 타고 날아온 것이거나 그렇지 않으면 비둘기가 물어다준 것이라니 참 우습기도 하다.

10월8일

밤새도록, 그리고 오늘 오전 내내 큰비가 쏟아졌기 때문에 안개마저 비에 젖어 사라지고 말았다. 밤중에 불던 저주스런 동풍이 부드러운 서풍으로 변하였다. 온갖 죄악은 동쪽에서 온다. 흑사병도, 전쟁도, 악한 사람도.

1871년 5월7일

교회 안뜰로 들어섰다. 잎사귀가 무성한 낙엽송은 뜰을 내려다보며서 있었다. 담쟁이넝쿨로 뒤덮인 낡은 교회가 고상한 종탑을 머리에 인 채 고목나무들과 함께 발 아래 있는 무덤을 조용히 지키고 서 있는 광경이 참으로 아름답다. 말로는 표현할 수 없는 정적이 자연을 둘러싸고 있다. 움직이는 것이라고는 아무것도 없다. 오직 새들의 노래 소리가 들릴 뿐이다. 온 경내가 아름다운 새의 노래로 가득 채워져 있었다. 한없이 평화롭고 고요한 햇살이 퍼지고 있었다. 마치 이 모든 시설이 새들의 아침 찬미소리를 듣기 위하여 만들어져 있는 듯한 느낌이었다. 그것은 새들의 교회였다. 새들에게 둘러싸인 교회였다.

6월29일

쌍둥이인 페버와 리즈는 아버지가 어떻게나 혹독하게 다루는지 불쌍하기 짝이 없다. 마을 사람들은 아버지가 밤 늦게 집으로 돌아와서는 딸들을 벌거벗겨 놓고 사정없이 매질하는 것을 보기도 했고, 딸들이 슬피 우는 소리도 들었다는 것이다. 아마도 그는 밤늦게 돌아와서는 그녀들을 침대에서 두들겨 깨워 한데 묶어놓고는 맨살에다 매질을 하기도 하고, 그렇지 않으면 침대에 엎드려 우는 딸들에게 마구 매질을 해대는 모양이었다. 어떤 때는 그녀들을 벌거숭이로 만들어서 무릎으로 목을 누른 다음 볼기에 매질을 해서 다리에 피가 흘리기까지 한다는 것이었다.

7월4일

한나 존스가 어떤 미친 여자 이야기를 들려주었다. 사람들은 그녀를 침실에 가둬둔다는 것이다. 왜냐하면 그녀는 기회가 있으면 실오라기 하나 걸치지 않고 뛰쳐나가기 때문이다. 유리창을 깨고 벌거벗은 채 이죽이죽 웃으면서 방안을 돌아다니다가는 며느리의 목을 졸라 죽이겠다고 위협하기도 한다. 그러다가는 갑자기 반 마일 밖에 있는 존 윌리엄스 댁에까지 들릴 만큼 큰 소리를 질러대기도 한다.

7월22일

너트 부인이 실베스터라는 개구리 여인에 대한 이야기를 들려주었다. 이 기괴망측한 존재는 일부는 여인이고 일부는 개구리라는 것이다. 그녀의 머리와 얼굴, 눈, 입은 영락없는 개구리다. 뿐만 아니라 그녀는 개구리의 다리며 발을 가지고 있다. 그래서 그런지 그녀는 걷기보다는 펄쩍펄쩍 뛰기를 잘한다. 그녀는 발을 드러내지 않기 위하여 언제나 긴 치마를 입었다. 그녀는 프리미티브 감리교 교회에 가는 경우 외에는 결코 외출을 하지 않았다. 너트는 그녀의 개구리 발을 직접 보았고 또 그가 교회에서 개구리처럼 뛰어나오는 것도 보았다고 한다. 그렇지만 그녀의 손만은 본 일이 없다. 하여간 그녀는 정말 착하다고 했다.

9월3일

이슬비를 맞으면서 베투스로 갔다. 그리고 오늘의 성구였던 '착한 마리아 사람'에 관한 즉흥적인 설교를 하였다. 붉은 암소 한 마리가 어리숙한 흰 낯짝을 하고 창가로 오더니 설교하고 있는 나를 물끄러미 쳐다보고 있다가 갔다.

10월22일

저녁 때 집으로 돌아오는 길에 잠깐 학교에 들렀다. 며칠간 출타하게 되기 때문에 다음 주일에는 학교를 돌볼 수 없음을 교장에게 알리기 위해서였다. 교장은 바이올린을 배우는 중이었다. 그는 악기를 꺼내 들고는 그것을 켜기 시작했다. 줄 하나는 끊어진 것을 이은 것이고 나머지 세 줄 역시 어디엔가 병이 들어 있었다. 교장은 "예수님께 영광을 돌리세"라는 찬송가를 큰 소리로 부르면서 신나게 활을 당기는 것이었다. 그러자면 바이올린에서는 "깨앵 삐걱 삐걱" 온갖 신음소리가 쏟아져 나온다. 마치 덫에 걸린 짐승이 괴로워하는 소리와도 같다. 그의 노래 소리는 바이올린이 내는 소음과 어찌나 어울리지 않던지 웃음을 참으려야 참을 수가 없었다. 마치 바이올린 속에 잡혀 갇힌 짐승들이 주리를 틀고 있는 것만 같다. 그런 것은 아랑곳없다는 듯이 교장은 신나게 노래를 부르면서 바이올린 줄이 끊어져라 그어 대고 있었다.

1874년 11월3일

나는 왜 이처럼 일기를 쓰고 있는 것일까? 나도 잘 모를 일이다. 그러나 아마도 생명이라는 것이 나에게는 하도 신기하고 오묘하게 보이기 때문에, 비록 나의 생활이 평범하고 안온한 것일지라도 기록을 해두지 않으면 어쩐지 미안할 것만 같아서다. 또 다른 이유가 있다면 아마도 내 뒤에 오는 사람들로 하여금 이것을 읽고 흥겨워하게 하고 싶은 때문일 것이다.

12월31일

여행할 때 언 발을 녹이는 비방을 에드윈 로가 이야기해 주었다. 그것은 발에 브랜디 반 잔을 붓는 것이다. 그는 또 긴 양말 한 켤레를 가지고 다니면서 구두와 양복바지를 싸 올린다고 한다. 그는 오랫동안 캐나다 퀘벡에서 산 사람이다.

1875년 1월12일

윌리엄 페레스는 대서양 철도회사의 선로를 달리는 기차를 처음으로 구경하던 이야기를 들려주었다.

“길가에서 말에게 풀을 뜯기고 있었습니다. 지금부터 34~35년 전 5월 어느 무더운 날이었습니다. 나는 갑자기 공중에서 우레와 같은 소리를 들었습니다. 하늘을 쳐다보고는 아마도 폭풍우가 다가오는가 보다 하고 생각하였습니다. 우레 소리는 나무 꼭대기에서도 나고 있었습니다. 그러나 이상하게도 날씨는 맑고 더웠습니다. 그런 동안에 우레 소리가 점점 다가왔습니다. 깜짝 놀랐을 때는 기차가 내 앞을 휙 지나 먼지를 뽀얗게 일으키면서 저리로 달려가고 있었습니다.”

7월19일

마틴 부인을 방문하였다. 그녀는 베개 속에 넣을 꿩 털을 뽑기에 정신이 없었다. 저녁 7시에 무서운 폭풍우가 또 한 차례 왔다. 이놈은 아까 오후에 온 놈보다 더 사나웠다. 방에서 책을 읽고 있자니 화니가 소리를 지르면서 뛰어내려 오는 소리가 들렸다. 위로 올라가 보았더니 저수지의 물이 목욕실과 주방에 범람하고 있는 것이 보였다. 나는 할 수 없이 비옷을 걸쳐 입고 수채 속으로 뛰어 들어가 저수지의 물을 빼기 위해 수문을 올렸다. 물이 내 머리 위로 마구 쏟아졌다.

8월19일

신문보도에 의하면 왕실의 요트가 스톡스 만에서 헤이우드의 요트를 들이받아 두 동강을 내 전복시켰다. 그 결과 인명 피해도 있었고 왕실의 요트도 운전불능 상태에 빠졌다고 한다. 여왕의 여행 도중에 일어난 첫 사고였기 때문에 여왕의 상심이 퍽 크다는 것이다. 왕이 자기의 신민에게 상해를 입혔다는 것은 왕으로서는 도저히 견딜 수 없는 아픔일 것이다.

9월4일

아름다운 가을 아침이다. 기도를 드리기 위해 양지를 찾아갔다. 초원은 이슬이 맺혀 있는 거미줄에 덮여 푸른 은색으로 빛나고 있었다. 멀리 보이는 산봉우리나 숲은 엷은 아지랑이로 덮여 한층 더 아름다웠다. 갑자기 뾰족한 주둥이에서 새어 나오는 종달새의 서글픈 노랫가락이 아침의 정적을 깨고 있었다. 그리고 여기저기에는 가을을 알리는 누런 잎새들이 굴러다니고 있었다.

1878년 5월19일

새들의 침입을 막기 위하여 예배당 정문에 철망을 설치하였다. 어찌나 많은 새들이 예배당으로 쳐들어오는지 골칫거리가 아닐 수 없다. 더욱이 제비까지 드나들면서부터는 교회 여기저기가 흙투성이가 되었다. 그래서 창문을 폐쇄하는 수밖에 없었다. 그들을 방해하는 것이 미안하기는 했지만 온통 흙투성이로 만드는 이상 부득이 그럴 수밖에 없었다.

12월17일

지난밤에 또 서리가 내렸다. 눈을 머금은 구름이 가신 하늘은 매우 청명해 보였다. 별이 총총한 밤하늘을 즐기며 마을을 걸어내려 오려니까 개울 건너편 오막살이에서 야단치는 여인의 소리가 들렸다. 말썽을 피운 아이를 앞에 놓고 늘 하던 수법으로 아이를 위협하고 있다.

그것은 영어만큼이나 아니 지구만큼이나 낡아빠진 수법이다.

"또 그러면 볼기를 때릴 테야!"

볼기란 것이 맞기 위해 생겨난 것이었던가? 아니, 왜 천지창조 이래 인간 신체의 이 부분이 매질을 당하기 위하여 특별히 선택되었을까?

어둠과 정적, 속으로 새들의 귀가가 끝났다

에드윈 웨이 틸
Edwin Way Teale

1899~?년. 자연 연구가. 미국 일리노이에서 출생했다. 콜롬비아대학을 졸업하고 잡지 취재기자로 짧은 직장 생활을 한 후 전 생애를 자연연구에 바쳤다. 자연연구에 대한 공로를 인정받아 '존 바로상'을 수상했다.

1952년 10월15일

오늘도 여전히 나무 밑으로 스며드는 새벽 아지랑이는 열기와 같은 회색을 띠고 있었고 훤히 터진 공지에 깔려 있는 아지랑이는 흐린 은빛을 냈다. 곤충의 낙원을 거닐다가 털보 곰과 마주쳤다. 곰의 털을 적시는 새벽 이슬방울이 별처럼 반짝거리고 있었다. 죽은 나뭇가지에는 거미줄이 잔뜩 덮여 있고 거기 걸린 이슬방울이 찬란하게 반짝거린다. 머리 위에서 "푸치르르르!"하고 유쾌한 소리가 들려오는 것으로 보아 방울새가 지나다니는 길목인가 보다. 그러나 안개에 가려 보이지는 않는다. 습지의 개울을 찾아가자니까 가을 안개 속에서 갈대와 부들이 나타난다.

나는 15년간이나 이 두 놈 사이에 벌어지는 무언의 싸움을 눈여겨 보고 있었다. 갈대는 그 동안 지반을 꽤 넓혔다. 이 키다리 털보 갈대는 부들보다 영양 가치가 떨어지는 것은 물론이다. 그러니 이 밀번 습지의 주요 가치는 지빠귀나 찌르레기의 피난처라는 데 있다.

내일은 해가 지기 전에 와서 갈대 사이에 몸을 숨기고 있다가 잠자리를 찾아 새들이 날아드는 것을 볼 것이다.

10월16일

오후 5시 조금 전, 긴 장화를 신고 낡은 군복 바지에 털 재킷과 구식 펠트 모자로 무장을 하고는 갈대 정글로 발을 옮겼다. 10월 중순 치고는 날씨는 꽤 따뜻한 편이다. 그러나 습지에서는 찬 기운이 일찍 스며든다. 갈대밭 한복판에서 조금 패인 곳을 찾아냈다. 여기서 나는 새들이 집을 찾아들기를 기다리면서 아래와 같은 기록을 쓰고 있는 것이다.

오후 5시1분. 내 주위가 어지러운 탓에 4~5피트밖에 내다볼 수가 없다. 우연의 일치라고나 할까, 어느 쪽을 보나 몇 피트 높이의 줄기가 복도처럼 늘어섰는가 하면 그 복도 끝을 다른 줄기가 가로막곤 하여 미로를 이루고 있다. 이렇게 앉아 줄기들을 바라보고 있노라면 이 정글의 내부는 동양에서 보는 대밭과도 같다. 호랑이도 이 안에 들어오면 좀처럼 빠져나갈 수가 없을 것만 같다. 내 머리 위, 습지 지면에서 8~9피트나 높은 곳에는 갈꽃이 한들거리고 있다. 줄기들은 어느 것이나 내 새끼손가락보다 굵지는 못하다

오후 5시5분. 소슬바람이 습지 위를 불어 넘을 때마다 줄기와 마른 잎새가 서걱거리는 소리가 들려온다.

오후 5시7분. 맨 처음 날아온 놈은 붉은 날갯죽지를 갖고 있다. "첵첵" 하는 단조로운 놈의 소리가 들린다. 수양버들 가지에 앉더니 그

다음엔 갈대밭 주변에 내려앉는다.

오후 5시9분. 새들이 습지의 단풍나무로 모여들기 시작한다. 해가 떨어지면서 새들이 날아들기 시작한다. 갖가지 새의 갖가지 소리가 섞여 들린다.

오후 5시12분. 5분 동안 새들의 소리를 듣고 나니 귀가 먹먹해졌다. 경계하는 울음소리, 싸우는 소리, 흥분, 불평, 놀리는 소리, 수백 마리 새의 뜻 모를 소리가 내 주위를 휩쓸고 있다.

오후 5시20분. 우짖는 소리가 최고조에 달한다. 그러더니 갑자기 조용해진다. 대지에는 완전한 침묵의 장막이 드리운다. 순간 어디선가 "휘익"하는 소리가 들리는가 싶더니 날개 치는 소리가 일었다. 갈대 잎새를 뒤흔드는 큰 바람이 일어나면서 새들이 일제히 공중으로 날아오른다. 잠시 동안 내 주위의 줄기들이 바람을 탄 것처럼 흔들리고 있다.

오후 5시22분. 새들은 습지를 흐르는 개울 건너편에 있는 더 굵은 갈대밭으로 날아갔다. 거기서 밤을 보내려는 것이다. 그들의 뒤숭숭한 소리는 희미하지만 똑똑하게 들려 왔다. 단풍나무에 스탈링 떼가 집결하고 있는 소리도 들린다.

오후 5시31분. 더욱 차가운 냉기가 스며드는가 싶더니 갈대밭에 어둠이 내리기 시작한다.

오후 5시42분. 하얀 갈대밭 위에 두 번째 파도가 밀려왔다. 비었던 갈대밭은 다시 생명으로 충만해진다. 새로운 새떼가 날아들 때마다 요란한 소리가 일어나곤 한다. 붉은 날개를 가진 새 한 마리(아직도 이주해본 일이 없는 새다)가 내 머리 바로 뒤에 앉았다. "첵"하고 놀란 듯한 소리가 고막을 찌른다.

오후 5시51분. 다시 "휙"하는 소리와 함께 새떼가 일제히 상승하는가 싶더니 "우우"하는 소리를 내면서 다시 내려와 앉는다. 내 머리 위의 갈대꽃이 또다시 바람을 탄다. 이 새떼 역시 개울 건너 줄기가 더 굵은 갈대밭에 자리를 잡는다.

오후 6시7분. 어둠이 짙어감에 따라 갈대 줄기가 뿌옇게 얽히기 시작한다. 밤의 냉기와 습지의 냄새와 안개의 촉감이 공기 속으로 번지고 있다.

오후 6시 39분. 새는 더 오지 않았다. 갈대밭 너머에서는 날개를 치는 오리의 소리가 들려온다. 갑자기 강철을 치는 듯 잉잉거리는 모기 소리가 요란하다. 사위가 어둠과 정적에 싸였다. 비로소 새들의 귀가가 끝난 것이다.

흰 눈이 덮인 아름다운 바다를 항해하다

허먼 멜빌
Herman Melville

1819~1891년. 소설가, 시인. 미국 뉴욕에서 출생했다. 1832년 부친의 파산으로 학업을 포기하고 상점 점원, 농사일 등을 하다가 1841년 포경선 선원이 되었다. 1844년 해군에 입대했으며 항해 경험에서 비롯된 다양한 체험을 소설과 시로 표현했다. 최근 해양모험담 작가라는 인식에서 인간과 인생의 비극적 통찰을 통한 상징주의 작가로 재평가되었다. 『백경』『베니토 세레노 선장』 등의 책을 펴냈다 .

1849년 10월11일

풍랑 때문에 승객 몇과 같이 사나흘 동안 갇혀 있다가 서쪽에서 사나운 폭풍이 불어오는 12시 반쯤 예인선 골리아스호의 갑판으로 나갔다. 런던행 정기 여객선이 노스 리버에 들어와 있었다. 우리가 수라장을 이루며 배에 오르자 닻을 뽑고 뱃길을 떠났다. 키가 크고 뚱뚱한 우리의 파일럿은 선원이라기보다는 어부를 많이 닮았다. 우리는 2시께 내로우즈 해협을 벗어나왔다. 잠시 후에 예인선과 파일럿은 떠나갔다. 오후 5시 반에는 바람이 부는 가운데 육지의 한 자락이 조그맣게 보였다.

10월12일

아침에 일어나 돛대로 올라갔다. 지난날 돛대의 꼭대기에 올라갔던 생각이 난다. 바다는 언제나 변함이 없다. 책을 읽으려고 했으나 힘이 들었다. 그런데 배에는 재미있는 손님들이 있어 그들과 이야기를 나눴다. 이들 가운데 가장 재미있는 사람이 독일 학자 아들러다. 그는 방대한 독영사전의 저자인데 그 작업 때문에 건강을 망친 사람이다. 그의 말에 의하면 한때는 거의 미친 사람이나 다름없었다는 것이다. 그는 독일의 형이상학에 몰입되어 있었다. 그래서 칸트와 스웨덴보르그 등을 설파하는 것이다. 그는 그만큼 나의 반려가 되어주었다. 선객 가운데는 테일러라는 사람도 있었다. 그는 어쨌든 장난밖에 모르는 사람이다. 바로 이 순간에도 내 옆방인 선장실에서 그가 지르는 신비스러운 함성이 들려온다. 가련한 사람이다! 그는 배멀미를 하고 있다. 날씨가 좋기 때문에 아직은 잠잠하다.

선객 중에는 스코틀랜드 출신 화가가 어린아이답지 않은 인상을 한 아이를 하나 데리고 있었다. 이 아이는 뺨과 이마가 모두 그렇게 보였다. 더욱 뺨이 더 그래 보였다. 매카시란 점잖은 청년은 비록 말을 더듬기는 했지만 사교적인 사람이 되고 싶어 한다. 두세 명의 프랑스인과 몇몇 영국인이 있다. 또 중년이 다 된 영국부인 한 사람이 타고 있었다. 그녀는 몸을 곧추세우고 갑판을 걸어 다녔다. 배가 흔들리는데도 꼼짝도 하지 않고 배에 익숙하다는 시위를 하고 있는 셈이다.

10월13일

아침 일찍 기상하여 황소 눈처럼 생긴 창문을 열었다. 바야흐로 해가 솟아오르고 붉게 물든 수평선이 과거를 회상하게 하는, 눈에 익은 광경이다. 오전 10시쯤 바람이 일고 비가 쏟아져 갑판은 아주 음침해 보였다. 저녁식사 때가 되자 비바람은 폭풍이 되어 선객들은 거의가 선실로 몰려가 배멀미를 하고 있었다. 저녁식사 후에 비는 그쳤으나 바람은 아직 세게 불고 있었다. 선원들은 돛을 거둔 큰 돛대 밑으로 천천히 걸어갔다.

갑판을 거닐고 있는데 3등 선실의 한 사람이 뱃전을 바라보고 있는 것이 눈에 들어왔다. 그의 눈길을 따라가 보았더니 물에 빠진 사람이 머리를 파도 위에 드러내놓고 있었다. 배에서 12피트 가량 떨어져 있었다. 그 순간 나는 꿈이 아닌가 의심하지 않을 수 없었다. 지금 내가 목격하고 있는 광경을 아무도 보고 있지 않는 것 같기 때문이었다. 그래서 나는 "사람이 물에 빠졌다"고 고함을 지르고는 선미로 갔다. 선장이 뛰어나오더니 몹시 당황해 했다. 나는 선미에 있는 동아줄을 그 사람에게 던져주었다. 그러는 사이에 선원과 승객들이 뱃전으로 모여들었다. 그러나 어느 한 사람도 그를 구출해내는 데 마음을 쓰는 것 같지는 않았다. 도리어 모여든 사람들은 물에 빠지지 않도록 하라고 내게 주의를 주었다. 15분 가량 줄을 잡고 있던 그 사람은 줄을 놓아버리더니 돛대 밑으로 헤엄쳐 갔다. 선원 네댓 명이 밧줄을 던졌다. 그러나 그의 거동은 도무지 이해할 수가 없는 것이었다. 혼자의 힘으로 헤엄쳐 나올 수 있다고 그는 생각하고 있었던 것이다. 하지만 그의 얼굴 표정을 보고 나는 놀랐다. 그 표정은 차라리 유쾌한 것이었다. 드디어 그는 배 밑으로 흘러갔다. 그러자 사람들은 모두 "그가 없어졌다!"고 야단이었다. 선미로 몰려간 우리는 물에 뜬 그를 다시 보았으나 몇 방울의 거품이 보일 뿐 다시는 나타나지 않았다. 배 안은 잠잠했다. 결국 그 사나이는 황소처럼 우둔하게 물에 빠져 죽었다. 뒤에야 알게 된 사실이지만 그는 머리가 돌아 물에 뛰어든 것이었다. 그의 아내는 선실의 침상에서 가엾게도 앓고 있었다.

선장의 말에 의하면 "물에 뛰어든 사람만도 네 명인가 다섯 명"이라고 한다. 선장은 그의 아내와 함께 갑판에 있다가 물에 뛰어든 사람의 이야기를 했다. 선원들이 그 사나이를 건지려 하자 그의 아내는 그럴 필요가 없다고 했다. 남편이 물에 빠져 죽는 것을 보고 부인은 "앞으로도 저렇게 빠져 죽을 남자가 얼마든지 있을 테니까 내버려두라"고 했다는 것이다. 어쩌면 그렇게 귀여운 동물일까! 밤이 되자 무섭게 폭풍이 불었다. 배가 심하게 흔들렸다.

10월14일

여전히 푸른 악마와도 같은 좋지 못한 날씨다. 폭풍이 불어 모두가 멀미를 하고 있다. 1등 선실에서는 멀미 때문에 구역질을 하는 소리가 들려온다. 나는 혼자 앉아 그들의 가련한 광경을 바라보고 있다. 책을 읽거나 갑판을 거닐며 날을 보내려고 했으나 나중에는 견딜 수 없을 정도였다. 미친 네덜란드 사람이 빠져 죽은 뒤인지라 나는 3등 선객 중에서 몇 사람이 선장을 찾아와 3등 선실에는 영국인 미치광이가 또 한 사람 있다고 알려준 것을 잊고 있었다.

이날 아침 이 가련한 친구는 갑판에서 지나가는 기선과 보트를 향해 고래고래 고함을 질러대고 있었다. 내 생각으로는 이 미친 사람의 눈에는 거친 파도에서 무엇인가 이상한 소리가 들려오는 듯한 모양이었다. 저녁 무렵 그는 식당으로 뛰어들더니 다짜고짜 식당 책임자를 후려갈겼다. 이 미치광이는 지난 두 달 동안 계속 술을 마신 탓에 정신착란을 일으킨 모양이다. 이틀 전 『오무』남태평양에서 방랑생활을 토대로 쓴 허먼 멜빌의 두 번째 작품를 손에 들고 있는 부인을 보았다. 마치 글과 나를 비교해 보겠다는 듯 그녀는 이따금 나를 훔쳐보곤 했다.

10월15일

폭풍이 가고 날씨가 좋아졌다. 정오가 되자 선객들은 모두 갑판에 나와 바람을 쏘였다. 선객들은 마치 나를 폭풍이며 악천후를 이겨내는 영웅처럼 생각하는 모양이다. 내가 때로 배의 밧줄을 타고 노는 것이 마치 돛대의 줄이 춤을 추는 것 같다고도 했다. 바람은 아직 자지 않고 소리를 지르고 있다. 오늘은 저녁식사로 맥주 한 병을 마셨다. 이것이 기분을 좋게 했다. 값이 얼마인지는 모르고 있다. 알아봐야겠다.

10월16일

좋은 날씨인데 바람은 역풍이다. 독서도 일도 하지 못하고 갑판을 거닐었다. 바다가 나에게 일시적인 효과를 가져다주기는 하지만 나로 하여금 그저 아무것도 못하게 하고 우물쭈물 시간을 허송하게도 만든다. 어린 아들 바니는 어떻게 자라고 있을까? 나의 아내 오리안나는 어디 있는지?

10월17일

좋은 날씨다. 따뜻하고 맑은 날씨다. 갑판이 활기를 띠었다. 부인네들도 선장도 생기가 있어 보였다. 이 날을 재미있게 보냈다.

10월20일

뉴파운드랜드캐나다 동해안의 섬의 기후는 안개와 비가 많은 편이다. 저녁 때는 처음으로 부인용 사교실로 가서 오페라 가수인 골드 부인의 노래를 들었다. 이 사교실은 금박을 칠해놓아 밝아 보였다. 배가 천천히 움직이고 있기 때문에 육지의 어느 방에 들어 있는 것만 같았다. 오리안나는 어디 있을까? 바니는 잘 있을까? 『픽위크』 한 장을 읽고 아주 일찌감치 방으로 돌아갔다. 새벽녘 옆방의 갓난아이가 울어대는 바람에 잠을 설치고 말았다.

10월21일

비가 내리고 있다. 우리는 해안 가까이에 와 있다. 오늘은 무슨 일이 있었던지 생각이 나지 않는다. 거의 목적지에 이른 것 같다.

10월22일

갠 날씨에 찬바람이 사납게 불고 있다. 어젯밤 9시 반께 아들러와 테일러가 내 방에 와서 위스키 펀치를 마셨다. 어제 일기에 적어두어야 할 것을 그만 깜박 잊고 있었다. 아들러는 큰 스푼으로 세 술쯤 마셨고 테일러는 큰 컵으로 네 잔인가 다섯 잔을 마셨다. 새벽 2시까지 놀았다. 위스키 덕분에 헤겔과 칸트의 철학을 쉴 새 없이 지껄여댈 수 있었다. 아들러가 돌아간 뒤 테일러와 나는 뱃머리에서 가장 가까이에 있는 돛대에 올라갔다. 그러자 멋진 광경이 전개되었다. 어제 저녁부터 바람이 자고 있으므로 우리 배는 순풍을 기다리고 있는 것이었다.

10월25일

순풍이 불고 있다. 비가 많이 내리고 있다. 점심 때쯤 해서 반대 방향에서 오는 배 한 척이 보였다. 기를 달고 있었는데 살펴보니 그것은 성조기였다. 그것은 우리가 지척에서 보는 첫 번째 배였다. 그 배에서는 흥미를 느꼈던지 떠들썩했다. 저녁 무렵부터 바람이 거세져 우리는 빠른 속도로 달릴 수 있었다. 달이 유난히 밝은 밤에 우리 배는 흰 눈이 덮인 바다를 달리고 있다. 지금까지 이렇게 아름다운 항해를 해본 적이 없다.

10월26일

아직 순풍이 불고 있다. 정오 무렵 바다는 수줍은 듯 잔잔해졌다. 그런데 배가 마구 흔들리면서 선객들 사이에서는 숱한 희극적인 장면이 속출하였다. 오후로 접어들면서 바람이 다시 일었던 것이다. 우리는 순조로운 항해를 하고 있다.

10월28일

거센 바람이 종일토록 계속되었다. 배는 20노트시속 약 12km로 가고 있다. 기항할 항구에 대한 이야기가 시작되었다. 갑판이 몹시 젖어 근무하기가 힘이 들었다. (아빠는 어디 갔을까?) 독서를 좀 하고 나니 약간 기분이 풀리는 듯했다. 일찌감치 자리에 들었다.

10월29일

날씨는 축축하고 안개가 자욱하다. 그러나 시원한 순풍을 타고 배는 순항하고 있다. 선객 몇 사람이 심한 배멀미를 하고 있다. 저녁 무렵 흑맥주를 마시고는 갑판으로 나갔다. 달빛이 흐르는 깊은 밤, 바람은 선미 쪽에서 불고 있다. 밤 1시에 방으로 들어갔다.

10월30일

영광스러운 날이다. 아침식사에 굉장한 케이크가 나왔다. (아빠는 어디 있을까?) 뭍에 사는 새 한 마리가 보인다. 날씨는 맑았다. 닷새만에 처음으로 밖을 전망하게 되었다. 배가 막 해협으로 들어가고 있는 참이다. 북쪽에 있는 시실리 섬이 보이지 않는다.

모두가 저녁밥을 매우 맛있게 먹었다. 선객의 기분을 흐뭇하게 해주는 시원한 순풍을 타고 배는 건츠에 있는 항구로 접근하고 있다. 테이블에는 술과 흑맥주가 수두룩하게 놓여 있다. 굉장한 밤이다. 그러나 나는 일찍 방으로 들어갔다.

10월31일

감미롭고 시원한 바람이 아직 계속되고 있다. 아침에 갑판으로 나오자니 조그만 브리그배 한 척과 큰 배 두세 척이 눈에 띄었다. 순풍이 계속되면 오늘 저녁에 리자드 라이트에 닿게 되었다. 그러면 내일 밤에는 포츠머스에 들어서게 된다. 선원들은 모두 사기가 충천해 있다. 저녁에 매카시에게서 스페인산 백포도주를 대접받았다. 밤이 좀 더 길었으면 하면서 늦게 일어났다.

11월1일

집을 떠난 지 3주일째다. 오후 3시께 리자드를 지나 스타트 포인트로 향하고 있다. 매우 좋은 날씨다. 눈앞에는 숱한 배가 보인다. 블레이크의 함선과 넬슨의 함선이 일찍이 이 바다를 지나간 일이 있었다. 테일러는 "우리는 매카시의 대접에 보답해야 한다"고 했다. 그래서 그렇게 하기로 했는데 그 자리에는 그리스월드 선장도 그의 술을 가지고 참석하였다.

선장은 상당한 지식인인데다 점잖은 사람이다. 말솜씨도 좋을 뿐더러 자기 자신을 잘 알고 있다. 테일러는 오늘 저녁 따라 매카시에게 재미있는 모습을 보여주었다. 그는 월버의 외투와 그 밖의 옷을 빌리더니 월버로 분장을 해보였다. 그렇게 하고는 매카시와 테일러는 나란히 걸었다. 내일 아침에는 포츠머스가 보일 것이다.

11월2일

맞바람인 서풍이 불어온다. 맑고 아름다운 날씨인데도 모두가 몹시 절망감에 빠져 있다. 우울한 항해다. 마치 흰 바다 벽에 가로막힌 감이다! 저녁에는 장기를 두고 밤 늦게까지 철학을 토론했다.

11월3일

머리가 이상해진 것 같은 착각 속에서 6시에 눈을 떴다. 즉 우리 배가 바람을 타고 가고 있는데 한 시간 후에는 포츠머스에 도착하게 된다고 생각했던 것이다. 그러나 그것이 착각임을 알았다. 머리가 돌았단 말이다. 아주 뒤죽박죽이었던 것이다. 하루 종일 바람이 서쪽에서 불어오고 있다. 저녁 무렵에는 모두 기분이 좋아졌다. 부인용 사교실에서는 체스가 벌어지고 다른 한 패는 카드놀이를 하고 있는데, 남자 선실에서는 떠들썩하게 노래를 부르며 술을 마시고 있다. 모두가 홍에 취해 있다.

11월4일

선실의 창문을 내다보자 눈앞에 솟아오르는 것이 있다. 아주 가까이 와이트 섬이 보이는데 거기에는 갈아놓은 밭들이 있다. 바람이 마주 불고 있다. 조금 있으면 아침식사가 나오게 된다.

오전 10시께 와이트 섬 동쪽 끝을 돌았을 때는 바람이 아주 자고 말았다. 망원경으로 보니 섬의 시가지가 보인다. 서너 시간 바람이 없었다. 안개가 자욱하고 안개비까지 오고 있다. 식탁에 모여 앉은 사람들은 모두 우울한 표정을 하고 있다. 식탁에는 포도주가 없다. 드디어 서쪽으로부터 바람이 불어왔다. 돛을 올린 우리 배는 도버해협을 향하여 전진했다. 거기까지는 60마일이다. 저녁 6시께 등대의 불빛이 보였다. 지나치게 속력을 내지 않도록 큰 돛대에 달린 작은 돛을 내렸다.

지금은 저녁 8시. 나는 내 선실에 혼자 있다. 내일이야말로 육지에 상륙하게 될 것이고 10년 만에 다시 영국 땅을 딛게 되리라. 10년 전 영국에 왔을 때는 선원의 한 사람이었지만 지금은 작가 허먼 멜빌이 아닌가. (아빠 어디 가셔요? 책들은 어디 있어요?)

제4장

끔찍한 재앙과 전쟁

한 줄기 섬광! 이제 히로시마는 도시가 아니다

미치히코 하치야

생몰 미상. 일본의 의사. 1945년 8월6일, 일본의 히로시마에 '리틀 보이'로 명명된 4톤의 우라늄 원자폭탄이 떨어졌을 때 이를 목격한 어느 중년 의사의 기록이다.

1945년 8월6일

이른 시각, 조용하고 따스하고 아름다운 아침이었다. 문을 남쪽으로 활짝 열어놓고 정신없이 밖을 내다보고 있었다. 빛나는 나뭇잎과 구름 한 점 없이 갠 하늘에서 비추는 햇빛은 내 정원의 그늘과 기분 좋은 대조를 이루고 있었다. 병원에서 방공 책임을 맡고 하룻밤을 지샌 나는 잠방이와 셔츠 바람에 안방 마루에 누워 있었다.

그런데 갑자기 한 줄기 강한 섬광이 나를 놀라게 하였다. 그리고 다음 번 섬광이 번뜩였다. 사람들은 흔히 사소한 것도 잘 기억해 내는 법이다. 나는 정원에 서 있는 석등이 환하게 켜졌음을 눈에 선하게 기억하고 있다. 그것은, 지나가는 트럭에 실은 마그네슘이 타는 빛이거나 아니면 마찰을 일으켜서 내는 빛이라는 생각이 들었다. 정원의 그늘은 사라졌다. 대신 좀 전까지 그렇게 빛나던 햇빛은 온데간데없고 세상은 어둡고 몽롱하게 되었다. 갑자기 일어난 먼지는 집의 한 쪽을 지탱하고 있던 기둥조차 분별하기 힘들게 만들었다. 기둥이 미친 듯 쓰러지며 지붕이 기울어졌다. 나는 본능적으로 위험을 피하려고 하였다. 그러나 부스러진 돌과 부러진 나무조각이 길을 막았다. 가까스로 나는 복도에까지 갈 수 있었다. 그리곤 정원에 내려섰다. 어쩔 수 없는 무력감이 나를 엄습했다. 기운을 차릴 셈으로 잠시 멈춰섰다.

내가 놀란 것은 내가 완전히 벌거벗고 있었다는 것이다. 얼마나 이상한 일이냐! 내가 걸치고 있던 옷가지는 어디로 사라졌는가? 대체 무슨 일이 일어났는가? 내 몸의 오른쪽은 온통 상처투성이가 되어 피를 흘리고 있었다. 큰 상처가 난 내 넓적다리에서는 무엇인가 뜨끈뜨끈한 것이 흘러나오고 있었다. 내 뺨은 찢겨져 벌어져 있었다. 손에 잡힐 만큼 큰 유리가 목에 박혀 있었다.

참 아내는 어디 있지? 소리쳐 아내를 부르기 시작했다. "에이코! 에이코! 어디 있지?" 피가 뿜어 나오기 시작했다. 경동맥이 끊어지지나 않았나? 이렇게 피를 흘리다 죽지나 않을까? 놀란 가슴에 의식을 잃은 채 다시 나는 소리쳤다. "이건 500톤짜리 폭탄이다! 에이코 어디 있지? 500톤짜리 폭탄이 떨어졌어!" 창백하게 질린 에이코가 파괴된 집에서 한쪽 팔을 붙들고 나왔다. 그녀의 옷도 찢겨지고 또 온통 피투성이였다. 그런 아내의 모습을 보니 고통이 경감되는 느낌을 받았다. 나는 그녀를 안심시키려 했다. "그다지 심한 상처는 아니야." 나는 소리쳤다. "어서 빨리 이곳에서 나가자." 그녀는 고개를 끄덕였다. 내 뒤를 따르라고 손짓했다. 큰길로 나가는 가장 가까운 길은 옆집을 통하는 것이었다. 그리하여 우리는 옆집으로 뛰어들어 달리고 비틀거리고 넘어지고 다시 달렸다. 마지막으로 우리는 무엇인가에 걸려 넘어지며 큰길 밖으로 쓰러졌다. 일어나면서 나는 우리를 쓰러뜨린 것이 사람의 머리임을 알았다. "용서해 주십시오. 미안합니다!" 하고 소리쳤다. 그러나 대답이 없었다. 그 사람은 죽어 있었던 것이다. 그것은 무거운 문에 깔려 으스러진 한 장교의 머리였다.

공포에 갈피를 잡지 못한 채 거리에 서 있었다. 그때 건너편 집이 흔들리더니 바로 발 앞으로 무너지며 산산이 부서졌다. 우리 집도 엄청난 먼지를 내며 무너지고 말았다. 다른 집들도 주저앉았던가 흔들리다가 넘어졌다. 불이 일더니 때마침 불어오는 바람을 타고 번져 나가기 시작했다. 이렇게 길거리에 서 있을 수만은 없다는 생각이 들어 우리는 병원으로 발길을 옮겼다. 집이 없어진데다가 치료를 받아야 했기 때문이었다. 그리고 무엇보다도 이런 때 직원들과 같이 있어야 하는 것이 나의 의무였던 것이다. 하지만 내 생각은 사실 불합리한 것이기도 했다. 이처럼 심하게 다친 내가 다른 사람에게 무슨 도움이 될 것인가. 걷기 시작했으나 이삼십 걸음도 가지 못하고 나는 멈추지 않을 수 없었다. 숨이 가빠지면서 심장은 마구 뛰고 다리가 말을 듣지 않는 것이었다. 그리고 타는 목마름을 느꼈다. 에이코에게 어디 물이 없는가 하고 물었다. 그러나 물이 있을 리가 없었다. 잠시 후에 조금 힘이 생겨서 다시 걸을 수 있었다. 나는 그냥 벌거벗은 채로 있었으나 별로 부끄러운 줄을 몰랐다. 그러나 부끄러움을 느끼지 못하도록 되었다는 것은 괴로운 일이었다.

거리 모퉁이를 돌아설 때 우리는 거리에 바보처럼 서 있는 한 군인을 만났다. 그가 어깨에 수건 하나를 걸치고 있는 것을 보고 내가 "몸 좀 가릴 수 있도록 그것을 달라"고 했더니 기꺼이 나에게 주었다. 그러나 말은 한 마디도 못하는 것이었다. 잠시 후에 보니 어느 샌가 나는 그 수건을 잃어버린 채 있었다. 에이코가 자기의 앞치마를 벗어 내 허리에 둘러 주었다. 병원으로 가는 발걸음은 매우 느렸다. 그리고 피가 마르는 바람에 다리가 뻣뻣해져서 한 걸음도 더 걸을 수가 없었다. 걸어야겠다는 의지조차 사라져 버렸다. 아내에게 먼저 가라고 했다. 아내는 거절했으나, 그 길밖에는 달리 어쩔 도리가 없었다. 그녀가 먼저 가서 사람을 데려오는 수밖에 없었다. 에이코는 잠시 내 얼굴을 들여다보았다. 그리고는 아무 말 없이 돌아서서 병원을 향해 달리기 시작했다. 그녀는 뒤를 돌아보며 팔을 흔들었다. 그리곤 곧 어둠속으로 들어가 버리고 말았다. 살펴보니 주위는 매우 어두웠다. 아내가 사라지자 무서운 고독감이 나를 엄습했다. 나는 정신없이 길에 누워 있었던 것 같다.

그리하여 정신이 들자 내가 알게 된 것은 내 넓적다리에 엉겼던 피딱지가 떨어져서 피가 쏟아져 나온다는 사실이었다. 나는 상처에 손을 붙였다. 잠시 후 피가 그치고 좀 기운이 나는 것 같았다. 계속해서 걸을 수 있을까? 나는 걸었다. 내 몸의 상처며 캄캄한 주위며 앞에 뻗은 길이며, 그 모든 것은 마치 악몽과 같았다. 나의 동작은 여전히 매우 느렸다. 그저 마음만이 최고 속력으로 달리는 것이었다. 마침 그때 나는 소방로를 만들기 위해 집을 허물어 버린 공터에 나서게 되었다. 거기서 나는 희미한 빛 속에서 체신국 청사의 콘크리트 건물의 윤곽을 가려낼 수 있었고 그 건너에 있는 병원 건물도 볼 수 있었다. 용기가 생겼다. 이쯤이면 누가 나를 발견해줄 것이다. 만일 내가 죽는다 해도 나의 시체는 발견되리라. 숨을 가라앉히기 위해 멈춰 섰다.

점차 주위의 모든 것이 초점에 잡혔다.

사람들의 검은 모습이 보였는데, 그들 가운데 몇몇은 걸어다니는 유령과도 같았다. 어떤 사람들은 괴롭게 움직이고 있었다. 허수아비들처럼 손목과 팔꿈치가 달랑거리는 팔을 들고 있었다. 이들은 나를 어리둥절하게 만들었으나 드디어 그들이 화상을 입고 있다는 것과 피부를 비비는데서 오는 고통을 막기 위해서 그처럼 팔을 들고 있음을 깨닫게 되었다. 벌거벗은 여인 하나가 벌거숭이 아기를 안고 내 앞에 나타났다. 나는 고개를 돌렸다. 아마 그들은 목욕탕에서 변을 당한 모양이었다. 그리고 나처럼 벌거숭이의 사내를 하나 보았다. 내 경우처럼 이상한 것이 그의 옷을 빼앗아 가버린 모양이었다. 한 늙은 여인이 내 가까이에 누워 있었는데 그녀의 얼굴에는 고통의 빛이 역력했다. 그러나 아무런 소리도 내지 않았다. 사실 내가 본 모든 사람들에게 공통점이 하나 있었다. 그것은 완전한 침묵이었다. 움직일 수 있는 사람들은 모두 병원으로 향하고 있었다. 좀 기운이 나자 나도 그 침침한 행렬에 끼여 움직였다.

드디어 나는 체신국 청사 문앞에 닿았다. 낯익은 주위와 낯익은 얼굴들이 나타났다. 이구치와 요시히로, 업무과장, 옛 친구 세라 등이 있었다. 그들은 서둘러 손을 내밀었다. 그러나 그들의 기쁜 표정은 내가 부상당한 것을 보자 놀라움으로 바뀌었다. 그들을 만나고 그들이 걱정해 주는 것은 내게 너무나도 커다란 행복감을 주었다. 인사를 마치기가 바쁘게 내가 걸을 수 있다고 반대하는데도 불구하고 나를 들것에 눕히더니 체신국 청사 안으로 들고 갔다. 후에 알았지만 병원은 만원이었기 때문에 체신국을 임시병원으로 쓰고 있었던 것이다.

방과 복도는 사람들로 가득 차 있었다. 그들 가운데 많은 사람은 내 이웃이었다. 모든 시민이 전부 모인 것처럼 느껴졌다. 친구들은 열린 창을 통해 응급치료실로 바뀐 수위실로 나를 들여보냈다. 방은 도살장과도 같았다. 벽에서 떨어진 석회며 부서진 가구며 파편이 마루에 널려 있었다. 벽에는 금이 가고 쇠로 만든 창틀이 비틀어져서 떨어져 나가려 하고 있었다. 이게 부상자의 상처를 돌보는 장소란 말인가. 내가 놀란 것은 간호사 가도와 미조구치 그리고 늙은 사에키 부인이 내 앞에 나타난 것이었다. 말 한마디 없이 가도 양은 나의 상처를 살피기 시작했다.

아무도 말이 없었다. 나는 셔츠며 옷가지를 갖다 달라고 했다. 그들은 그것을 가져왔으나 아무도 입을 열지 않았다. 도대체 왜 모든 사람은 침묵만을 지키는가? 가도 양은 상처 조사를 끝냈다. 그러자 갑자기 내 가슴은 불에 올려놓은 듯 쑤시기 시작했다. 그녀가 내 상처에 빨간 액체 약을 바르기 시작했던 것이다. 아무리 그만두라고 해도 소용이 없었다. 그것을 참는 수밖에 없었기 때문에 나는 창 밖을 내다봄으로써 신경을 다른 곳에 돌리려고 하였다. 병원은 바로 반대편에 있었으므로 지붕과 3층 일광욕실이 확실히 보였다. 거기에 시선을 돌렸을 때 나는 내 상처의 고통을 다 잊어버릴 만한 광경을 목격하게 되었다. 일광욕실 창으로 연기가 쏟아져 나오고 있는 것이었다. 병원에 불이 났다! "불이야!" 나는 소리쳤다. "불이야! 불이야! 병원에 불이 났다!" 친구들이 고개를 들었다. 사실이었다. 병원에 불이 난 것이었다. 위급한 상황이 알려지자 모든 사람이 힘을 모아 소리치기 시작했다. 업무과장 세라의 높은 목소리가 다른 목소리 위로 들렸다. 그것이 아마 그날 내가 들은 최초의 목소리일 게다.

신비스럽기까지 하던 침묵이 깨어지자 우리의 조그만 세계는 아수라장이 되어 버렸다. 소아과 과장 사사다가 들어와서 나를 안심시키려고 한 것을 기억한다. 그러나 소음 때문에 거의 말을 알아들을 수 없었다. 그때 나는 히노이 의사와 고야마 의사의 소리를 들었다. 그들은 빨리 병원의 기구를 옮기라고 소리치고 있었다. 그들의 정력적이고 힘찬 소리가 꼼지락거리고 있는 사람들을 서두르게 할 것 같았다. 병원에서 불이 오르자 하늘은 환해졌다. 곧 체신국도 위험해져서 세라는 그곳도 비우라고 명령했다. 나를 실은 들것도 뒤뜰로 옮겨져 오래된 벚나무 밑에 놓였다. 다른 환자들도 절름거리며 뒤뜰로 오고 또 혼자 움직이지 못하는 환자들은 들것에 실려 와 뒤뜰은 사람들로 가득 찼다. 위중한 환자들만 누울 수 있었다. 아무도 입을 열지 않았다. 그 불길한 침묵에는 무엇인가가 또 일어날 것만 같아 불안해하고 고통을 받고 두려워하는 사람들이 내는 바스락거리는 소리만이 들릴 뿐이었다.

검은 연기와 빛나는 불꽃이 하늘을 덮고 말았다. 불꽃이 오르고 그 열은 바람을 일게 했다. 불길이 아주 맹렬했기 때문에 아연판으로 만든 기와들이 튀어 날고 소리내며 빙빙 돌았다. 그리곤 제멋대로 날아가 버렸다. 불붙은 나무조각이 불타는 제비들처럼 솟았다가 떨어지곤 했다. 옆에 떨어진 불을 끄다가 나는 타다 남은 나무조각에 발목을 데었다. 산 채로 타 버리지 않기 위하여 내가 할 수 있는 일이라고는 떨어지는 불을 끄는 것밖에 없었다. 체신국이 타기 시작했다. 창들이 하나하나 불타는 사각형으로 되어 가다가 드디어는 건물 전체가 탁탁 튀고 활활 타오르는 지옥으로 변했다. 뜨거운 바람이 불어오는가 싶더니 먼지와 재를 눈과 코에 끼얹었다. 우리의 입술은 말라붙었고, 매운 연기를 숨 쉬는 바람에 목구멍은 쓰라리고 괴로웠다. 그리고 걷잡을 수 없이 기침이 나오는 것이었다. 우리는 뒤로 물러나려고 했다. 그러나 우리 뒤에 있는 나무 울타리에 불이 붙더니 솜처럼 타기 시작했다. 뜨거워서 견딜 수가 없게 되자 뜰을 벗어나는 도리밖에 없었다. 달아날 수 있는 자들은 살 수 있었다. 친구들의 도움만 없었던들 나는 꼼짝없이 타 죽고 말았을 것이다. 그러나 그들이 와서 구해 주었다.

이번에는 들것을 청사 건너편에 있는 정문에 가져다 놓았다. 거기에는 몇몇 사람이 모여 있었다. 그 가운데 내 아내와 사사다 의사와 가도 양이 있었다. 맹렬한 바람이 불길을 이 건물에서 저 건물로 마구 몰아가고 있었다. 곧 우리는 불에 갇혀 버렸다. 체신국 청사 앞 우리가 있는 곳은 불 사막의 오아시스가 되었다. 불길이 가까워지면서 뜨거움은 점점 더해 갔다. 만일 우리 가운데 누군가가 그래도 침착성을 잃지 않고 방화수를 끼얹지 않았더라면 단 한 사람도 살아났을까 의문이다. 말할 수 없이 뜨거운 속에서도 나는 몸을 덜덜 떨었다. 물을 너무 끼얹었기 때문이다. 심장은 마구 뛰었다. 그러자 주위의 모든 것이 빙빙 돌기 시작하며 희미해 갔다.

"괴롭다."

나는 힘없이 속삭였다.

"나는 이제 틀렸어."

목소리가 아주 먼 거리에서 오는 듯했다. 그것이 점점 커지다가 바로 옆에서 나는 말소리로 되었다.

눈을 떴다. 사사다 의사가 내 맥을 짚고 있었다. 대체 무슨 일이 일어났었나? 가도 양이 주사를 놓았다. 점차 힘이 생겼다. 아, 기절했었구나. 굵은 빗방울이 떨어지기 시작했다. 폭풍우라도 내려 불을 꺼버렸으면 하였다. 그러나 빗방울은 변덕스러웠다. 조금 떨어지는 듯싶더니 이내 그치고 말았다. 청사 1층에 불이 붙고 있었고 불길은 문곁에 있는 조그만 오아시스로 다가 왔다. 그때 나는 우리가 대체 어떤 위치에 있는가를 잘 알 수 없었다. 거의 아무것도 몰랐다. 쇠로 만든 창틀이 불에 튀어 우리 뒤에 떨어졌다. 둥그런 불덩이가 나를 스쳐 가며 내 옷에 불을 댕겼다. 옆에서 누가 나에게 물을 끼얹었다. 그때부터 나는 무엇이 어떻게 돌아가는지 알 수가 없었다. 나는 히노이 의사가 내 발을 잡았을 때의 아픔 때문에 그를 기억하고 있다. 그들은 나를 옮겨, 아니 끌고 갔다. 그러자 나의 온 정신은 내가 견디어 내야 할 고통에 대해서 항거하고 있었다.

다음 기억은 한 광장에서 시작된다. 불은 물러간 모양이었다. 나는 살아 있었다. 친구들이 어떻게 해선가 나를 다시 구해 주었던 것이다. 히로시마의 북쪽은 완전히 타버렸다. 하늘은 그대로 어두운 채 있었다. 지금이 저녁인지 한낮인지 알 수 없었다. 혹은 다음날인지도 모른다. 시간은 이제 아무런 의미가 없다. 내가 체험한 것을 단 일순에 몰아넣을 수도 있고 영원한 단조로움 속으로 그냥 지속시킬 수도 있으리라.

죽은 자들을 빼놓고는 모두가 거리를 떠났다. 어떤 사람들은 빠르게 도망하다가 갑자기 그 동작 그대로 얼어 죽은 것 같은 모양을 하고 있었고, 어떤 사람들은 거인이 높이 들었다가 땅 위에 내동댕이친 것처럼 엎어져 있었다. 히로시마는 이제 도시가 아니라 다 타 버린 초원이다. 동쪽 끝에서 서쪽 끝까지 모든 것은 그저 편편하게 되었다. 내가 생각하고 있던 것보다 산들이 가깝게 보였다. 우시다 언덕과 니기츠 숲이 연기를 통해 바로 면전에 있는 것처럼 어른거렸다. 집이 다 부서지고 난 후에 보면 히로시마는 얼마나 작은가. 바람의 방향이 바뀌면서 하늘은 연기에 쌓여 다시 어두워졌다. 갑자기 누군가 소리치는 소리가 들렸다. "비행기다! 적기다!" 이렇게 만들어 놓고 다시 공습이라니 그게 무슨 말이냐? 이제 폭격할 무엇이 또 남았단 말이냐? (병원 외과의사 가츠베가 와서 수술실로 옮겨 갔다) 수술실까지는 겨우 100m밖에 안 되었지만 내 심장은 마구 뛰고 아찔아찔하였다. 딱딱한 수술대와 내 얼굴과 입술을 꿰맬 때의 고통이 생각난다. 그러나 저녁이 되기 전에 가츠베 의사가 40개나 넘는 상처를 꿰맨 데 대해선 도무지 기억이 없다. 그들은 나를 옆방으로 옮겼다. 거기서 내가 나른해져 잠이 오던 것이 기억에 있다. 해가 졌다. 어둡고 빨건 하늘을 남기고. 불타는 도시의 붉은 불길이 하늘까지도 다 그슬려 버린 것 같았다. 나는 잠이 들어 버릴 때까지 하늘을 쳐다보고 있었다.

(이날 히로시마에 떨어진 원자폭탄은 오전 9시45분 B—29 기종 에놀라 게이호에 탑승한 테레비 대위에 의해 투하되었다. 폭탄은 50초 동안 6,400m를 낙하한 뒤 지상 550m 상공에서 폭발했다)

파리는 죽은 도시나 다름없었다

콩쿠르 형제

형 에드몽(Edmond Goncourt, 1822~1896년), 동생 줄(Jules de Goncourty, 1830~1870년). 프랑스 출신의 형제 소설가. 동생 줄이 사망한 1870년까지 공동으로 집필 활동을 했다. 정밀한 관찰 기록에 의한 정교한 문체가 특징이다. 줄의 유언에 따라 1930년 '아카데미 콩쿠르'를 발족했으며 아카데미 콩쿠르에서 수여하는 콩쿠르상은 현재 프랑스에서 가장 권위 있는 문학상이다.

1870년 8월6일

국립 도서관 화랑에서 보니 사람들이 비베인느 가로 달음질치는 것이었다. 그래서 나는 일을 내려놓고 밖으로 나가 뛰어가는 사람들의 뒤를 따라 달렸다. 부르스에 이르러 둘러보니 이 끝에서 저 끝에 이르기까지 사람들이 맨머리로 서 있었고 모자가 공중에서 파도치고 있다. 그리고는 모두가 '마르세이유' 노래를 부르고 있었다. 벅찬 감동이 뼛속을 파고드는 듯하였다. 이러한 열광을 지금까지 본 일이 없다. 감정의 극단에 놓여 있는 모양인지 어떤 사람들은 파랗게 질린 얼굴을 하고 지나가며 아이들은 흥분에 날뛰고 여자들은 술에 취한 사람처럼 비틀거렸다.

8월7일

길거리는 무서운 침묵으로 가득 차 있다. 마차가 지나가는 소리도 들리지 않고 아이들이 떠드는 소리도 들을 수 없다. 파리는 저 수평선 위에 놓여 있는 죽음의 도시처럼 아무 소리도 들리지 않는다.

8월12일

보아 드 브롱으로 갔다. 큰 나무들이 도끼로 사정없이 찍혀 넘어져 있었다. 마음이 아프다. 여기 언제나 푸른 장막을 드리운 듯 우거져 있던 자리가 이렇게 폐허가 된 것을 보고 있을 때면 프로이센에 대한 증오가 가슴속에서 용솟음치고 있음을 느낀다.

8월26일

동쪽 역으로 갔다. 상자, 봇짐, 병, 침대, 자리, 침구 등이 굵은 밧줄로 묶여 즐비하게 놓여 있다. 이 피난 짐보따리 사이를 걸어 다니고 있는 사람은 별로 없다. 대부분 짐에 파묻혀 있거나 그렇지 않으면 짐 사이에 주저앉아 기운을 차리지 못하고 있다. 로레인에 사는 어느 노파는 사냥개 한 마리와 지팡이를 가지고 있는데 그녀는 이따금 지방의 토산물인 까만 포도를 꺼내어 손자에게 건네준다.

8월31일

동이 틀 무렵 전투지역 내의 집을 철거하는 작업이 개시되었다. 반이 무너진 집 마당에 값진 가구가 널려 있는 것을 보면 참으로 서글픈 생각이 든다.

9월2일

루브르 미술관프랑스 파리에 있는 세계적인 미술관에서 나오는 제네비에와 부딪쳤다. 그는 루브르 미술관의 미술품들을 내일 아침 세 번째로 브레스트에 소개하기로 되었다고 말하였다. 그림들을 틀에서 떼어 둘둘 말아 보내는 것이다. 프로이센인의 손에 들어가지 않게 하기 위해서다. 그 보물들도 이제는 하잘 것 없는 짐짝처럼 되어 버렸다. 겨우 "취급 조심"이라는 꼬리표가 하나씩 붙어 있을 뿐이라고 그는 말했다.

9월3일

저녁 무렵 파리의 광경은 참으로 슬펐다. 스당전투프로이센의 헬무트 몰트케 장군이 프랑스 주력군을 물리친 전투 보도와 함께 황제가 적에게 포로가 되었다는 소식이 전해졌기 때문이다. 이 침울한 얼굴들을 누가 그려낼 수 있을까? 목적도 없이 이리저리 왔다 갔다 하는 사람들, 시청 앞에 밀집한 군중, 신문판매대로 몰려드는 사람들, 가스등 아래 이중 삼중으로 둘러서서 신문 읽기에 정신이 없는 사람들. 그리고 뒷골목 점포 앞에 늘어앉은 기운 빠진 여인들. 모두가 처량하기만 하다.

9월7일

밤새도록 비가 내렸다. 천막 지붕이 움푹해진 곳에는 빗물이 고여 있었다. 열어젖힌 천막 문 사이로 붉은 색깔이 들여다보인다. 병사의 침구다. 파수꾼들은 입원중인 환자처럼 기운 없이 초소에 서 있다. 비옷을 어깨에 걸치고 머리에는 손수건으로 만든 뾰족한 것을 모자 대신 쓰고 있다. 그들의 얼굴에도 그들의 동작에도 추운 밤이 얼마나 고통스러웠던지 역력히 나타나 있다.

9월17일

세느 거리에는 푸줏간과 술집, 이발소만이 문을 열고 있다. 여기저기 노파가 두세 명 문 밖에 앉아 있는 것이 보인다. 그녀들은 지금까지 살아오던 집 앞에서 죽기를 결심하고 쫓아내도 듣지 않고 그 자리에 주저앉아 있는 것이다. 뒷골목에는 비둘기들이 보도 위를 아장아장 걸어다녀도 그들은 놀라게 할 통행인의 그림자 하나 없다. 활짝 핀 꽃들과 꽃나무로 만든 아치들이 인기척 없는 거리와 좋은 대조를 이루고 있다.

담장 사이로 보이는 빨랫줄에는 어린 아기의 양말이 걸려 있는 것이 지나가는 사람의 마음을 한층 더 처량하게 한다. 파리는 거의 죽은 도시나 다름이 없다.

9월24일

파리 사람들도 별 수가 없는 모양이다. 신선한 고기와 채소가 아니면 눈도 거들떠보지 않았던 그들이 지금은 삼류 식료품상 앞에 늘어서서 이야기를 주고받는다.

9월25일

세느 강변에는 기병대 소속의 말들이 줄을 지어 서 있다. 루브르 미술관의 유리창들은 쌓아올린 모래주머니로 가려져 있다. 룩셈부르크 광장에는 수천 마리의 양이 통 속에 든 구더기처럼 우글거리고 있다.

9월30일

대포 소리에 잠이 깼다. 붉은 동이 터 오고 있었다. 대포 소리가 멀리서 천둥처럼 으르렁거리고 있다.

10월1일

파리의 식탁에는 어느덧 말고기가 등장했다. 어제 페터 음식점에서 구운 소고기를 팔고 있었다. 그러나 색깔에 민감한 내 눈에는 검붉은 것이 소고기 같지 않았다. 그런데도 점원은 이 말고기를 소고기라고 가만히 말한다.

10월10일

아침에 고기 배급표를 타러 가 파란색 종이를 받아들었다. 매일 고기를 살 수 있게 되었다. 나와 내 가족이 먹을 분량이다. 게다가 다른 식료품도 사게 된다. 11월14일까지의 배급표가 손에 든 셈이다.

10월13일

참으로 이상한 기분이다. 그것은 무섭다기보다는 오히려 서글픈 비굴함에 가까운 것이다. 여기서 그리 멀지 않은 그 언덕, 우리가 그렇게도 자주 가던 그 언덕이 이제는 더 이상 프랑스의 영토가 아니다. 친구와 함께 거닐던 오솔길, 햇볕은 담뿍 받고 있는 그 아름다운 집이 이제부터는 우리와 친구를 받아주지 않게 되었다. 참으로 기가 막힐 노릇이다. 망원경을 통하여 보노라면 땅에 백기가 꽂혀 있으며, 우리가 저 푸른 지평선 저쪽으로 쳐들어가 예나에서 끝내 항복을 받아내고야 말았던 프로이센인이 지금은 저 2마일 밖에까지 와 있는 것이 보인다.

9월18일

포격 소리에 끌려 포대로 가 보았다. 포병들은 침착하고 무겁게, 그리고 앞뒤를 살피면서 서서히 움직이고 있다. 포탄을 잰 사람은 대포 곁에 가서 부동자세를 취한다. 그러면 몇 사람이 몸을 굽히고 포신을 누른다. 오른쪽에 서 있던 포병이 줄을 잡아쥔다. 그리고 잠깐의 침묵이 흐른다. 나에게 그것은 가슴을 설레게 하는 순간이다. 이윽고 줄을 당긴다. 그와 함께 폭음과 불과 하얀 연기의 구름을 이룬다. 포신을 가렸던 나뭇가지가 어디론지 날아가고 없다. 상당히 오랫동안 눈앞에 보이는 것이라고는 구름과 같은 흰 연기뿐이다. 먼 곳에서 살육을 할 수 있는 이 무기는 파리 사람들에게는 진정한 위안이 된다. 부인네들이 병정들과 함께 줄을 이어 시내로 시내로 몰려들고 있다.

10월20일

식료품점의 진열장은 진열할 물품이 없어 살풍경한 모습을 드러내고 있다. 음식점도 고객에게 때가 낀 상보를 보이는 것밖에 다른 아무것도 내 놓을 것이 없다. 중앙시장도 이전과는 달리 형편없었다. 늘 보이던 생선도 볼 수 없고 그 대신 말고기가 등장하고 있다. 그리고는 버터 대신 듣지도 못하던 짐승의 기름을 팔고 있다. 짐승의 기름은 흡사 비누 덩어리와도 같다.

10월28일

외부 세계와의 통신이 두절되었다는 것이야말로 놀랍고도 믿을 수 없는 일이라 하지 않을 수 없다. 지난 40일 동안 외국의 친척에게 편지를 받은 사람이라곤 하나도 없다. 어쩌다가 루앙 지방 신문이 들어오면 마치 희귀한 일이나 발생한 것처럼 복사판을 찍어서 판다. 2백만 명이나 되는 사람이 이렇게 유폐를 당한 일은 일찍이 볼 수 없었던 일이다.

11월12일

이 1870년대 파리 사람들이 영웅적인 투쟁을 했다는 말을 혹시나 후세에게 들려주는 사람이 있지나 않을까 겁이 난다. 그들의 영웅적 투쟁이란 양고기 죽과 소고기 대신 말고기를 먹었다는 사실밖에는 없기 때문이다. 파리 사람들은 그들이 먹고 있는 동물보다 더 나은 구석이라고는 하나도 없다.

11월24일

쓰레기꾼이던 친구가 지금은 시장 거리의 어느 식당에서 일을 보고 있는데 그는 어느 날 우리집 하인에게 말하기를 "주인의 명령으로 고양이는 파운드당 6프랑, 쥐는 1프랑, 개고기는 1프랑 반에 사들이고 있다"고 한다.

12월25일

크리스마스다. "오늘 어느 창고에 들어가 보았더니 다섯 명이나 얼어 죽었대"하는, 군인의 이야기를 엿들었다. 우리 상가에는 굉장한 변화가 일어나고 있다. 어느 보석상은 보석 상자에 솜으로 싼 달걀을 담아 진열하고 있다. 파리의 사망률은 퍽 높다. 그것은 결코 굶주림 때문이 아니다. 그리고 죽음은 오랫동안 질병으로 고생하던 사람들이 기진맥진해서 죽어 가는 것에만 국한되어 있지 않다. 그것은 대부분 실망과 강제 이동과 향수에서 오는 것이다. 파리 교외에 있는 그 따뜻한 양지가 몹시 그리워지는 것이다.

12월26일

불안한 식생활에 허덕이는 파리 사람들에게 먹을 만할 세 식물이 발견되었다. 신문 기사에 의하면 독약은 고라니 사냥꾼들에게 에너지를 공급하는데 큰 역할을 했다는 것이다. 그러므로 누구든지 원하는 이에게는 이 비소 환약을 점심으로 드릴 수 있다는 것이다. 무서운 추위에다가 배급받은 소량의 고기마저 끓일 연료가 없어 여자들에게는 크나큰 울분을 사고 있다. 주부들은 담장이거나, 덧문이거나 무엇이든 닥치는 대로 뜯어서 불을 지피고 있다.

여자들의 파괴 행위는 철없는 아이들의 조력을 얻어 한층 심해져 가고 있다. 아이들은 서로 어깨를 밟고 올라서서 무엇이나 손에 닿는 대로 뜯어 가지고 팔기 시작한다. 이런 추위가 계속된다면 파리 시내의 가로수는 전멸되고 말 것이 분명하다.

12월31일

하우스만 광장에 있는 푸줏간 주인 루스를 호기심에서 찾아갔다.

거기는 각종 기이한 그림들이 있었다. 가장 잘 보이는 곳에는 야딘이 그린 코끼리상이 걸려 있고, 다른 벽에는 이름 모를 고깃덩어리와 큰 뿔들이 놓인 한복판에 어느 소년이 낙타에게 먹이를 주고 있는 그림이 걸려 있다. 푸줏간 주인은 여자들에게 둘러싸여 의기양양한 기세를 보이고 있다.

"이 등심 고기는 한 파운드에 40프랑입니다. 이 뱃살은 40프랑이죠. 비싸다구요? 제기랄 어떻게 되려는지 나도 모르겠어요. 적어도 3,000파운드는 나갈 줄 알았는데 이대로 떼어 팔다가는 2,300파운드밖에 안 나가겠는걸! 발은 얼마나 하는지 아세요? 20프랑입니다. 다른 것들은 8프랑에서 40프랑까지 있습니다. 네, 네. 이 소시지는 제가 보증합니다. 코끼리 피가 영양에는 제일이죠. 코끼리의 심장은 무게가 25파운드나 나갑니다. 그럼요. 소시지에는 마늘을 넣고 말구요."

나는 내일 점심 반찬으로 참새 두 마리를 샀다.

1871년 1월8일

밤에 커튼을 쳐 놓은 방안에서 아마 밖에서는 폭풍이 불고 있으리라고 생각했다. 유리창을 열고 보니 과연 폭풍이 불고 있었다. 바람 소리가 어떻게 거센지 마치 우리 집 너머로 폭탄을 퍼붓고 있는 것 같았다.

1월24일

오페라극장 앞 광장을 지나가는데 길 가운데 사람들이 운집하여 합승 마차까지 차단당하고 있는 광경에 부딪쳤다. 나는 또 무슨 폭동이 일어난 것이 아닌가 하고 생각했다. 그런 것은 아니었다. 머리를 치켜 올리고 무엇인가를 손가락으로 가리키고 있다. 그 많은 여자들의 파라솔들이 모색하고 있는 것, 그것은 극장 굴뚝 지붕에 앉아 있는 한 마리의 비둘기였던 것이다. 아마도 그것은 전서구인지도 모른다. 그 혼잡 속에서 조각가 크리스토프를 만났다. 그는 나에게 휴전회담이 진행 중이라고 말했다. 식당에서 우리는 오늘의 슬픈 사건과 장차 닥쳐 올 일들에 대해 속삭였다. 어깻죽지 고기가 소반에 놓여 들어왔다. "흥, 다음 식사 때는 목동이라도 잡아먹게 되겠군!" 하고 헵라드가 말했다. 그건 개의 어깻죽지였다.

광장이 이르렀을 무렵에는 누구의 입에서나 "항복"이라는 말이 거침없이 튀어나왔다. 일주일 전만 해도 입 밖에 내기를 꺼렸던 말이다.

1월26일

끝장이 다가오고 있었다. 적군의 새 포격이 개시된 모양이다. 숨 쉴 사이도 없이 포탄이 철로에 떨어지고 있다. 광장에는 네 발로 기어가는 사람들로 꽉 차 있다. 닥쳐올 항복의 굴욕을 생각하면서 모두들 슬픔에 잠겨 있었다. 그러나 여자들은 아직 저항할 생각을 가지고 있다. 바로 오늘 아침이었다. 빵집 앞에 줄을 지어 늘어서 있던 어느 여자가 이렇게 외쳤다.

"식료품 배급을 더 줄이면 줄였지 항복만은 할 수 없잖아요?"

이틀 뒤 파리는 함락되었다. 전쟁은 몇 주일간 더 계속되었다. 1871년 3월 1일 프로이센군은 파리에 입성했다.

'목욕탕'으로 줄지어 들어간 수많은 사람들

오드 난센
Odd nansen

1901~?년. 노르웨이 오슬로에서 출생했다. 제2차 세계대전 때 나치에 의해 국사범으로 몰려 강제 수용 당했다. 수용생활 중의 참상을 낱낱이 기록한 일기를 접시 대용으로 사용하는 나무판자 속에 은닉 보관하다가 노르웨이로 비밀 반출시켜 출판했다. 이 일기는 수용소 내 나치의 만행을 세계에 알리는 중요한 증거가 되었다.

1944년 1월13일

오늘은 내가 체포된 지 2년째 되는 날이다. 끈덕지게 길고 막막했던 2년이란 세월, 그 2년은 어디로 간 셈인가? 나는 지난 2년을 돌이켜 볼 용기조차 없다. 나의 낙관주의도 허물어져 간다. 동부에서의 좋은 뉴스에도 불구하고 도대체 언제 결정적인 시기가 올 것인가?

1월21일

어젯밤 그들이 다시 왔다. 아니 저녁에. 저녁 점호가 끝난 후에 굉장한 공습이 시작되었다. 또 공습이군! 우리는 공습에 익숙해 있기 때문에 그것은 별다른 관심을 끌지도 못했다. 아무런 일도 일어나지 않고 있다. 러시아군이 확실하게 전진해 오고 있다는 사실 외에는. 영국군과 미군은 지껄이기만 하고 장군과 사령관만 임명해 놓는다.

그런 일들은 무엇에 써먹을까?

2월24일

어제 작업장에서 돌아올 때 이상한 것이 서 있는 것을 보았다. 그것이 무엇에 사용되는 것인지를 잘 모르긴 해도 그것은 불쾌한 인상을 주었다. 갖가지 채찍을 달고 있지만 않았어도 그것은 연병장에서 흔히 볼 수 있는 말과 같았다. 저녁 점호 때 우리는 왜 그 말을 준비했는가를 알 수 있었다. 한 죄수가 여럿 앞에서 태형을 받게 되었던 것이다.

그들은 죄수를 말에 태웠다. 그의 발을 말의 다리에 매고 말 잔등에 엎드리게 한 뒤 손을 묶었다. 입을 틀어막고는 자루를 머리에서부터 어깨까지 씌웠다. 그가 내는 소리를 막기 위해 그런 셈이었으나 몽둥이가 내려질 때마다 가슴이 찢어지는 듯한 신음 소리가 새어 나왔다. 그 소리는 점점 커져서 자루며 입에 틀어막은 천 조각을 뚫기에 족했다. 처음에 그는 길다란 곤장으로 열세 대 맞았다. 아주 건장한 녀석이 곤장을 휘둘렀다. 놈은 평생 그 짓이나 해먹기에 꼭 알맞을 놈이었다. 그도 사실은 정치범이었다. 그런 다음 '곤장'과 비슷하지만 조금 작은 몽둥이로 열두 대를 맞았다. 두 번째 놈도 역시 수감자였다. 스물다섯 대가 끝나자, 지휘관 자신이 특별히 다섯 대를 더 때리겠다고 나섰다. 그가 때리는 소리는 너무 커서 수용소 어디든 다 들릴 정도였다. 서른 대가 끝난 뒤 죄수는 SA1921년 조직된 나치 조직로 끌려 들어가는 모양이었다. 그것은 사형 집행 방법의 하나이다.

2월25일

화장터 굴뚝에는 밤낮 쉬지 않고 연기가 오른다. 많은 사람들이 총살을 당하거나 그 외 갖가지 방법으로 죽임을 당하고 있다.

5월31일

똑같은 상황 속에서 5월도 가 버렸다. 한여름이 가까워 오고 있다. 경쾌한 여름 밤, 화려한 옷들, 따사로운 바람 속의 향기, 계곡에 피어 있을 오랑캐꽃과 백합, 그리고 집에 핀 꽃들…. 그것들이 눈앞에 환히 떠오르고 또 그것들은 기억을 되살려 준다. 그러나 여기는 수용소다. 더럽고 어수선하고 소름 끼치는 수용소다. 그리고 아무 일도 일어나지 않고 있다.

6월6일

아침부터 대규모 공격이 감행되었다! 노르망디에. 격전을 벌이는 한낮 내내 쌍방의 총탄으로 뒤덮였을 것이다. 새벽부터 대군이 상륙하고 있다는 정보가 들어왔다. 물론 낙하산 부대도 동원됐을 것이다. 그들이 교두보를 확보하는 데 성공했는가는 확실하지 않다. 이것은 확실히 청천벽력이다. 새해 동안 내 머리 속에 들어 있었던 제2전선에 대한 생각, 연속성 있는 공격에 대한 생각이 거의 제물에 사라져갈 무렵에 일어난 것이다. 지금 그것은 사실로 내 앞에 나타났다.

6월7일

그렇다. 지금 서부 전선에서 행해지는 공포를 생각한다면 시니컬

할지는 모르지만 오늘 축제의 기분이 돌고 있다. 수용소 안에 황홀한 빛이 떠돌고 있음을 부정할 수가 없다. 사람들은 휘파람을 불고, 노래하고, 웃고 또 농담을 건다. 즐거운 기분에 온통 뒤덮여 있다. 오늘부터의 하루는 전처럼 잿빛이고 절망적인 것이 아니다. 결정적인 순간이 가까워 오고 있다. 성큼성큼.

8월14일

오늘 아침, 처음으로 괴로운 밤을 보내고 일하러 줄을 지어 나갈 때 수용소에서 나가는 한길에서 우울한 광경을 보았다. 우리 앞에는 여인네들과 아이들과 사내들의 끝없는 행렬이 기다리고 있었던 것이다. 그들은 다섯 시간 동안이나 다섯 줄로 서서 기다리고 있었다는 것이다. 소문에 의하면 3천 명 가량은 된다고 한다. 여인들의 품에는 젖먹이들이 안겨 있고, 어린 계집들과 사내애들이 그녀들의 곁에 있었다.

8월31일

어제 저녁 점호 때 두 사람이 같은 교수대에 올라 죽었다. 폴란드 사람과 러시아 사람이었다. 그들이 일하고 있는 지하실에 들어가서 양식을 훔쳤다는 것이다. 단지 그 이유뿐이었다. 또 다시 교수대 장치에 이상이 있음이 발견되었다. 밧줄이 너무 길었던 것이다. 발판을 밀자 그들의 발이 땅에 가 닿았다. 그들 가운데 하나는 아직 죽지 않았다. 옆에서 그의 나무신발을 벗겨 주려고 했으나 그것이 안 되자 교수형 집행자는 사형수의 두 다리를 공중으로 들어 주었다. 사형수의 얼굴은 완전히 파랗게 질려 버렸다. 그는 죽기 전에 세상에서 겪을 수 있는 고통 중 가장 큰 고통을 겪고 있는 것이었다. 둘 다 감시원에 둘러싸여 나와 교수대를 보기까지 교수형에 처하리라고는 생각지 않고 있었다. 한 사람이 폴란드 말로 "주여! 주여!" 하고 부르짖었다. 다른 사람은 러시아말로 "잘 있거라. 친구들이여!"라고 하면서 줄지어 있는 포로들을 굽어보았다. 거기에는 수천 명의 친구들이 말없이 서 있었다. 둘 다 용감하게 교수대에 올라가서 조용히 죽음을 맞았다. 둘 다 젊은 친구로 별로 알려지지 않은 사내들이었다. 수십 수백만 가운데 두 명이 사라진 셈이다. 다음 세대가 올 때까지 푹 잠이나 들어 버릴 수 있다면 얼마나 좋을까!

9월18일

며칠 전 기합을 받았다. 어느 날 아침 점호 때 돌아서서 에릭에게 말을 건넨 사실이 적발된 것이다. 그것은 내가 겪은 고통에 비하면 그지없이 억울한 죄목이었다.

기합은 한 시간쯤 계속되었다. 수용소 내에서 가장 짐승 같은 녀석이 나에게 기합을 주었다. 그 녀석들은 야만적인 면에 있어서 웬만한 짐승을 뛰어넘고 있다. 제14구역에서 내 구역까지 세 번 통과, 말하자면 연병장의 직경을 세 번 '토끼뜀질'을 한 것이다. 토끼뜀이란 손을 앞으로 벌리고 쭈그려 앉은 자세로 뛰는 것이다. 토끼뜀이 끝나자 나는 비틀거리며 겨우 일어설 수 있었다. 그러나 또 다른 기합이 나에게 주어졌다. 같은 자세로 행군을 시키는 것이다. 마치 오리처럼 비틀거리며. 나는 그것을 견뎌냈다.

그 다음은 뜀박질이었다. 숨 쉴 겨를조차 없이 닦아세우는 뜀박질.

몸은 비틀거리고, 머리는 헤엄을 쳤고, 가슴은 먼지를 삼켰다. 그러나 중간에 쓰러져서 일어나지 못한 친구들이 여럿 된다. 놈들은 달려와서 그들을 장화발로 차고 몽둥이로 찔렀다. 그러나 그 이상은 아무도 보지 못했다. 그들은 어디론가 사라졌기 때문이다. 우리는 무릎꿇기(무릎을 꿇었다 일어났다 하기)를 열 번이나 스무 번(누가 몇 번 했는지 알기나 하랴)을 했다. 나는 도대체 어떻게 그것들을 견뎌냈는지 모르겠다.

11월16일

화물차들은 사형 선고를 받은 사람들, 그 비극적인 적재물을 싣고 화장터로 갔다. 헝가리, 체코슬로바키아, 보헤미아, 독일, 벨기에, 폴란드, 노르웨이, 프랑스, 유고슬라비아, 우크라이나에서 수천 수만의 유대인을 실은 수송단은 화장터 건물 속으로 굴러 들어갔다. 트럭에서 내린 그들은 다섯 줄씩 정렬을 했다. 신체 건강하고 능력이 있는 자들은 선발로 뽑혀 나왔다. 나머지 사람들은 '목욕탕'으로 갔다. 어린아이를 안은 여인들도 모두 목욕탕으로 갔다. 늙은이들과 병자들도….

죽은 사람들에게서 살 수 있는 사람들이 뽑혀 나간 후에 죽음의 행렬은 움직이기 시작했다. 화장터를 향하여. 화장터에는 '가스실'과 화장로(그것은 한꺼번에 48명의 시체를 태울 수 있다) 외에 큰 탈의실이 있다. 그래서 그들은 목욕을 시켜 준다는 구실로 그곳으로 들어가게 하는 것이다. 그러면 그들은 별다른 의심 없이 옷을 벗고 다음 방에 있는 목욕탕으로 들어가게 된다. 그러나 그 목욕탕의 샤워기에서는 물 대신에 가스가 나오는 것이다. 목욕탕에서 화장로에 이르는 길은 짧다.

이 과정은 몇 해 동안 조금도 쉬지 않고 계속되고 있다. 그리고도 다섯 개의 화장로로는 부족했다. 그들은 광장에서도 시체들을 태워야만 했다.

1945년 2월2일

어제 우리가 밤에 캠프로 돌아왔을 때의 기분은 형언할 수 없을 정도였다. 우리는 이미 자유의 몸이 된 듯한 것이었다. 모두들 기분 좋게 미소를 띠고 손을 비비고 심호흡을 했다. 드디어 올 것이 왔구나! 이제는 단지 시간문제다. 러시아군이 바로 앞 개간지까지 진출했다. 몇몇 친구들은 침대에 들어갈 생각조차 잊고 있다. 잠을 자고 싶지조차 않은 모양이다.

2월3일

앞이 훤하게 튀어 오던 낙관에서 우리는 우울한 비관으로 떨어졌다. 지난 밤 작업시킨다는 불길한 통지를 받았던 것이다. 대다수의 사람들에게 이 뉴스는 청천의 벽력이었고 믿지 않으려는 사람들도 많았다. 그처럼 완전히 불가능한 일을 행하는 것은 포악무도한 것이고 또 미친 짓이 아니냐? 헐벗고 또 식료품을 조금도 가지지 않은 4만 명의 군중을 남쪽으로, 서남쪽으로, 혹은 서쪽으로 무턱대고 소개시킨다는 것은.

2월9일

소개가 진행되고 있다. 지금까지 1만 명 가량이 자리를 떴다. 그러나 작업장에서 쫓겨난 소수의 친구들과 노동대에 가지 않은 친구들을 제외하고는 노르웨이 사람은 소개하지 않았다. 화장장의 일도 여전히 줄어들지 않았다. 밤낮으로 화장하는 연기가 오르고 있다.

2월12일

언어가 말라 버렸다. 그리고 나도 기진맥진해 버렸다. 내가 이 두 눈으로 본 공포를 묘사할 만한 언어는 이 세상에는 없다. 내가 어제 들어갔던 지옥의 일을 내가 어떻게 다시 생각이라도 해낸단 말이냐? 바로 제13구획과 제14구획 사이에 격리 구역이 있는데 거기에는 유대인으로 가득 차 있었다. 그것은 소름끼치는 광경이었다. 단테「지옥편」도 이보다 더 하지는 못하리라.

거기에는 1천 명이 넘는 유대인이 있었다. 자세히 말하면 과거 한때 유대인이었고 인간이었을 뿐 지금은 그저 움직이는 해골들이었다. 그들은 오랜 굶주림 때문에 피골이 상접해 있었다. 그들은 쓰레기통에 달려들어 그곳에 머리와 어깨를 파묻고 있었다. 거기서 그들은 무엇이든 긁어냈다. 감자껍질이라든가 짐승의 내장 나부랭이라든가 그 외 여러 가지 썩은 음식을 긁어냈다. 그들은 지금 무엇을 먹고 있는지를 의식하지 못하고 있었다. 다만 그것들을 입 가까이 끌어당기고 움켜쥐고 찢고 또 싸울 뿐이었다. 그들은 쓰레기통에 딱 붙어 있었기 때문에 그들이 일어설 때는 쓰레기통도 일어섰다. 그러나 가장 참혹한 것은 고무로 만든 곤봉이 그들을 겨냥하고 있다는 것이었다. 젊은 녀석들은 마음껏 그들을 내리쳤다. 그러나 유대인들은 매에는 통 관심이 가지 않는 성싶었다. 곤봉을 든 녀석들이 다른 방향으로 고개를 돌리는 순간, 그들은 다시 쓰레기통에 머리를 처박았다. 그들의 얼굴에서, 손에서, 다리에서 피가 쏟아져 나왔다. 그들은 대다수가 맨발이었고 옷을 가린 부분보다 드러낸 부분이 더 많은 지경이었다. 매 맞은 상처가 찢어진 옷 사이로 드러나 보였다.

괴롭히는 녀석들은 이루 말할 수조차 없다. 그들은 아직 소년들이었지만 때리는 일이 그들을 도취시켜서 난폭 속으로 몰아넣었던 것이다. 나는 그들을 따라가서 그들이 때릴 때 그들의 얼굴을 보았다. 그들은 이미 인간이 아니었다. 살아 있는 악마였다. 그들은 눈에 보이는 것이면 무엇이고 두들겨 팼다. 쓰레기통 속에 들어 있는 사람만 패는 것이 아니었다. 그들은 사람들의 무리에 성난 사자와 같이 뛰어들어 좌충우돌하며 곤봉을 휘둘렀다. 비참한 희생자들이 그들 주위에 10여 명씩 거꾸러졌다. 그것이 그들을 더욱 신나게 했다. 그들은 거꾸러진 사람들을 때리고, 밟고, 찼다. 그런 동안에 거꾸러진 자들의 입에서, 귀에서, 그리고 상처에서 피가 쏟아져 나오는 것이었다. 잠깐 쉴 때면 녀석들은 의기양양하게 웃으며 서로의 얼굴을 바라보는 것이었다. 그리고는 다시 유대인 사냥에 나선다.

한 유대인이 열 댄가 스무 댄가 맞고 비틀거리다가 내 발 앞에 쓰러졌다. 그는 엎어진 채 움직이지 않았다. 그의 입에선 피가 흘러 내렸고 그의 한쪽 귀에서도 핏방울이 돋고 있었다. 눈도 피투성이가 되어 있었고 광대뼈는 매를 맞아 부풀어 오른 채 으스러져 있었다. 헤벌어진 입술 틈으로 이빨 몇 개가 부러진 것이 보였다. 그는 맨발이었는데 발은 심한 동상에 걸려 있었다. 바지가 벗겨져 성냥개비 같은 넓적다리가 보였다. 찢어진 셔츠 사이로 갈비뼈가 드러나 보였다. 놈들이 그 유대인을 벽으로 끌고 가더니 벽을 지탱하고 세워 놓았다. 유대인은 다시 제정신으로 돌아왔다. 그가 나를 쳐다보았다. 오 신이여, 그것은 어떤 눈이었던가? 흰 부분이 온통 빨갛게 된 눈 그 빨간 것은 끊임없이 그의 뺨 위로 흘러내리고 있었다. 갈색의 눈동자는 엷은 막이 그 위에 씌어진 듯 침침했고 커다란 눈썹이 그 위에 무겁게 달려 있었다. 숨이 넘어가는 듯한 소리가 그에게서 났다. 숨쉬기에 곤란을 받고 있는 것을 나는 알았다. 나는 그의 몸을 똑바로 해주려고 했다. 그러나 신음소리는 좀 더 규칙적으로 계속됐다. 당장 숨이 막히는 소리 같았다. 그러나 그런 것이 아니었다. 그는 울고 있는 것이었다. 어린아이처럼 울고 있는 것이었다.

2월13일

작업장의 원광 운반계에서는 사람들이 뽑혀져 곧장 화장터로 간다. 그렇다. 공장이다. 우선 거치던 가스실도 이젠 생략되고 있다. 그들은 머리를 한 대 얻어맞는다. 그것으로 대개는 충분하다. 분견대가 그곳에 갈 때마다 비명과 총 소리가 들려온다.

2월 14일

어제 수용소 내(24시간 동안의) 사망자는 다음과 같다. 작업장 150명, 영내 46명, 유대인 14명, 그리고 수송대 15명, 이것이 하루의 수확이다. 다음 스물네 시간 동안에는 110명이 '모퉁이를 돌아갔다', 말하자면 화장터로 갔다.

3월21일

월요일 아침(그제)에 N자 부분의 명부가 호명되었다(난센의 이름 첫 자가 N). 그러자 우리는 짐을 싸고 작별 인사를 했다. 밤 11시 컴컴한 어둠 속에서 우리는 네모난 광장을 질러서 목욕탕 쪽으로 더듬어가기 시작했다.

수용소 생활의 마지막 밤으로 하기에 알맞은 아름다운 밤. 우리는 광장에서 한참 추위에 떨고 서 있었다. 병사의 지붕들은 거대한 반원형 톱의 톱니같이 보였다. 어둡기 때문에 그 지붕 밑에 흐르고 있을 피를 보지 못하는 것이리라. 나는 거기서 한참 서 있은 셈이다. 청결하라! 복종하라! 진실하라! 그리고 조국을 사랑하라! 그리하여 수용소 모래 속으로 피는 흘러들었던 것이다. 몇 해 동안 끊임없이. 1시쯤 우리는 목욕탕에 들어갔다. 거기서 우리는 통속에 든 청어떼처럼 갇힌 채 4시까지 기다렸다. 그러자 우리는 밖으로 쏟아졌다. 확실히 차가 왔다. 우리가 바로 걷기 시작했을 때 공습경보가 울렸다. 다시 목욕탕 속으로! 한 시간 동안의 혼잡. 그리곤 공습 해제가 울렸다. 우리는 다시 밖으로 나왔다. 이번엔 마지막 문을 통하여 문 밖으로 나섰다. 그것은 우리에게 날개가 돋아나서 날 수 있게 된 기분이었다. 하얀 버스들이 서 있는 곳으로.

3월22일

피난민을 실은 기차가 모든 길을 덮어 버렸다. 그것은 마치 나라

전체가 집시와 갱들로 가득 찬 것처럼 보이기도 했다. 모든 것이 붕괴와 혼란, 절망과 고통 그리고 참사의 인상만을 주고 있다. 드디어 우리는 좁은 길로 접어들었다. 이윽고 우리가 탄 11대의 버스는 노이엔감메 수용소 정문 앞에 정렬했다. 버스에서 내려 뻣뻣해진 다리를 펴자마자 우리가 만난 것은 썩은 음식 냄새와 하수도의 악취였다. 그 냄새는 언제나 우리를 쫓아 다녔다. 거기에 익숙해져 가기도 했지만. 보통 크기의 콘크리트 마당에 들어섰다. 마당 주위는 막사들로 둘러싸이고 막사 주위에는 각각 철조망이 둘러 있고 철조망 뒤로 먼저 온 친구들의 얼굴이 보였다. 우리는 호명되어 다섯 줄로 섰다.

철조망이 둘러싼 막사 안으로 들어갔다. 그러나 막사의 꼬락서니는 어떤가! 쓰레기가 썩어가고, 모든 것이 쓰레기 냄새를 피우고 있었다. 막사는 칸이 막히지 않고 넓이 8m, 길이 50~60m의 방이었다. 마룻바닥은 짚을 깔아 자리를 만들어 있었고 밀짚 위에는 담요가 있었다. 가서 보지 않아도 짚과 담요는 이가 득시글거리라는 것을 대번에 느낄 수 있었다. 그러나 우리는 거기에 좀 더 익숙해야 하는 것이다. 밖은 온통 드러내 놓고 있는 시궁창과 같았다. 움막 안보다도 더 나쁜 냄새가 났다. 오랫동안 메마른 날이 계속되었는데도 콘크리트의 터진 구멍에는 물웅덩이가 질펀했고, 홈이 파인 곳이나 갈라진 자리에는 영락없이 썩은 물이 고여 있었다. 어떤 종류의 물웅덩이이든 간에 악취가 풍기고 그들과 연결된 하수구의 상태는 말을 하지 않아도 다 알 수 있었다. 어디나 쓰레기뿐이었다. 돼지우리만도 못했다. 막사는 밤에 짐승을 넣는 우리요, 마당은 돼지를 내놓는 곳이다.

3월24일

캠프에는 티프스가 돌기 시작했다. 배설물이 그대로 방치되고 시궁창과 쓰레기가 여기저기 흩어져 있는 곳임을 어쩌랴. 우리가 기거하는 마당 옆 철조망에는 이투성이로 병들어 죽어 가는 회교도들이 매달려 먹을 것을 구걸하고 있다. 음식물을 먹을 때면 박테리아균을 삼키는 기분이다. 8천 명 내지 1만2천 명을 수용하고 있는 캠프에서 날마다 100명 내지 150명이 죽어가고 있다. 얼굴들이 자꾸 바뀌어 간다. 왜냐하면 새로운 포로들이 도착하기 때문에.

3월25일

어제 오후에 보았던 광경이 뇌리에서 떠나지 않고 있다. 그것은 무대 위의 인물이 사라진 뒤의 지평선과도 같았다. 수백의 시체가 시체 위에 시체가 쌓인 채로 임시 시체 방치소에 집채처럼 쌓여 있는 광경이었다. 아비드와 나는 그곳으로 갔다. 그것은 소름이 끼쳐 오는 광경이었다. 300~400의 해골 같은 시체. 그들은 비쩍 마른 채 털을 뽑힌 닭들을 생각하게 했다. 그들은 인간의 시체 같지가 않았다. 누가 그처럼 조그맣고 비참한 모습을 인간의 모습이라고 말할 수 있을 것인가? 무수한, 참으로 무수한 시체들, 나는 그 수를 헤아려 보려는 생각을 단념하지 않을 수 없었다. 그러나 수백의 얼굴과 부릅뜬 눈들, 벌어진 입과 고통에 일그러진 표정들, 그들은 인간들이었던 것이다. 그리고 이 수백의 시체는 단 사흘간의 수확이었던 것이다.

3월28일

1천200명의 노르웨이인과 덴마크인 포로에게 쇼눙스 구역으로 들어가라는 명령이 내렸다. 그곳은 2층 건물로 밖에서 보기는 웅장해 보이지만 안에 들어서서 한 번 쳐다보기만 하면 어떤 일이 있어도 잊을 수 없는 것이었다. 침대 하나에 서너 명씩 드러누워 있었고, 때로는 대여섯 명씩 있기도 했다. 믿어지지 않을 것이다. 그러나 내 눈으로 똑똑히 본 것을 어쩌랴.

그들은 한 사람 위에 다른 사람이 겹쳐 있는 지경이었다. 그러나 대부분 산송장과 다름없이 되어 있었으므로 별로 자리를 차지하지 않았다. 그들은 조용히 누워 있었다. 움직일 힘이 없었던 것이다. 죽어 가고 있었던 것이다. 많은 사람은 이미 죽어 있었다. 건물 내부는 하나의 지옥이었다. 가장 참혹한 환상으로 생각해낼 수 있는 어떤 것보다도 참혹한 죽음을 기다리는 대합실이었던 것이다. 아무도 간호하는 사람 없이 이 가련한 친구들은 침대에 누워 있었다. 결핵을 앓는 사람도 있었고, 어떤 사람은 이질을 앓고, 어떤 사람은 티프스로 괴로워하고 있었다. 다른 사람들은 부상당해 있었고 또 성병으로 신음하는 사람도 있었다. 그밖에도 많은 병이 그들을 알게 모르게 괴롭히고 있었다. 침대에서 움직일 수 없는 자들은 3층으로 된 침대에 누워 있었는데 누운 채 대소변을 보고 있었다. 출입구에, 변소에, 층계 밑에, 병실에, 침대 속에 시체들이 뒹굴었다. 그리고 노르웨이 포로를 더 들이기 위해 이 사람들은 쫓겨나야 하는 것이다. 우리가 그들의 자리를 차지하기로 되어 있었다.

SS1935년 히틀러에 의해 창설된 개인 경호대는 우리에게 회교도들이 누워 있는 침대를 차지하도록 지시하였다. 배설물과 쓰레기의 덩어리 속으로, 몇 해 동안이나 모든 종류의 박테리아균과 인간의 배설물을 모두 가지고 있는 짚 속으로 들어가라고! 여기에 독일식 '청결'을 알 수 있다. 바로 이것이 청결이란 말이다. 말하자면 담요가 미끈하고 침대가 한 줄로 정렬된 자들처럼 되어 있어 담요 위에 아무것도 없고 침대 밑에 무엇이 있든 상관할 바가 아니다. 배설물을 감추고 있더라도 단지 무도장처럼 미끈하게 보이기만 하면 아무런 상관이 없다. 그렇다. 담요 밑에서 시체가 썩어 가고 있어도 보이지만 않으면 모든 것이 정돈되어 있다고 여긴다. 내가 왜 이런 이야기를 하는가 하면, 우리가 청소를 하다가 침상 아래에서 시체들을 발견하였기 때문이다. 같은 침대에 있던 친구들이 죽은 친구의 수프와 빵을 먹기 위해 시체를 감추고 있었던 것이다.

4월18일

전선이 가까워지고 있다. 많은 포로를 다른 곳으로 이동시키고 있다. 어디로 가는지는 아무도 모른다. 우리는 최악의 경우까지 생각하게 된다. 화장터 굴뚝에서 오르는 연기는 때로 검고 두껍게 쏟아져 나와 캠프에 악취를 주며 떨어진다. 그것을 보면 여기서 아직 수확이 한창임을 생각하게 한다.

4월20일

이 글을 버스 속에서 쓰고 있다. 자유로운 곳으로 가는 버스 속에서. 우리는 독일땅, 독일 북부 평야를 거쳐서 북쪽으로 가고 있다. 우리는 뤼베크 가까이 와 있다. 그러나 우리의 목적지는 더 북쪽이다.

4월28일

도대체 나는 무엇을 써야 할 것인가? 도저히 있을 것 같지 않은, 말하자면 하나의 동화와 같은 하나의 긴 소용돌이 속에서 보낸 날들처럼 지금 나는 그것을 알 수가 없다. 내가 지금 독일에 있지 않다는 것만은 확실하다! 나는 덴마크의 한 시골집에 있다. 호르젠스 밖에 있는 모겔케르라는 농촌이다. 벌써 일주일 이상이나 여기 머물러 있다. 믿기가 힘들다. 지난 주일에 내가 체험하지 못할 것이 무엇이랴? 단지 그것을 기록하기에는 너무 벅찰 뿐이다. 어디서부터 시작하여 어디에서 끝낼 것인가 그리고 무엇을 써야 할 것인가?

“무엇보다 제발 오늘은 죽지 않도록 하세요”

헤리 레빈
Harry levene

생몰 미상. 미국의 저널리스트. 남아프리카에서 출생했으며 영국군 종군기자로 제3차 미얀마전투에 참가했다. 전쟁의 실상을 알리는 기사를 써 명성을 얻었다. 1917년 벨포어 선언으로 이스라엘 건국의 기초가 다져지고 1941년 마침내 이스라엘이 건국되자 텔아비브로 가 취재 활동을 했다.

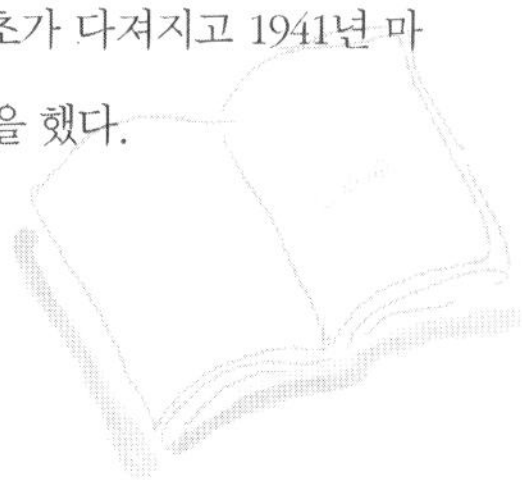

1948년 3월25일 텔아비브에서

루스(헤리 레빈의 아내)와 내가 텔아비브 호텔을 떠날 때는 별들이 사라지고 있었다. 시계를 보니 5시30분. 맹렬한 총격전의 밤이 지난 뒤 총성은 산발적으로 들려왔다. 2연발 박격포탄 폭발과 발작적인 기관총 소사가 끝없는 사슬이 풀리는 것처럼 지난 저녁 일찍부터 뜸해지다가 다시 시작되곤 했다. 발코니에서 우리는 붉은 자줏빛 조명탄이 하늘에서 빛을 뿌리는 것을 보았다. 가까이 있는 집에서 댄스파티 소리도 들려 왔다. 젊은 유대인들을 실은 소형 트럭들이 거리를 지나 반마일 가량 떨어져 있는 전선을 향해 달렸다.

우리가 출발지점에 왔을 때 시가는 새벽을 앞두고 아직 어둠에 잠겨 있었다. 26대의 버스가 한 줄로 서 있었다. 마지막으로 우리 버스에 탄 사람은 누추한데다 수염을 그대로 자라게 내버려 둔 사내로 그는 짐을 많이 가지고 있었다. 그 사람 바로 전에 나이가 지긋한 독일

계 유대인이 탔다. 그는 매우 얌전한 사내로 조심스럽게 안경알을 담으며 될 수 있는 한 공간을 작게 차지하려 애쓰는 것이었다. 의자와 선반은 없었다. 우리는 세 개의 등이 없는 긴 의자에 바싹 웅크린 채 앉아 있었다. 일고여덟 명은 서 있었다. 소매 없는 카키색 옷을 입은 청년 하나가 버스 안을 들여다보았다.

"부인네들이 더 탈 수 있겠군."

그가 말했다. 한 소녀가 신문지에 싼 상자를 만지면서 "케이크에요"라면서 운전수를 보고 웃었다. 여섯 명의 사내와 한 여자가 '하가나' 1937년 이스라엘의 다얀이 아랍 게릴라에 대항하기 위해 만든 조직가 되었다. 피부가 약간 검고 큰 보아즈라는 친구가 우리 버스의 책임자였다. 그는 그리스신의 머리와 빛나는 눈을 가지고 있었다.

조그만 무개차 하나가 우리 버스를 경호하며 앞에 섰다. 우리는 좁디 좁은 시내의 뒷길을 빠져나갔다. 아침의 고요가 끝나고 시의 소음이 들리기 시작하였다.

아랍야주르는 순시차 한 대와 거기 탔던 10명의 이스라엘인이 순식간에 날아가버린 곳이다. 아랍야주르를 피하기 위하여 우리는 오렌지밭 사이에 난 좁은 길로 들어섰다. 우유빛의 기운 없는 새벽하늘이 지중해의 격렬한 푸른 색으로 바뀌고 있었다. 빽빽이 자란 나무 사이로 햇빛은 새어들며 빛나는 잎들을 황금색으로 물들이고 누런 땅 위에 검고 작은 마름모꼴들로 무늬 짓고 있었다. 미소 짓고 있는 즐거운 땅 샤론, 하얗게 핀 꽃들과 비둘기떼, 그리고 잉잉대는 꿀벌들 속에 무거운 짐을 싣고 삐걱대는 철판을 단 우리의 버스는 꿈속에서 보는 괴물 같은 느낌을 주리라.

8시에 우리는 레호보스에 들어섰다. 읍내를 지나치자 버스가 서고 무거운 보따리 몇 개가 보아즈에게 건네졌다. "자 받으시오. 여자 친구들"하고, 웃으며 분해된 기관단총과 권총을 꺼냈다. 수류탄과 탄약도 꺼냈다. 여자들이 그것을 받아서 몸에 숨겼다. 루스는 권총 하나를 겨드랑이에 숨기고 기관총 포신 하나를 스커트 밑에 넣었다. 옷으로 감싼 고깃덩어리처럼 보이는 노파가 소리쳤다.

"내겐 아무것도 맡기지 않소?"

"드리지요. 할머니. 여기 당신이 맡을 것이 있소."

노파는 박격포탄에 손을 대보았다. 그리곤 잠시 주저하는 눈치였다. 그녀는 가슴에 그것을 품었다. 찬 쇳덩어리가 그녀의 피부에 닿자 눈을 감고 한 번 떨었다.

버스가 움직였다. 몇 분 후에 검문이 있었다. 그러나 그 검문은 되는 대로였다. 두 영국 병사가 벤치 밑을 조사하고 젊은 청년들의 주머니를 뒤졌다. 여자들은 대부분 임신한 것처럼 해보이며 그들을 차갑게 쳐다보고 있었다. 그들의 시선이 닿자 병사들은 슬슬 내려가고 말았다.

"아무것도 없습니다."

보고하는 소리가 들렸다. 다른 병사가 말했다.

"무기 같은 것은 없는 것 같습니다."

우리는 울퉁불퉁한 길, 그것은 로마인들이 만든 것이지만, 그 길에서 마구 흔들리며 달렸다. 11시에 우리는 훌다 근교에서 버스에서 내렸다. 3시가 되었으나 우리는 아직 여기에 있다. 둥근 돌에 기대고 땅에 주저앉아 나는 이 글을 쓰고 있다. 아네모네가 드문드문 박힌 밭에서 파란 곡식이 물결치고 있었다. 호송차에 타고 온 친구들은 밭 여기저기에 쪼그리고 누워 있었다.

보아즈는 마치 자기가 직접 보기나 한 듯이 주위의 지리적 상황에 역사적인 사실들을 갖다 붙이고 있었다.

"보이십니까? 우리의 척후가 저 언덕에 자리잡은 것을. 아마 삼손이 그의 동료들과 함께 공격할 때도 아마 저렇게 배치했을 겁니다. 아마 저쯤서 다윗이 골리앗을 만났을 것입니다. 사울과 요나단은 저쪽 길로 팔레스타인인을 몰아냈을 것입니다. 애급 왕들은 저쪽으로 쳐들어 왔을 것이구요."

밤 11시가 지났다. 나는 완전히 지쳤다. 그러나 이 기억이, 그 일이 일어난 경위와 그 윤곽이 확실한 때 일어나 앉아 써둬야겠다. 버스 안은 어둡고 답답했다. 청년들은 작은 구멍에 총을 대고 서 있었다. 아무도 입을 열지 않았다. 긴장감은 시시각각으로 다가왔다. 그때 둔중한 소리가 들리기 시작하였다. 그것이 삽시간에 사방에서 쏟아지는 것으로 바뀌었다. 처음에는 놀랍게도 우리 버스의 방탄막에 부딪쳐 자갈소리를 내던 것이, 어느 사이엔가 자갈 소리가 아닌 것으로 되어 있었다. 탄막 속에서 버스는 후둘후둘 떨었다. 화약이 터지는 소리, 호루라기 소리 그리고 쾅쾅거리는 소리는 이제 연속적인 폭음으로 변해 있었다. 탄환 하나가 엔진에 맞았다. 두 개의 탄환이 버스 지붕을 뚫고 들어 왔다. 그 중에 하나는 버스 뒷벽에 박히고 다른 하나는 아까 소녀가 케이크라고 한 종이로 싼 상자를 맞혔다. (사실은 무선송신기였다.) 총을 갖지 않은 사람들이 할 일이라곤 가만히 앉아서 땀을 흘리는 일뿐이었다. 사람들은 될수록 몸을 굽히고 있었다. 잠시 뜸한 사이에 그 수염 많은 사내가 시편을 외우는 소리가 들렸다.

갑자기 내 곁에 있던 여드름투성이 학생 하나가 신음을 했다. 그의 손이 천천히 들리는가 싶더니 바닥에 엎드려 있는 사내 위로 쓰러졌다. 호송하는 계집애가 회중전등을 들고 달려왔다. 그녀는 매우 사무적이었다. 주머니에서 야전용 붕대를 꺼내 응급조치를 취했다. 그는 내다보기 위하여 뚫어 놓은 조그만 창을 통해서 우연히 날아들어 온 유탄에 옆머리를 맞았던 것이다. 잠시 후에 그는 죽었다. 바로 그때 버스 지붕을 뚫고 또 하나의 탄환이 날아들어 보아즈의 다리를 스쳐 갔다. 지붕은 가장 공격받기 쉬운 부분이었다. 왜 더 많은 탄환이 지붕을 뚫고 들어오지 않는가가 오히려 이상할 지경이었다. 보아즈는 자기 다리의 상처는 방치한 채 좁은 구멍에 눈을 붙이고 있었다. 그때 우리 옆에 있는 버스가 움직이는 소리가 들렸다. 우리도 그 뒤를 따라서 움직였다. 엔진이 불규칙적으로 쿵쿵거렸다. 예루살렘의 어두운 윤곽이 하늘을 향해 있는 것이 보였다. 개똥벌레들이 길 좌우를 날았다. 우리의 버스 여행은 잘 방비된 버스 종점에서 끝났다. 마치 흐지부지 끝나는 연극과 같이.

3월29일

루스는 일찍 나가서 장을 보았으나 기운 없이 돌아왔다. 네 시간이나 돌아다니며 별별 재주를 다 짜내어 물건을 샀지만 겨우 깡통 아홉 개뿐이었다. 먹을 만한 것은 아무것도 없었다. 초 두 갑과 말린 과일 조금. 풍부한 것은 차와 깡통에 든 과일과 그리고 아무도 먹고 싶어 하지 않는 오스트리아산 아스파라거스 수프였다. 우리는 수프를 많이 먹기로 작정을 했다. 나는 T씨의 집에 들러야 했다. 그들은 점심때 나가서 들어오지 않는 데일리아를 기다리고 있었다. 그녀는 보조군에 편입되어 있었다. 그녀는 10시가 지나서야 들어왔다. 모두 숨을 좀 돌리는 듯한 느낌이었다.

4월15일

바로 1분쯤 전에 청년 한 무리가 내 창 밑을 지나갔다. 그들 가운데 몇몇은 털로 짠 모자를 썼고 몇몇은 맨머리 그대로였다. 어떤 청년은 정복을 입고 있었고 또 다른 친구는 회색 프란넬 옷을 걸치고 있었다. 대부분 소총과 기관단총을 가지고 있었고 몇몇만이 기관총을 가지고 있었다. 간호사들이 사내들과 같이 행렬에 끼어 있었다. 겉으로 보기엔 오합지졸이다. 그들의 거친 음성과 금속성을 내는 그들의 발걸음을 들어보라.

하가나는 40년간 숨어 있다가 나타났다. 그들의 지도자는 거의 알려지지 않고 있으며 그 지도자들은 거류지에서 어떤 볼일을 보러 온 농부가 되어 움직이거나 어느 평화적인 공공단체의 회원이나 위원회의 위원으로 활동하고 있다. 정부의 서기, 기술자, 경찰, 그들 가운데 하가나의 임원이 있다. 노동운동 조직자, 학교 교원, 택시 기사 그리고 그 외 여러 기관에서 많은 사람들과 접촉할 수 있는 사람들, 그리고 모든 면에서 하부구조를 이루고 있는 남녀들, 그들은 한 넓은 조각 맞추기의 조각인 것이다. 만일 우리가 그들의 개인적인 신원을 알게 된다 하더라도 우리는 그 이상 알 필요가 없게 되는 것이다. 본부에서는 모두가 성명 미상으로 되어 있다. 아무도 그들의 성은 모른다.

아는 것은 그들의 문에 붙인 크리스천 네임뿐이다.

4월16일

오늘 아침 단이 엽초를 가져 왔다. 고급 엽초다. 그는 부대에 있는 다른 친구들에 관한 이야기를 했다. 일곱 나라에서 모아온 무리. 어떤 친구들은 소총의 용도도 잘 모르고 있다는 것이다.

"우리의 무장 상태를 보면 미칠 지경이죠."

그가 말했다.

"두세 사람에 총이 하나 돌아가는데다가 총이란 총도 가지각색이니까요. 우리가 풀라에 들어갈 때면 무기가 제대로 돌아가지만 그것도 바로 전까지 사용되어 총신이 아직 뜨겁습니다. 작전이 일단 끝나기만 하면 무기의 절반이 또 다른 부대로 옮겨가는 것입니다."

오늘은 식수 배급이 있은 지 엿새째 되는 날이다. 물이 없다. 부엌에 장치해놓은 음료수 탱크는 낮아져 간다. 화장실에서는 악취가 풍기고 나는 목욕을 못해 온 몸이 근질근질하다.

4월21일

공포는 계속되고 있다. 총알에 맞느냐 맞지 않느냐는 것만이 문제다. 갈수록 맞지 않을 확률이 희박해지는 것 같다. 시내에 들어가려고 뛰어갈 때 포탄이나 총탄이 머리 위로 지나가면 몸을 움츠리고 피하려고 한다. 그때면 한 개인의 무력함과, 모퉁이를 돌아설 때마다 기다리고 있는 죽음과 부상의 위험에서 피하려고 하는 것이 부질없음을 절실하게 느끼게 된다. 밤이면 모든 탄환과 포탄이 단호하게 달랠 길 없이 우는 소리를 듣게 되고 이날 밤에 죽게 된 사람들을 생각하는 것이다. M이 어제 나를 자기의 유언 집행인으로 정해도 좋으냐고 물었다. 나는 벌써 몇 주일 전에 나의 유언을 써두었다. 요새 유언을 써놓지 않은 사람은 없다. 요즈음 변호사들은 그 일만을 하고 있다.

5월1일

오늘 식량 배급이 있었다. 한 사람에 여덟 개의 올리브와 한 온스 반의 잼이 지급되었다. 오늘 저녁은 아스파라거스 수프와 말린 청어 반 마리. (말린 청어는 터키에서 수입해 온 것으로 가축의 사료로 쓸 정도로 좋지 않은 것이다.) 루스가 마지막으로 장을 보아온 것은 밀기울을 얇게 튀긴 것 두 꾸러미와 아스파라거스 수프 두 깡통이 있다. 머리가 이렇게 시끄럽지만 않다면 이 위대한 아스파라거스의 신비를 캐 보고 싶다. 모든 것이 다 사라져 버린 지금, 어떻게 해서 아스파라거스 깡통만은 남아 있는지를.

5월6일

오늘밤 총소리가 심했다. 신문 열람실에서 나오자 우리는 총소리 바로 한가운데 놓여 있음을 알게 되었다. 우리는 몸을 굽히고 바깥담을 따라서 걸어가 에슈던 시나고그 앞에 있는 방벽에 몸을 숨겼다. 우리는 한 4분쯤 뒤에 밖으로 나왔다.

5월8일

사실상 정전 상태와 같았다. 총성에 시달려온 시가는 잠시 숨을 돌리는 듯싶었다. 하루 종일 한 발의 총성도 없었다. 그것이 아픈 이를 하나 빼버린 후에 남은 진통처럼 사람들을 불안하게 만드는 것이었다. 오늘 아침 길 건너 사는 여자가 어린아이들을 밖에 나가 놀도록 내보내는 것을 보았다. 그들은 부르면 들릴 수 있는 곳 이상으로 멀리 나가지는 않았다. 총소리가 들리기만 하면 그들은 집으로 곧 달려갔던 것임에 틀림없다.

5월10일

아직도 물통엔 물이 있다. 저장해둔 물은 점점 말라간다. 어떤 작은 시가지에서는 음식물 암거래가 나날이 번창해 가고 있다는 것이다. 신문에는 불 없이 요리 만드는 법이 게재되고 있다. 루스가 걱정이다. 그녀의 몸무게가 줄어든 것을 오늘 또 보았다. 신경질적으로 되었고 무엇에나 화를 잘 내는 여자로 변했다. 모든 사람이 마르고 있다.

5월11일

어제 텔아비브에서 벤구리온이 말했다.

"1900년66~73년 마사다 전투 이후 1900여 년간 유랑 생활이라는 공백이 지난 뒤, 유대인 국가가 며칠 내에 탄생된다는 사실을 알리고 싶다."

그 말은 거의 믿을 수 없는 것처럼 들렸다. 그것도 이 달 15일에.

5월12일

물 배급이 오늘 시작되었다. 엿새 동안 우리는 물 배급을 받지 못하였다. 하루의 물 배급량은 한 사람에 두 양동이다. 나는 사람들이 거리에 줄지어 있는 두 곳을 지나갔다. 하나는 국가에서 대부하는 500만 파운드의 일부분을 대부 받기 위한 줄이고, 건너편 도로에 서 있는 줄은 물을 받기 위한 것이었다.

5월14일

금요일 아침, 오늘로 영국군은 팔레스타인에서 철수한다. 아직도 사람들은 그것을 잘 모르고 있다. 지난 밤 모든 것은 불길할 만큼 조용했고 나는 잠을 설쳤다. 멀리서는 둔중한, 그러나 분명치 않은 철수하는 소리가 마치 강물소리처럼 들려 왔었다. 영국군은 야음을 타서 철수하고 있었던 것이다. 어둠과 공모하고나 있는 것처럼. 모아브산에 해가 떴다. 해의 첫 빛이 스도파스 언덕과 감란산예루살렘 동쪽 구릉에 있는 올리브산을 비추었다. 오늘은 무더울 것 같다.

조금 전 창가에서 나는 한 소년이 가로수 가지를 몰래 꺾어 가지고 그의 집 뒤뜰에 있는 돌과 주석 파리프로 된 스토브로 달려가는 것을 보았다. 내가 지금 이 글을 쓰는 것은 오늘 내가 다시 펜을 잡게 될 기회가 있을는지 모르기 때문이다. 우선 당장은 시간이 정지된 느낌을 준다. 금방이라도 모든 것이 격렬한 파고에 들어갈 것 같다. 루스는 지도를 보면서 나갔다. 이른 아침에 본 뒤 아직 보지 못했다. 그러나 그녀는 나에게 쪽지를 남겨 두었다.

"무엇보다도 제발 오늘은 죽지 않도록 하세요."

5월15일

이스라엘의 첫 번째 날. 빛나는 하루. 새로운 생명, 독립, 자유는 이제 어떤 의미를 우리에게 줄 것인가? 간단한 말 같지만, 하가나가 이제 이스라엘 군대로 이루어진다는 것, 이것이 그 얼마나 벅찬 이야기인가! 내가 거기에 대해서 더 쓸 필요는 없을지도 모른다. 그것은 지하에서 40년간 자유를 위해 싸운 불법단체로, 오스만투르크이스탄불에 수도를 두었던 16세기 가장 번성한 터키 제국와 내내 피투성이가 되어 싸웠고, 영국군의 좌절시키려는 노력과 차가운 싸움을 계속하여온 것이다. 그것은 부족한 무장과 몇 대의 장갑차, 단 몇 개의 대포와 소형 비행기가 비밀리에 모인 집합체였다. 그 무기만 해도 여기저기서 엄청난 값을 치르고 산 것이었다. 살 수 없을 때에는 훔치기까지 했었다. 그리곤 별별 계교를 다 써서 이 나라로 들여왔다.(시리아에서 수입한 소고기 상자에 들어 있던 총의 부속품이며 벌이 잉잉거리는 벌통 속에 들어 있던 탄약을 생각하라. 비합법적인 공장에서 만들던 무기들, 지하실에서, 동굴 속에서, 농장에서, 몰래 회원들을 훈련시켰다. 수십 개 나라에서.) 그리하여 힘의 한 절반은 비밀을 지키는 데 소비하였던 것이다. 그리고 그들은 정규군과 항공기와 탱크와 대포와 맞서 싸워야 했었다. 그들과 싸워온 것은 강철 같은 의지뿐이 아니었던가! 오늘 아침 500여 명의 유대인 피난민이 배편으로 텔아비브에 도착했다. 어제까지 그들은 불법 입국자로 취급되어 추방당했었다. 오늘은 그들을 위하여 깃발이 날리고 있다.

5월22일

우리 집에서 얼마 떨어지지 않은 지붕에 박격포가 장치되었다. 매일 밤 사수는 “내가 여기 있는 것만 알아라”하는 듯이 한두 발 쏜다. 때때로 그는 낮에도 한두 발 쏘는 수가 있다. 사람들은 그 사수가 하루 종일 걸려 두 개의 탄환을 만드는가 보다고 혹독한 평을 한다. 우리는 박격포탄이 공기를 찢고 날아가는 것을 듣는다. 그리곤 6~7초 후에 들려올 폭발의 음향을 기다린다.

5월30일

오늘도 무자비한 포격전이 계속되었다. 한 도시가 전쟁 때 그 시민을 죽이는 것, 말하자면 하나의 함정 역할을 하는 것은 흔히 있는 일이다. 그때는 죽느냐 사느냐 하는 것만이 관심거리가 되는 것이다. 그러나 예루살렘은 그런 도시와는 좀 다르다. 여기서의 전쟁은 완전히 광적이다. 더럽고 오만에 넘치는 미치광이 짓이다. 그들이 걸어오는 것은 전쟁이 아니다. 그들은 전쟁에 이기려고 하는 것이 아닌 것이다. 그들은 그저 예루살렘의 언덕에 앉아 포탄을 시내에 쏟아 넣고 있는 것이다. 어느 거리에나, 어느 모퉁이에나. 그리하여 한 도시를 갈기갈기 찢으려고 하는 것이다. 세상이 성지라고 부르는 예루살렘을!

6월2일

아랍인은 조건부로 정전을 수락하였다. 아랍인이 정전을 수락하였다는 라디오 방송은 대포소리에 거의 폭삭 잠겨버릴 지경이었다. 이른 아침에는 포격이 더욱 심했다.

6월3일

우리는 완전히 감금된 상태에 처해 있다. 나는 지금 여기 조그만 초가 던지는 희미한 불빛 옆에 앉아 있다. 이 작은 촛불은 빛을 내보낸다기보다 어둠을 보내기 위해 만들어진 것 같다. 나는 이처럼 어두운 밤에 묻힌 우리의 상태와 다른 세계, 넓고 기쁨을 맛보는데 여념이 없을 세계를 번갈아 생각해 보았다. 거기서는 사람들이 마음 놓고 들판을 건너다니고 저녁 그늘이 내릴 무렵이면 천천히 집으로 돌아오는 것이다. 집의 방방에서는 불을 밝히고 음악을 연주하고 책을 읽는 것이다. 그들은 자기가 원하는 일을 하러 나가고, 바쁘게 일하고 또 보람을 얻는 것이다. 그들은 충분한 고기를 먹고 또 다음날 양식에 대한 걱정은 하지도 않는다. 어느 지방에서는 옥수수를 가축에게 먹이고 돼지에게 우유를 먹인다. 다른 데 쓸 곳이 없기 때문이다. 그들은 집에 있고 싶으면 있고 밖에 나가고 싶으면 나간다. 그들은 빛나는 태양 밑에서 무엇이든지 말할 수가 있다. 그들은 침대에서 자고 샤워를 한다. 그들의 어린아이들은 공원에서 논다.

이때 터진 포탄 소리가 나를 현실로 돌아오게 했다. 그러자 모든 것은 그 자리를 바꿨다. 나는 모두 고갈된 세계를 본다. 내가 여기에서 보는 것들 외에는 다른 도시도 다른 시민도 다른 하늘도 다른 빛도 모두 사라져버리는 것이다.

6월10일

정전을 앞둔 마지막 날, 연속적인 포격이 시작된 지 스물일곱 번째 날, 그리고 포격이 가장 심한 날. 처음으로 그들은 100파운드 탄을 쓰고 있다. 가까이에서 세 개의 포탄이 거의 동시에 터졌다. 휴전 바로 몇 시간 전에 죽는다면 얼마나 억울한 일인가? 잠깐 포격이 멈춰지고 침묵이 따랐다. 그때 갑자기 한 소년의 부르짖음 소리가 침묵을 깨뜨렸다. 그것은 몇 집 건너에서 들려오는 것이었다. 그 소리는 포 소리보다도 더 무서웠다.

"어머니! 어머니!"

소리가 점점 커지고 공포에 미칠 듯이 되더니 세 번째 '어머니'는 울음소리 속에 섞여 들고 말았다. 지긋지긋한 하루다.

6월18일

휴전 일주일이 지나갔다. 죽은 사람들은 매장되고 부상당한 사람들은 보이지 않는 곳에 치워져 있다. 하루 전에 죽은 자들도 곧 잊히게 마련이다. 바로 그대들 자신의 죽음이 아닌 이상. 생활은 그 동안의 간격을 메우고 다시 제 모습을 찾으려 하고 있다. 오래된 바위들을 희게 물들이며 달이 떠오르는 것을 보았다. 조바심나는 게 있다. 그리고 배가 고프다. 우리가 매일매일 필요하면서도 얻지 못하는 것이 너무도 많다. 성냥도 담배도 책도 신문도 음악소리도 목욕도 그리고 다른 사람과의 접촉도. 모든 것이 없다. 배급해주는 것 외에는 아직도 물이 없다. 한 주일에 단 두어 시간 외에는 전기도 들어오지 않는다. 사람들은 이것저것 괴로운 일들을 생각하느라고 극도로 과민해 있다. 그들의 의지가 이젠 녹초가 되어버린 것을 느낄 수 있다. 루스는 말했다.

"모든 것은 모가 섰어요. 사람들도 그들의 성격도. 이젠 아무것도 원만하거나 부드럽지가 않아요."

날이 무덥다. 몸에서는 냄새가 난다. 화장실에서는 어느 때보다도 심한 악취가 풍긴다.

7월2일 텔아비브에서

이틀 동안 텔아비브에 있었다. 예루살렘에 비하면, 이것은 마치 악몽에서 깨어나 빛나는 햇빛 속에 들어온 감이 있다. 어디서든 미칠 듯한 열광과 무한한 자신과 힘찬 움직임이 보였다. 거리에는 사람들이 많고, 잘 먹고, 사람이 많이 모인 카페에 앉을 수도 있었다. 미인들이 모이는 클럽에 단골손님으로 나갈 수도 있고 빵집이나 선물 가게에 들를 수 있고, 자동차의 소음 속에서 잠시 진열장을 들여다보며 서 있을 수도 있다. 이곳 사람들은 음악회나 연극이나 오페라나 영화 또는 강연을 듣고 보고 즐기기 위하여 줄 서서 표를 산다. 버스에 뛰어오를 수도 있고 택시를 부를 수도 있다. 스위치를 돌리면 전기가 들어오고 그저 수도꼭지만 돌리면 물이 나온다. 그들은 독립이라는 새로운 얼굴이 주는 떳떳한 기쁨을 맛보고 있다. 우리 내각이 서고, 외교관을 파견하고, 관리를 만들고 경찰이 조직되었다. 우리의 우표도 나왔다.

어제 루스와 나는 몇 시간 동안 무턱대고 거리를 걸었다. 마치 눈앞에 실현된 꿈이 끄는 대로 이끌려 가는 기분이었다. 우리는 음식물이 잔뜩 쌓여 있는 식품점을 기웃거렸고, 과일이 풍성하게 담겨 있는 청과상의 바구니들과 진열장 안에 걸려 있는 예쁜 옷들을 보았다. 갑자기 자기가 마르고 창백하고 미워졌으리라고 말한 루스는 곧 미용실로 갔다. 그러나 별로 도움이 없었다. 그녀의 머리는 메말라 자꾸 부서진다고 미용사가 말했다는 것이다. 비타민이 부족한 모양이라고 미용사가 말했다는 것이다. 우리는 바닷가에 있는 카페 테라스에 앉아 있었다.

오늘 저녁, 하루의 마지막 햇발 속에서 지중해는 형용할 수 없을 정도로 아름다웠다. 모래사장 위에서는 잘 익은 밤처럼 피부가 탄 어린애들이 웃으면서 아직 놀고 있었다.

조금 전에 나는 한 입국자가 말하는 것을 들었다. 그는 그의 친구에게, 자기가 입국하기 전에는 그저 텔아비브만 꿈꾸어 왔다는 것이다. 그러나 지금 그는 농부가 되기를 원하는 것이다. "부다페스트에서 나는 서점을 했다"고 그는 말했다.

"그러나 수용소에 있을 때 나는 노동이 무엇인가를 배웠어. 우리의 이스라엘처럼 나도 생활을 처음부터 새로 시작해야 되겠어. 나는 내 손을 땅 속에 집어넣고 그 땅이 내 것이고 거기서 떠나지 않아도 된다는 것을 알고 싶은 거야."

뉴욕은 10년마다 한 번씩 새로 건설된다

필립 혼
Philip Hone

1780~1851년. 사업가, 정치가. 미국 뉴욕에서 출생했다. 뉴욕 병원, 델러웨이 허드슨 운하회사, 콜럼비아대학 이사직을 역임했으며 사회자선 사업에 헌신하기도 했다. 1825년 뉴욕 시장에 당선되었고 H. 클레이와 J. 애덤스 등이 주축이 된 공화당에서 정당 활동을 했다. 그의 일기는 청년기에 이른 1800년대 미국 사회상과 사회 지도자들의 활약 등을 알게 해주는 귀중한 자료로 평가된다.

1830년 11월27일

어제 프랑스혁명을 축하하는 행사가 벌어졌다. 16개 대열로 형성된 행렬은 어찌나 길던지 첫 번째 대열이 브럼 가에서 브로드웨이에 들어섰을 때도 눈부신 대열을 짓고 있는 대열은 아직 코넬 가를 출발하지 못하고 있었다. 우리가 광장에 도착했을 때에도 아직 행진을 시작하지 못한 무리가 남아 있었다. 행진 코스는 아마 2마일 반은 되었을 것이다. 전 대통령 먼로는, 글래던과 축하식의 다른 주빈들과 함께 자기의 마차를 타고 행진을 했다. 콜럼비아대학 총장, 교수, 학생 그리고 화려한 깃발은 식장에서 정식으로 제1포병사단에 증여되었다. 참가한 각종 사회, 직장 단체 중에서도 소방단 대열이 가장 훌륭하였다. 1천500명이나 대거 참가하여 소방차와 선전관과 다른 장식을 가지고 나섰던 것이다. 두 곳의 인쇄공장에서 일하는 인쇄공 분단은 행렬을 구경하는 군중에게 축하의 송시를 인쇄한 전달을 뿌리며 지나간다. 작업복을 입은 300여 명의 정육점 점원들은 모두 말을 타고 있었다. 마부들도 흰 복장을 하고 있었다. 증기선 한 척이 연기를 뿜으며 등장하였다. 저 화이트홀 기선 한 척도 선원의 어깨에 올려져서 행진하고 있었다. 축하행진은 군대의 대오로 끝을 맺었다. 해산할 무렵 축포가 발사되었다.

1832년 3월19일 워싱턴에서

오늘 오후 웹스터와 해밀턴이 나를 찾아왔다. 식사 후였기 때문에 그는 우리와 함께 술 한 잔을 나누었다. 그는 유머가 섞인 말로 참 재미있게 이야기를 했다. 우리는 그의 이야기를 듣는 것이 퍽 유쾌했을 뿐만 아니라 그의 이야기에서 많이 배웠다. 저녁 때 뱅케드 부인 댁에서 열리는 무도회에 참가했다. 그녀의 집을 방문하는 것은 참으로 즐거운 일이다. 그러나 아마도 뉴욕 사람들은, 집에서 파티를 갖는 것이 더 나을 거라고 빈정거릴지도 모른다. 거기 모인 사람들 가운데는 뛰어난 사람들도 있었고 영리한 친구들도 있었고 괴벽한 사람들도 있었다.

6월18일

창궐할지도 모를 콜레라의 재난을 면하기 위하여 어제는 시내의 온 교회에서 기도회가 열리고 수난에 처한 사람들에게 도움의 손을 펴도록 호소하는 설교가 있었다. 일기는 온화하고 하늘은 맑게 갠 상쾌한 날씨다. 얼마 전 내린 소나기로 말미암아 땅은 깨끗했다. 소나기에 이어 시원한 남풍이 불어와 상쾌한 기분을 돋워준다. 보고에 의하면 몬트리올과 퀘벡에 전염병이 만연중이라는 것이다. 몬트리올에서만도 250명의 사망자를 냈다고 한다.

7월4일

화창한 날씨다. 그러나 오늘은 지금까지의 독립기념일 때와는 아주 다른 분위기를 보이고 있다. 콜레라의 위협 때문에 상례적인 행사는 금지되어 있다. 브로드웨이에서는 노점을 구경할 수가 없다. 가두 행렬도 중지되고 모든 만찬회와 종을 울리는 것도 금지 되었다. 점포도 다 철시했다. 다만 어린아이들만이 여기저기서 딱총을 팔고 있다. 이렇게 쓸쓸한 7월4일은 이번이 처음이다. 지금 이곳에서는 전염병이 창궐하고 있다. 앞으로는 더욱 심해져 갈 모양이다. 어서 이 재난이 종식되기를 기원할 뿐이다.

1833년 4월1일

저명한 조류학자 오듀본이 2~3일 전에 나를 찾아왔다. 그는 또 다시 해안 탐험 여행을 떠날 모양이다. 그는 애인을 사모하는 여자의 정열로 과학도본을 만들려고 애쓰고 있는 것이다. 그는 55세쯤 된, 퍽 재미있는 사람이다. 언동이 점잖고 풍부한 양식을 가지고 있으며 정열적인 사람이다. 그가 지금 저작하고 있는 『북아메리카의 조류도감』은 지금까지 출판된 것 가운데 최고의 작품이 될 것임이 틀림없다. 나는 그의 손으로 만들어진 여러 도감을 국회도서관에서 본 일이 있다. 그의 도감을 완성하는 데에는 9년이란 세월과 800달러의 비용이 소요될 것이다. 도감은 전부 그가 손수 그려서 만든 것이거나 그의 특별한 감독 하에 작성된 것이다.

6월13일

잭슨 대통령은 우리가 아는 한 가장 인기 있는 사람이다. 워싱턴은 반드시 인기 있는 사람이었다고는 할 수 없다. 그의 적절한 행동은 항상 칭송의 대상이었으며 누구나 다 그를 국부라고 부르기를 주저하지 않으리라. 그러나 그는 너무나도 엄숙했기 때문에 어쩐지 사람을 가까이 끌지는 못했다. 그러나 여기 민중과 마음이 상통하는 사람이 있다. 그는 모든 사람들을 친절한 표정으로 대한다. 물론 그것은 누구에게나 그렇게 하는 것이었지만, 그를 만난 사람은 모두가 자기에게만 친절을 베푼 것처럼 느끼는 것이다. 그의 태도는 매우 고상하다. 그리고 그는 이 점을 최고도로 이용한다. 그는 아부와 아첨을 퍽 좋아하였다. 인기의 조력도 있기는 하지만 하여간 그는 사람들로 하여금 자기가 이 나라의 은인인 것처럼 믿게 만드는 비상한 재주가 있다. 그를 '제2의 워싱턴'이라고들 부른다. 그러나 이제는 그 정도가 아니다. 워싱턴이야말로 첫째 번 잭슨인 것이다.

불운한 것은 애덤스였다. 그는 대통령 임기 중 여러 번 뉴욕을 방문하였다. 그러면 신문들은 그의 내방을 보도할 뿐, 환호성을 외치거나 꽃다발을 던지거나 대중 앞에 나타났을 때 만세를 불러주는 사람은 하나도 없었다. 그가 다녀간 뒤에야 사람들은 그의 방문을 아는 수도 있었다. 그렇지만 그는 잭슨보다 20배가 넘는 업적을 이 나라에 남겨놓았던 것이다.

12월27일

공휴일인데도 침울하다. 날씨도 나쁘고 세상도 뒤숭숭하다. 증권은 하락 일로를 달리고 불경기가 휩쓸어 도처에서 파산과 파멸의 신음소리가 그치지 않는다. 겨우 몇 주일 전부터 경기회복의 서광이 비치기 시작했다. 그러나 경기가 회복되기 전에 전면적인 한층 심한 불경기가 오지 않을까 두렵다.

1834년 12월3일

어제 오후 대통령 교서가 상하 양원에 전달되었다. 그러나 교서의 내용이 뉴욕에 전달된 것은 오늘 새벽 2시였다. 급행마차로 12시간 이상 걸려 230마일 떨어져 있는 이곳에 전달된 것이다. 이러한 속도는 놀랄 만한 성과다. 돈의 힘을 여실히 보여주는 것이라 하겠다. 그러나 그것으로 이익을 보는 사람은 누구인가? 이런 신속한 보도도 불경기에 허덕이는 사람들에게는 초 한 자루의 값어치도 없는 것이다. 다른 신문보다 4시간 앞서 나오는 이 속보를 6펜스나 내고 사볼 사람은 백에 하나가 될까 말까 할 것이다. 이 속보를 가져오는 데 소요된 배용은 700달러이다. 대통령의 교서는 언제나 마찬가지로 장황한 것이다. 그러나 민중은 이 '유모 마님'이 주는 주먹만한 큰 환약에는 익숙해버린 지 오래다. 그리고 가루약완화제보다는 오히려 국회에서 만들어내는 물약을 더 신용한다.

1835년 1월1일

새해의 날씨는 그야말로 상쾌하다. 이렇게 날씨가 좋은 정월 초하루는 일찍이 본 적이 없다. 공기는 맑고 상쾌하며 눈을 녹이지 않을 정도로 차다. 눈이 있으면 썰매를 탈 수 있으니까 도심을 찾아드는 사람에게는 큰 도움이 된다. 나는 12시에 썰매를 타고 나가 4시까지 여러 곳을 방문하였다. 방문을 하지 못한 서너 집은 저녁 때 아내와 함께 들렀다. 브로드웨이는 아침부터 저녁까지 나들이옷을 입은 사람들로 폭주했으며 썰매에 달린 방울 소리가 그칠 사이 없이 들려왔다.

4월25일

클레이턴이라는 사람이 신시내티에서 풍선을 타고 공중으로 올라가는 실험을 했다. 지금까지의 어떤 모험보다도 더 가슴을 설레게 하는 광경이었다. 그는 공중으로 떠오르기에 앞서, 가스가 지속되는 한 공중에 머물러 있을 것이라고 예고했다. 그는 오후 5시에 출발하여 공중에서 규칙적인 수면을 취하면서 400마일을 날아간 다음, 그 이튿날 새벽 2시에 버지니아의 산중에 있는 나무 꼭대기에 풍선을 동여매고 천천히 집으로 돌아와 그 모험담을 털어놓았다는 것이다. 우리 국민은 달리는 것도 남보다 빠르고 항해도 남보다 능숙하며 잠수도 남보다 더 깊게 하며 나는 것도 남보다 더 멀리하게 되었다.

10월25일

내 생일이다. 나는 이제 55세이다. 건강 상태는 양호하고 내 수족은 튼튼하며 정신력이 왕성하다. 다만 운동이 좀 부족하다. 그러나 아마 성질이 이전보다 좀 급해지지나 않았나 염려한다. 20년 전에 비해 지금은 높이 뛰는 것이나 달리기나 훨씬 떨어진다. 그러나 일반적으로 보아 이렇다 할 불만도 없다. 오히려 이렇게 건강한 것이 고마울 따름이다.

11월27일

뉴욕에서는 생활비가 여간 비싼 것이 아니다. 나처럼 상당한 수입을 가진 사람으로서도 곤란을 느끼게 된다. 하물며 고정된 봉급으로 생활해야 하는 관공서의 직원들에게는 이만저만한 곤란이 아닐 게다. 집세를 올리려면 올릴 수도 있다. 그러나 세입자들이 증액된 집세를 낼 수 있을지가 의문이다. 집세를 올리면 거기에서 오는 부작용이 사회생활 전반에 미치게 된다. 무엇을 사거나, 사과와 감자를 빼놓고는 비싸기 때문에 여간 주저가 되는 것이 아니다. 뉴욕 사람들의 땀의 보수가 온통 농사꾼의 주머니 속으로 들어가고 있다. 나는 오늘 마초 30톤을 30달러에 샀다. 그것도 전에는 2천240파운드를 1톤으로 치더니 이번에 묶어 놓은 단들은 2천 파운드밖에 되지 않는다. 나는 또 겨우내 먹기 위하여 저장할 버터를 400~500파운드 샀는데, 이렇게 비싼 버터를 산 것은 이번이 처음이다. 버터만은 필요불가결의 식료품이다. 그럼에도 불구하고 뉴욕의 수많은 사람들이 올해에는 버터 없는 메마른 빵을 먹을 수밖에 없을 것이다. 어린아이들의 간식에까지 버터를 얇게 발라주는 수밖에 없을 것이다.

12월17일

어젯밤의 대참사를 어떻게 기록하여야 좋을지 모르겠다. 이런 화재로 인한 손실은 일찍이 인류의 역사에서 찾아볼 수 없었던 일이다. 모스코 대화재가 있었다. 그러나 그것은 전쟁의 수단으로 되어진 화재였던 것이다. 그 무서운 장면이 아직도 눈앞에 아른거려 내 몸과 마음이 지칠 대로 지쳐버린 탓인지 내 펜이 정확한 기록을 하게 말을 들어주지 않는다. 뉴욕시 제1구의 거의 절반이 잿더미로 변하고 말았다. 타 버린 점포의 수는 500 내지 700으로 추산되며 재산 피해액은 2천만 달러 내지 4천만 달러에 달한다. 이 무서운 화재로 인하여 소실된 그 많은 물자가 저만한 공간에 진열되었던 일은 세계의 어느 곳에서도 찾아볼 수 없었을 것이다.

처음 불이 난 것은 어제 저녁 9시였다. 서재에서 글을 쓰고 있을 때 경보가 들려 나는 즉시 뛰어나와 활동을 개시하였다. 어젯밤은 몹시 추웠다. 이 전무후무한 화재의 원인 가운데 하나는 날씨가 몹시 추웠다는 데 있었다. 저수지의 물이 다 얼어 붙은데다 소방대의 활동마저 여의치 못했던 것이다. 불은 맨 처음 머천트 가에 있는 애덤스 상점에서 시작되었다. 그 거리는 좁고 구불구불한데다 최근 건조된 고층 건물들이 즐비하게 늘어져 있었고 하노버 가에서 펄 가에 이르기까지 잡화상으로 가득 차 있었다. 내가 거기 도착했을 때는 불길이 치솟아 아비규환을 이루고 있었다. 순식간에 불은 사방으로 퍼져 갔다. 불길은 펄 가로 번져갔다.

내 아들이 경영하는 상점이 위험에 휩쓸리고 있는 것을 보자 나는 프론트 가를 돌아 죽을 힘을 다해 현장으로 달려갔다. 우리는 값진 물건들을 반출하는 데는 성공하였다. 그러나 끌어낸 물건들을 광장에다 방치하는 수밖에 없었다. 왜냐하면 이웃 상점들도 물건을 끌어 내오기 때문에 어떻게 복잡한지 좁은 거리를 빠져나갈 수가 없었던 것이다. 펄 가는 잡화상으로 유명한 곳이었고 어느 점포나 값진 물건이 가득 차 있었다. 결국 이 모든 것은 재로 변하고 말았다. 그런 동안에도 불길은 자꾸만 퍼졌다. 절망에 찬 소방수들이 코메티스 골목의 집들을 허물기 시작하더니 점점 확대되어 월 가에서 강변에 이르기까지의 사우스 가와 워터 가 전부를 허물었다. 한편 포스트 가와 롤드 교회당을 포함한 익스체인지 가를 위시하여 윌리엄 가 등이 소진되었다. 몇 년 전 상인들의 자발적 회사로 건축된 상인회의소 기념관 후면이 타 들어가고 있었다. 월 가에 면하고 있는 대건물의 대리석 기둥 둘만 이 잿더미 위에 울뚝불뚝 서 있는 것이 흡사 고대 사원의 폐허와도 같은 느낌을 일으킨다. 상가의 자취라고는 찾아볼 길도 없다. 그 대건물의 둥근 천장이 허물어질 때의 광경은 장엄하기까지 했다. 그것들이 허물어지면서 해밀턴의 동상을 부숴버렸다. 그 동상은 상인들의 공익심의 발로로써 약 8개월 전에 건립되었던 것이다.

4분의 1 평방 마일의 피해지역에는 각종 건물이 입추의 여지가 없게 서 있었다. 소실된 건물은 570여 동. 건물 손해액만 1천500만 달러이다. 물론 보험회사들은 다 파산하였다. 총자본이 1천175만 달러였다. 그러나 이 도심지대는 화재위험이 농후한 곳이었기 때문에 보험회사는 피해액의 50% 이상은 내지 않게 되어 있다. 가장 비참한 것은 주식 소유자들이다. 그들은 전액을 손해볼 수밖에 없는 것이다. 이 점에 있어서는 나도 직접적인 피해자의 한 사람이다. 그리고 그밖에도 간접적인 손해도 볼 수밖에 없었다.

이 참사에 기진맥진한 시장은 오늘 오후 시의회를 긴급 소집하여 시의 치안을 확보하기 위한 자위대를 결성하려고 하였다. 피로가 극도에 달한 소방대원이 회복되고, 소화기의 기관과 호스의 고장이 수리되기 전에 시내에서 또 불이 발화될 경우에 대비하자는 것이다. 무장을 한 보병과 해병대가 출동하여 여기저기 거리에 산적해놓은 재산을 보호하고 있다.

12월30일

저녁에 찰스 H. 러셀 부인이 개최한 파티에 갔다. 저택은 훌륭하고 방은 파티에 적합하도록 꾸며져 있었다. 모든 것이 아담하고 아늑하게 준비되어 있었다. 온 집안이 가스등을 밝혀 대낮처럼 환하게 비춰주었다. 그러나 연회 도중 갑자기 불이 꺼졌다. 가스의 보급이 서툴렀던 모양이다. 이 사건이 주인 내외를 몹시 당황하게 하였으나 잠시 후 가스의 보급도 회복되어 모든 것이 정상상태로 돌아갔다. 무희들이 발끝을 세우며 춤을 추었다.

1836년 4월10일

물가가 계속 오르고 있다. 각종 수육과 닭고기가 전에 없이 비싸다. 농민(이라기보다는 장사꾼)의 말에 의하면 곡식이 부족하기 때문이라는 것이다. 그러나 가난한 사람들의 필수품인 고등어도 한 마리에 75센트 내지 1달러를 하는데, 그럼 그것도 곡식이 부족한 탓이란 말인가? 아니면 월 가에 사는 사람들의 뱃속으로 들어갈까 두려워 물고기들이 해안으로 접근하지 않는다는 말인가? 옥수수도 여느 때 같으면 25센트에 팔리던 것이 지금엔 50센트씩 한다. 가엾은 것은 뉴욕뿐이다.

5월22일

배 사고. 더욱이 서쪽 수역에서 인명의 피해를 입는다는 것은 나라의 수치가 아닐 수 없다. 이런 사고는 유럽에서는 여간해선 일어나지 않는다. 그들이라서 우리 이상으로 발동기 시설이라든가 조선술이 더 발달해 있는 것도 아니다. 우리 국민은 이 지구상에서 가장 조심성 없고 조급하고 우악스러운 백성이 되어가고 있는 것이다. "전진"이라는 말이 우리의 구호가 되어 있다. 우리는 인간 생명의 가치는 염두에 두지 않고 그저 무턱대고 전진만 하려는 것이다. 그까짓 몇백 명쯤이 더 있거나 덜 있거나 무슨 문제냐? 나라에는 사람이 얼마든지 있지 않느냐? 그리고 날마다 이곳 신대륙을 향하여 사람들이 몰려들고 있지 않느냐? 이런 생각으로라면 그것은 참으로 통탄하여 마지않을 일이다.

1838년 4월23일

2시께 '대서양' 호가 들어왔다. 이 증기선은 지금까지 유럽 해역에서 나타난 배 중에서는 가장 큰 것이다. 샌디 후크에서 여기까지의 소요 시간은 15시간이었다. 그것은 새 기계를 다루기가 서툴렀던 것과 강한 바람을 거슬러야 했기 때문이었다. 이날 뉴욕은 들끓었다. 포대와 인근 거리는 호기심에 찬 구경꾼들로 꽉 차 있었었고 대서양호에 오르려는 구경꾼의 보트들로 가득하였다. 승객들은 이 배의 시설과 안전성에 대하여 극구 칭찬하면서 이제는 절대적인 안전성을 가지고 대서양을 횡단할 수 있는 새 방도가 발견되었다고 말하였다. 모두가 다 황홀감에 사로잡혀 있었다. '변화를 즐기고 신기한 것을 좋아하는' 우리 국민성인지라, 버지니아나 등지로 소풍을 가는 것보다는 지금 당장이라도 이 배를 타고 유럽 여행을 떠날 지경이었다.

당분간 기선이 유행의 첨단을 걷게 될 것이다. 그러나 이 돌진형 국민에게는 몇 주일씩 걸려 조류와 암초와 바람과 싸우면서 대서양을 횡단하는 것보다, 풍선 같은 것을 타고 하루나 이틀에 대서양 상공을 날아보아야만 속이 시원할 것이다. 그때는 하늘 높이 떠서 빙산을 내려다보며 암초나 헴프스테드 돌출부쯤은 문제도 삼지 않게 될 것이다.

하지만 나는 그 가능성에 대해 약간은 회의적이다. 이 기계와 과학의 기적 시대에 어떠한 경이적인 발명이 있으리라는 것을 믿지 못하는 것은 너무도 소극적인 생각인지는 모르지만, 나로서는 3천 마일의 큰 바다가 우리 선조의 나라와 갈라놓고 있는 그 광대한 공간이 우리 대에 손쉽게 극복되리라고는 믿기지 않는 것이다.

1839년 5월1일

5월은 참으로 상쾌한 계절이다. 아양을 떠는 부인네들과 아첨하는 남정네들에게 위안을 아끼지 않는다. 브로드웨이는 오고가는 사람들로 붐비고 있다. 그러나 그것은 브로드웨이의 위쪽에 국한한 것이다. 아래쪽 거리는 건물들을 허무느라고 먼지 때문에 말이 아니다. 벽돌과 기와와 나무조각이 사방에서 비 오듯 쏟아지고 있다. 허물고 짓고 하는 마술이 지금 이 백성의 마음속에서 요동을 치고 있는 것이다. 뉴욕은 10년마다 한 번씩 새로 건설되고 있다.

7월19일

어느 보도에 의하면 사냥꾼들이 모피 2만4천 장을 싣고 오는 중이라고 한다. 그 가격을 따지면 적어도 10만 달러는 된다. 2만4천 장의 모피라니! 서부의 막대한 천연자원도 자원이려니와 그것을 가공해낼 수 있는 도시 공장의 능력도 대단한 것이다.

1840년 4월10일

공화당은 전에 없는 열의로 다음 화요일에 실시될 지방선거에 대처하고 있다. 수많은 집회가 각 구역의 공회당이나 광장에서 열리고 있다. 밤에는 음악과 횃불과 깃발을 든 행렬이 거리를 흘러가고 있다. 여러 저기 노점을 만들어 놓고 사이다의 향연을 베푼다.

1846년 11월24일

지난 목요일 존 퀸시 애덤스 대통령이 중풍을 맞았다. 보스턴에 있는 아들네 집에 들렀다 오는 길에서였다. 최근 보도에 의하면 그는 꽤 회복되었거니와 의식도 돌아오고 말도 하게 되었다고 한다. 이런 분을 잃는다면 그것은 국가적으로 커다란 손실이다.

기벽과 편견이 있는데다가 융통성이 부족하기는 했지만 그럼에도 불구하고 기술, 통계, 예술, 역사, 외교 등 모든 면에 있어서 그에게 필적할 만한 사람은 없다. 그렇게 많이 알고 그처럼 정확할 수가 없다. 과학의 각 방면에 대한 조예도 깊었을 뿐만 아니라 일상적인 온갖 문제에 정통했다. 천체의 운행에서부터 이쑤시개 제작법에 이르기까지 그로서 이야기하지 못한 것이 하나도 없다. 성경 지식이 풍부한가 하면, 셰익스피어의 작품들은 외우다시피 하며, 그리스 원어로 호머를 암송하기도 한다. 아동문학에까지 정통하고 있다. 실로 그가 참견할 수 없는 화제란 하나도 없었다. 그의 경쟁자들을 놀라게 했고 친구들도 놀라게 했다. 요컨대 그는 그 어떤 노동자보다도 더 많은 일을 하고 있는 것이다. 그렇듯 많은 일을 그런 병약한 몸으로 해낸다는 것은 놀라운 일이 아닐 수 없다. 그는 온갖 일에 마음을 썼기 때문에 손에서 펜을 놓을 사이가 없었다. 이러한 위대한 일을 해내기 위하여 그는 새벽부터 일어나 하루 종일 세밀하고 정력적인 활동을 하는 것이다.

그러나 그런 애덤스로도 수명의 한계만은 어쩔 도리가 없는 일이었다. 그는 80세의 고령이며 이번의 그 증세가 일어난 것은 그에게 주는 경고라고 볼 수밖에 없다. 그의 죽음과 함께 그 모든 지식도 자취를 감춰야 한다는 것은 참으로 애석할 일이다. 만일 그 많은 지식을 남겨두고 갈 수 있다면 그야말로 최대의 유산이 되리라고 믿는다.

1847년 2월24일

존 퀸시 애덤스가 세상을 떠났다. 장수한 셈이다. 당신의 소원대로 돌아가신 것이 분명하다. 그의 국가적인 영광스러운 자리에서 죽음의 천사 품에 안겨 수도에서 마지막 숨을 거두었으니 말이다. 국민에게 봉사를 하기 위하여 상원의원으로 선출되어 이 나라의 자유를 보장하는 호헌파의 수호자가 되어 의회에서 싸우고 있던 순간이다. 21일 월요일 1시20분, 그는 하원에서 연설을 하러 일어나다가 갑자기 쓰러졌다. 가까이 앉아 있던 의원 한 사람이 두 팔로 안았다. 그는 몇 번인가 정신을 차리려고 애를 썼다. 그때마다 그린넬이 그의 이마에 얼음물에 담갔던 수건을 댔다. 상원은 즉시 정회하였다. 비보에 접한 하원도 정회하였다. 그의 마지막 남긴 말은 웅변의 귀감이 될 특징적인 것이었다. "이 세상에서 마지막 순간이 왔다! 만족한다." 오하이오 출신 플라이 박사가 팔로 그를 안아 국회의장실로 옮겨 놓았다. 그는 거기 누운 채 가끔 의식을 회복시키면서 초저녁 때까지 지냈다. 전보로 올바니에 있는 유가족에게 부음이 전달되었다.

그는 모든 점으로 가장 훌륭했다. 우주를 이해하는 높은 지식에서부터 쥐덫의 비밀까지 모든 것을 설명할 수 있었다. 언젠가 웹스터와 함께 그를 방문했을 때 그가 무희에 대한 이야기를 하는 것을 들었다. 그는 제단 앞에서 춤추던 무희 이야기부터 시작하여 근대의 무슬림 왕자들의 후궁에서 춤추는 처첩들의 이야기에 이르기까지 전 무용의 역사를 펴내는 것이었다. 그는 모르는 것이 없었다.

1848년 12월16일

선거도 끝나고 해서 이제는 캘리포니아 금광과 콜레라 이야기가 화젯거리로 등장했다. 세상에서 누구보다도 빨리 달리고 높이 날며 깊이 파고들어 간 진취적인 양키의 손에 캘리포니아가 넘어오게 된 이후, 그 지방에서 금이 나기 시작한 것이다. 새크라멘토강 유역 일대에 막대한 양의 순금이 매장되어 있음이 알려졌다. 이 바위투성이

지대에서 인간에게 줄 수 있는 최대의 유혹이 나타났다. 사람들은 그 지역 전체를 파고 뚫고 하였다. 사람들이 모두 금광으로 달려갔기 때문에 동네에는 여인들만 남아 있고 점포도 시들어 가고 집이 비워지게 되었다. 배들도 선원이 모자라서 내버려둔 채로 있고 생활필수품 결핍으로 소동이 일어나고 있다. 사람들은 호주머니 속에 금덩이를 가지고 있으면서도 굶주려야만 하게 되었다.

1849년 6월1일

콜레라는 만연 일로를 걷고 있고, 안개 끼고 무겁고 습기에 찬 날씨가 지속하고 있다. 이 무서운 전염병이 만연하기에 알맞은 날씨다. 공포가 사람들의 마음을 휩쓸고 있다. 채소와 물고기, 굴, 조개, 값싼 술, 검은 맥주까지도 다 끊어버렸다. 어리석은 사람들은 절망에 싸여 오히려 극단적인 생활을 하고 있다. 콜레라를 잊기 위해 기분이 내키는 대로 호의호식하며 놀아나고 있다.

1850년 9월9일

온 국민이 기뻐하였다. 골육상쟁이 사라졌기 때문이다. 분열과 광기와 폭동과 소란이 꺼지었다. 그 가증스러운 노예문제가 8개월 동안의 논란 끝에 일단락을 지었다. 어떻게 그리 되었을까? 그것은 평화의 애호자, 연방의 동조자인 선량한 보수주의자들이 당파적 편견과 개인적인 이해관계를 초월하여 모든 것을 희생하였기 때문이다. 그들의 안중에는 오직 연방의 평화만이 있었던 것이다. 반드시 하늘의 보답이 있을 줄로 안다. 그러나 비록 모든 선량한 사람들이 이 사건의 결말을 기뻐했다고는 할 수 있으나 그것이 만족스러운 해결이라고는 할 수 없다. 이 모든 소란은 텍사스 합병의 입법화라는 처사에서 온 것이다. 다니엘 웹스터가 후환이 있을 것을 지적하지 않았던가? 헨리 클레이가 경종을 울리지 않았던가? 공화당 대변인이 해리슨 장군의 당선을 앞두고 이미 이 병합이 빚을 결과를 예언하지 않았던가? 그리고 나는 그것이 가져올 온갖 곤란을 지적하면서 사자후를 몇 번이나 거듭하지 않았던가? 하여간 이제 그 문제는 일단락을 지었다.

우리는 멕시코에 대하여 선전포고하고 우리 용사들은 그들은 완전히 정복하여 영광의 승리를 거두었다. 그들은 배상금을 치르는 문제에까지 동의했다. 하여튼 이제 모든 것은 제대로 되었다. 하원은 토요일에 모든 문제를 일건 서류와 함께 통과시켰던 것이다. 이제는 텍사스 경계선 법안도 통과되고 캘리포니아의 주 승격도 허락되었으며 유타와 뉴멕시코도 우리나라의 영토로 편입되었다. 온갖 장애는 제거되었고 모든 수정안은 부결되었다.

9월17일

또 하나의 철도 불상사의 보도가 연속하여 전달되고 있다. 이 불상사는 신문의 날개를 타고 전국 방방곡곡으로 퍼져 나가고 있다. 지난주에 올바니와 보스턴을 달리는 웹스턴 회사의 차량이 탈선하면서 많은 사람에게 부상을 입히고 세 사람의 사망자를 내었던 것이다. 기차여행은 이제는 진저리가 난다. 역마차를 타고 한 시간에 7마일을 달릴 수 있다면 만족스러운 것이 아니냐? 최근에는 나는 마차 여행에 재미를 느끼고 있다. 다시 한 번 신사처럼 점잖게 앉아서 마차를 타고 가면 얼마나 좋겠는가!

9월24일

뉴욕사람들은 쾌속 여객선 퍼시픽호의 성공적 항해에 환성을 울리고 있다. 이 배는 영국을 30일 만에 왕래하였다. 우리 시대에 있어서는 놀랄 만한 변화가 꼬리를 물고 일어나고 있다. 내가 결혼하던 해 여름 뉴욕에서 올바니까지 범선을 타고 가는 데 아흐레가 걸렸다. 이 항로를 지금엔 불과 순식간에 정복하게 되었다. 이 배는 지금까지 다른 여객선보다 하루를 당겨 서유럽 항로를 개척했다. 이제 우리는 공중을 날고 바다 위를 달리며 물 속에도 다닐 수 있다. 스피드야말로 인류를 지배하는 원리인 것이다. 오래지 않아서 바람도 지루하고 별똥도 느리다는 시대가 오고야 말겠다.

1851년 4월10일

의사 프랜시스는 나의 사무실 출근을 금하고 행동 범위를 소파와 안락의자에 한할 것을 명했다. 나는 아침밥을 먹지 않고 점심을 조금 먹는다. 일체의 술은 금지 당했고 우유와 버터를 칠하지 않은 빵만 먹게 되어 있다.

4월30일

손에 잡은 일기장을 마저 채우지 않은 채 한 달이 흘렀다. 계속되는 병으로 몸과 마음이 모두 쇠약하여 펜을 들 수가 없었기 때문이다. 말도 할 수 없는 허탈과 완전한 식욕 저하로 사지는 떨리고 뼈와 가

죽만 남았다. 일기를 다시 쓸 날이 올 것인지? 병중이기는 했지만 나는 때때로 사무실에 나타나서 형식상의 사무를 보곤 하였다. 내가 안 나가도 내 대리인이 할 수 있는 일이었지만 내일이 5월1일이다. 새 일기장인 제 29권이 내 책상 위에 놓여 있다. 거기 써 넣게 될 것인지?

(필립 혼은 제29권에 아무것도 쓰지 못했다. 나흘 뒤 그는 71세를 일기로 세상을 떠났다.)

■ 번역을 마치고

자신과 다르게 살아온 또 다른 삶을 맛보다

"일기는 사람의 훌륭한 인생 자습서다."

날마다 자신에게 일어난 일을 기록해두는 것이 일기이다. 아주 중요한 시간, 중요한 사람과의 일들을 잊어버리지 않으려고, 꼭 기억하려고 자신만의 공간에 '그날의 흔적'은 물론 부끄럽기까지 한 자기고백까지도 은근 슬쩍 남겨놓기도 한다.

한밤중 일기를 쓰면서 오늘을 살아온 자신을 뒤돌아보기도 하고, 간혹 예전에 써두었던 일기를 뒤적이면서 그때의 자신을 되짚어 보며 반성의 시간을 갖기도 한다. 마음 깊이 숨겨둔, 자신도 몰랐던 내면세계를 발견하는 그날은 마치 행운을 얻은 것 같은 기쁨을 누릴 수도 있다.

소설이라든가 시, 희곡 따위의 글들은 많은 독자나 관중을 겨냥한 출판이나 공연을 목적으로 쓰인 것이지만 일기는 그것들과는 달리 자기만의 비밀을 간직하려는 노력의 결과이다. 오직 일기라는 '비밀통로'를 통해서만 사람들은 세상의 이목이나 물정에 구애받지 않고 마음 내키는 대로 쓸 수 있는 것이다.

유명 문인, 학자, 탐험가, 자연주의자들의 아주 특별한 사생활들.

수많은 시간이 흘러도 변치 않을 삶의 궤적들…. 간혹 인생을 바꾸기도 하고, 더러는 세계사에 큰 획을 긋기도 했던 바로 그날의 생생한 흔적들을 한 권의 책에 모아보았다.

러시아의 세계적 문호 톨스토이의 아내가 남긴 일기는 애증이 미묘하게 교차된, 슬픈 고백문의 전형이다. 남편인 톨스토이의 과거를 증오하고 그의 생각과 사상을 불신한 아내는 남편의 동료에까지 광적인 질투심을 가졌음을 고백한다. 육체적인 애정 행위를 증오한 그녀는 남편과의 사이에 13명의 자녀를 두기도 했으나 남편과의 정신적 사랑에 실패한 채 45년이란 세월을 불행과 절망 속에 몸부림쳐야만 했다.

뮈세로부터 버림받은 조르주 상드는 밤이 새도록 사랑의 고통에 괴로워하며 자신을 떠나간 뮈세를 끊임없이 그리워한다. 프랑스 문학가 조르주 상드는 이혼 후 파리로 진출한 뒤 사교계를 누비며 저명한 문필가로 활동했다. 뮈세, 쇼팽 등 상류 사교계의 남성들과 숱한 스캔들을 남겼지만 지금은 '여성해방운동의 선구자'로 평가받고 있다.

탐험가인 로버트 팔콘 스콧은 얼음의 대륙 남극점을 정복하고 돌아오는 도중 악천후를 만나 동료를 잃어가는 과정과 상황을 포함해, 자신 역시 서서히 죽음을 맞이하는 마지막 순간까지 일기로 남겼다. '남극탐험 일지' 같은 그의 일기 속에는 최후의 순간까지 살 수 있다는 희망의 끈을 놓지 않았음을 여실히 보여주고 있다.

그의 아내 캐슬린 스콧의 일기는 덤덤한 슬픔을 자아내게 한다. 남편이 위험한 순간을 맞았다는 전보를 받아들며 "최후가 멀지 않았다"는 느낌을 담담하게 표현하는 침착함을 엿보게 했다. 그리고 벨은 그녀의 마지막 말은 더 슬프다. “그의 죽음 외에 아무것에도 유감이 없다”는 것이 전부이다.

신문기자이자 작가 수련기에 있던 스물여섯 살의 마크 트웨인은 자신의 일기를 통해 질병이 엄습한 항해를 생생하게 그린 기록자로 등장한다. 그 기록은 항해 도중 질병에 걸린 선원들이 병원을 찾아갔지만 결국 납골당으로 향하게 된 어느 선박의 비극을 그린 한 편의 서정시와도 같은 묘사를 드러내고 있다.

국내에서 스테디셀러로 자리 잡은 『월든』의 작가 헨리 데이빗 소로는 월든 호숫가에 은둔하며 얼어붙은 호수, 겨울 쐐기 한 마리, 눈이 내리고 비바람이 치는 자연현상을 관찰하며 인간은 자연의 일부임을 적어내고 있다.

소설 『백경』으로 유명한 허먼 멜빌은 3주에 걸친 항해 도중 부닥친 폭풍우와 싸우는 선장을 포함한 선원, 승객들의 모습을 관찰자 입장에서 각 순간을 놓치지 않고 써내려갔다. “사나운 폭풍우가 멎자 그곳에 평온이 찾아왔다”며 자연에 순응할 수밖에 없는 진솔한 인간의 모습을 보여준다.

일본인 의사인 미치히코 히치야는 1945년 8월6일 일본 히로시마에 원자폭탄을 투하된 직후 한 줄기 섬광과 버섯구름으로 말미암아 아비규환으로 변해버린 도시의 모습을 생생하게 기록해내고 있다. 이는 우리에게 닥친 북한 핵 문제로 핵에 대한 무서움을 다시 한 번 깨닫게 하는 사건에 대한 기록으로, 인간에 의해 만들어진 전쟁 무기가 어떻게 인간은 물론 문명을 파괴시키지 보여주며 정신이 확 들게 하는 경종을 울려준다.

제2차 세계대전 당시 독일 나치에 의해 수감된 노르웨이인 오드 난센은 자신이 수용생활 중 겪었던 참상을 일기로 보여주었다. 마치 영화 〈쉰들러리스트〉를 보는 듯한 착각에 빠지게 하는 이 일기는 목욕탕(가스실)으로 줄지어 들어가는 사람들과 굴뚝에서 쉬지 않고 연기를 피어 올리던 화장터 등 처참한 수용소 내의 만행을 세상 밖으로 널리 알리는 중요한 증거가 되었다.

이렇듯 유명한 사람과 그렇지 않은 사람들의 일기가 뒤섞인 이 책을 통해 자신의 취향에 맞는 인물의 삶을 엿보는 기회를 가지는 것뿐만 아니라 자신과 다르게 살아온 또 다른 삶의 향기를 느낄 수 있을 것이다.

어느 누구의 일기든 자신을 새롭게 만드는 반면교사反面教師가 될 것이다.

2006년 늦여름

최 석 민